Abismo do Mal

Gerente editorial
Roger Conovalov

Diagramação
Lura Editorial

Revisão
Walter Bezerra

Organizador
Gabriel G. Sampaio

Capa
André Luiz de Souza Lima

Copyright © Lura Editorial – 2019

Lura Editorial – 2019
Rua Manoel Coelho, 500. Sala 710
São Caetano do Sul, SP – CEP 09510-111
Tel: (11) 4318-4605
Site: www.luraeditorial.com.br
E-mail: contato@luraeditorial.com.br

Todos os direitos reservados. Impresso no Brasil.

Nenhuma parte deste livro pode ser utilizada, reproduzida ou armazenada em qualquer forma ou meio, seja mecânico ou eletrônico, fotocópia, gravação etc., sem a permissão por escrito da editora.

Catalogação na Fonte do Departamento Nacional do Livro
(Fundação Biblioteca Nacional, Brasil)

Abismo do mal / Lura Editorial – 1ª ed. – São Paulo: Lura Editorial, 2019
264p.

ISBN 978-65-80430-22-2

1.Ficção 2. Terror cósmico 3. Lovecraft I. Título

CDD-B869

Índice para catálogo sistemático:
1. Ficção

Organizado por
Gabriel G. Sampaio

Abismo do Mal

lura
EDITORIAL

"A emoção mais antiga e mais forte da humanidade é o medo, e o tipo de medo mais antigo e mais poderoso é o medo do desconhecido".

H.P. Lovecraft

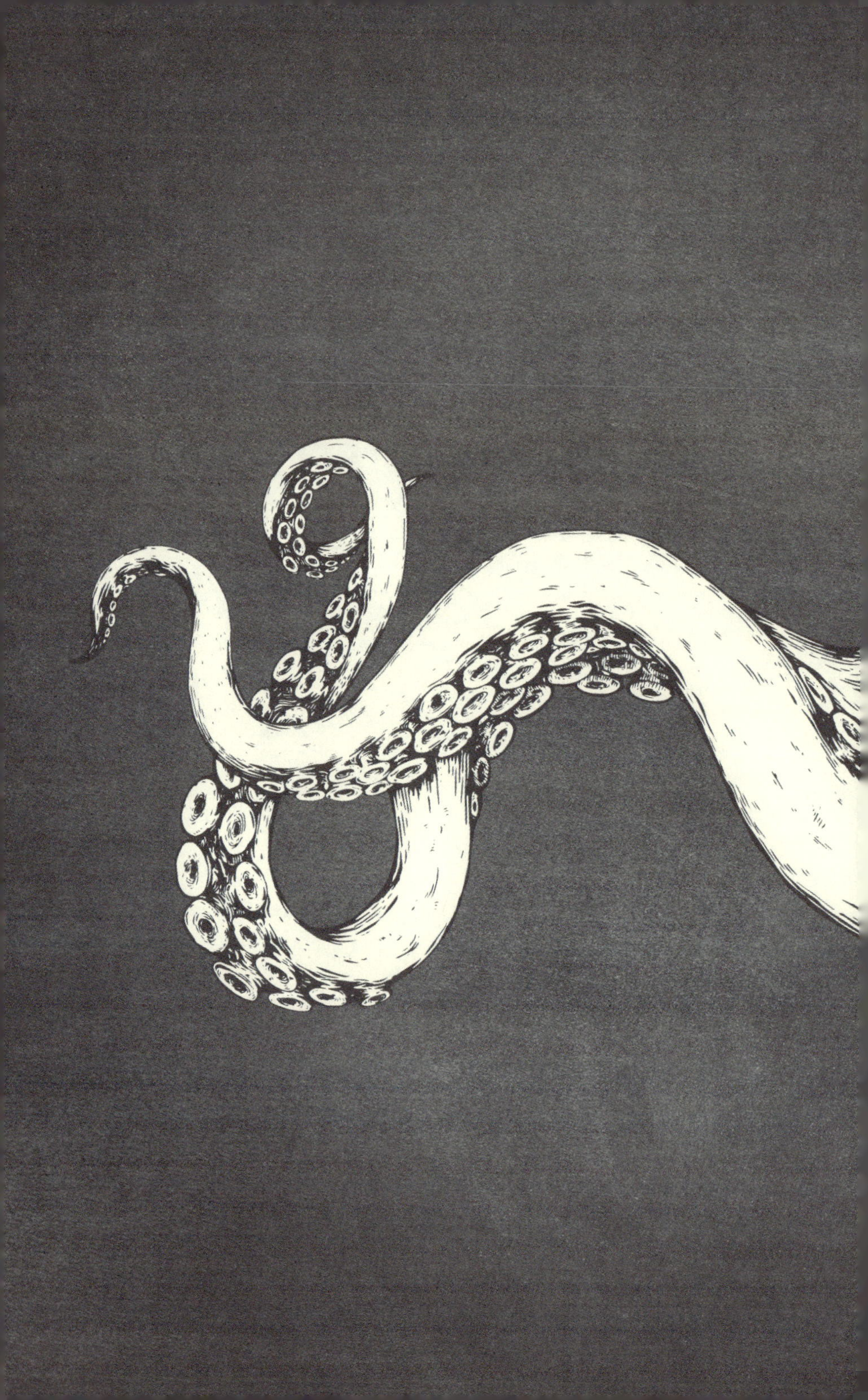

SUMÁRIO

Apresentação 11

As vozes de Vôrgaoth 13
Por Gabriel G. Sampaio

A cidade 33
Por Luiz F. Chiaradia

Úmido 38
Por João Bonorino

O Açude 46
Por Rafael Sanges

Conchyliosite 54
Por Marília Oliveira Calazans

Sementes do mal 62
Por Raquel Cantarelli

O que se esconde sob a pele... 70
Por André Luiz de Melo

O Segredo do Barão de Grão-Mogol 77
Por Alfredo Alvarenga

Assombro 89
Por Miquéias Dell'Orti

Última apresentação 93
Por Igor Cabrardo

Eu também sou o escuro da noite 102
Por Juliana Cachoeira Galvane

Esconde-esconde 110
Por Amanda Silva

Escolhas **118**
Por Thadeu Fayão

A caverna profana **125**
Por Rafael Danesin

A carruagem fantasma **132**
Por Odon Bastos Dias

O Sr. Antenor **140**
Por Kleber da Silva Vieira

Hatorek em duas dimensões **148**
Por Renato Felix Lanza

O vigia noturno **155**
Por Lucas Josijuan Abreu Bacurau

Quieta non movere **161**
Por Nathalia Scotuzzi

Estranho livro **172**
Por Idevarte José

Insanidade letárgica **177**
Por Tauã Lima Verdam Rangel

O machado cósmico **185**
Por Vinícius Coutinho Marques

O castelo **192**
Por Washington M. Costa

A música perdida **200**
Por Tiago J. de Oliveira

Pesadelo holandês **207**
Por Gabriel José da Silva Cavalcante

Molambudos **215**
Por Marcelo Dias de Carvalho Filho

Saudades **222**
Por Bruno Iochins Grisci

Eles existem **226**
Por Edvaldo Leite

O quadro na parede 232
Por Leandro Zapata

A luz que ilumina minhas lembranças 242
Por Leonardo Meirelles Alves

O lado oculto 250
Por Sandro Muniz

A quarta regra de Santa Seni 253
Por Geean MR

Contato dos autores 260

Sobre o organizador 263

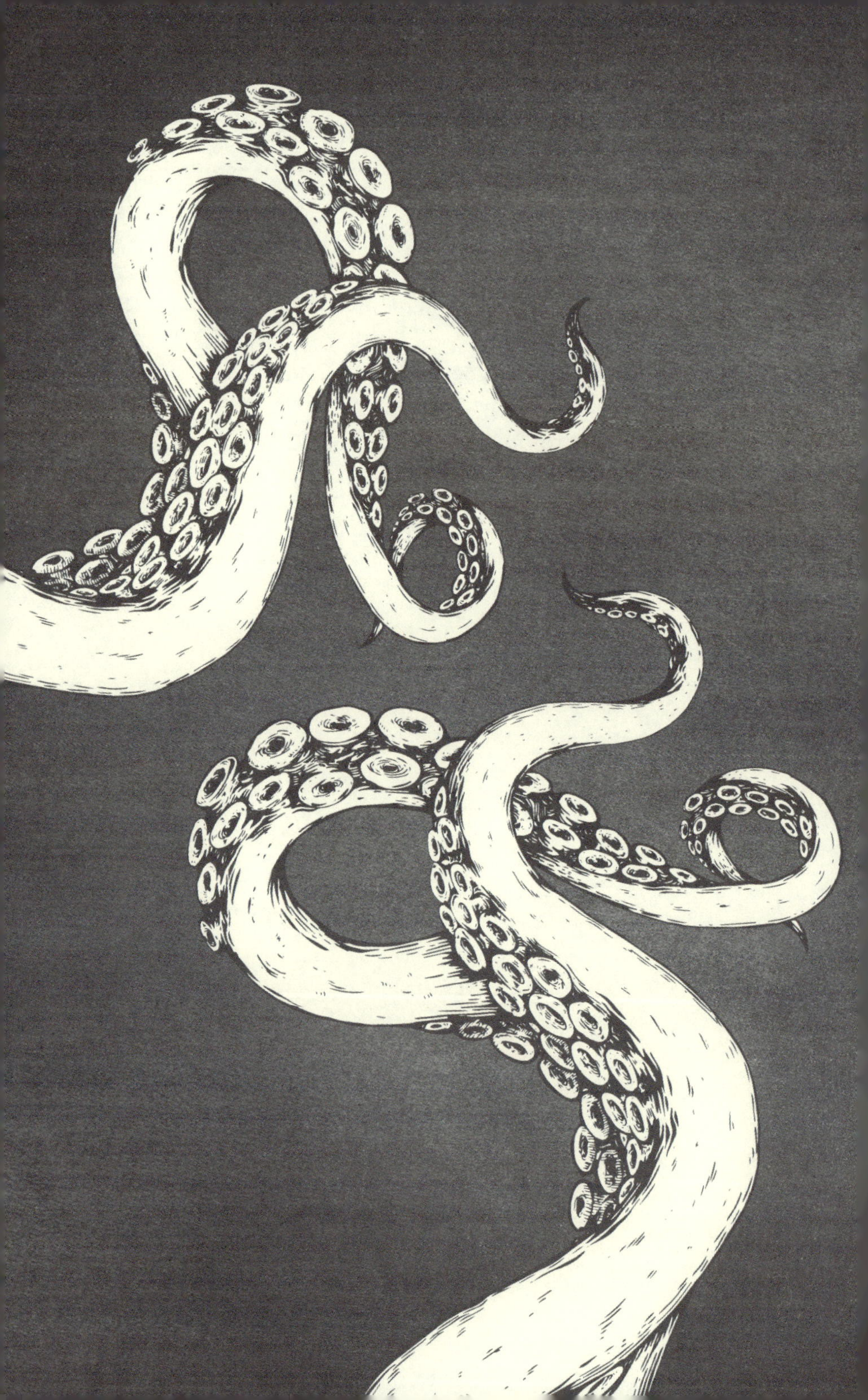

Apresentação

Por Gabriel G. Sampaio

Nunca se sabe de onde o mal vai surgir, ou em que forma ele vai se materializar, até ser tarde demais! Monstros do espaço, ameaças interdimensionais e mistérios que desafiam a sanidade do mais valente explorador! Assim costumam ser os contos do mestre do terror Howard Phillips Lovecraft. As histórias do americano, que foi solitário e depressivo na adolescência, procuram explorar o horror e o sobrenatural em suas sutilezas com uma escrita tão sugestiva quanto provocante. É através de suas criações e do estilo único que o subgênero do "Horror Cósmico" foi fundado e sua estética difundida.

O Horror Cósmico, também conhecido como Cosmicismo, sempre fala de loucura. Em geral uma loucura que é ligada à existência ou a chegada de monstros alienígenas tão assustadores (e invencíveis) que os personagens humanos de suas histórias se tornaram menos conhecidos do que as entidades malignas criadas pelo escritor. Cthulhu, Nyarlathotep, e Azathoth, são algumas delas e que podem, inclusive, aparecer nas histórias deste livro.

Outro traço do Horror Cósmico que precisa ser entendido antes de ler os contos deste livro é o "desconhecido". O medo dele está em todos os trabalhos de Lovecraft e é parte da experiência de vida de todos nós, em especial na infância. Afinal, quem nunca teve medo de um lugar escuro? O próprio Lovecraft aborda isso em seu livro "O Horror sobrenatural na Literatura", um texto teórico na qual explica os sentimentos contrários de *atração* e *repulsa* que sentimos pelo desconhecido, além de falar de outros escritores importantes para sua literatura. Se você gosta de estudar teoria literária, não deixe de ler esse título.

O medo do desconhecido e de tudo que lhe parece estranho também nos ajuda a entender aspectos mais negativos da própria vida de H.P. Lovecraft, como o seu isolamento na adolescência e sua reconhecida xenofobia.

Por fim, o título "Abismo do Mal" é uma metáfora para o lado sinistro do cosmos e todos os mistérios que podem nos esperar lá. Meu objetivo ao propor este livro de contos era sim produzir um conjunto de histórias inspiradas nos trabalhos de Lovecraft. Além disso, eu queria estimular a produção de uma nova onda de horror cósmico, uma onda nacional tão insana e contraditória quanto a própria sociedade em que vivemos. Para isso, os escritores selecionados se inspiraram em elementos de nossa realidade brasileira, como mitos indígenas, causos do interior e até problemas sociais. No meu caso, a inspiração foi o primeiro apartamento que aluguei e a apatia da região onde ele ficava. Cada conto deste livro está permeado por entidades alienígenas, morte e loucura, assim como pela sensação de deslumbramento assustador, sempre presente no horror lovecraftiano.

As Vozes de Vôrgaoth

Por Gabriel G. Sampaio

Estou escrevendo este relato como um último recurso. Meu nome é Brenda e tenho o objetivo de deixar aqui registrado tudo o que vivi nestes meses de tormento. Não sei mais como lidar com as sombras, os terrores e pesadelos que me espreitam naqueles corredores e janelas, mas vou me esforçar para descrever tudo em detalhes... Para não me perder no delírio de ter estas páginas transformadas, quem sabe, em um sonhado best-seller.

💀

Sempre fui uma pessoa solitária. Sempre tive dificuldades de me enturmar e me sentir aceita onde quer que fosse. Na escola, nos cursos, até mesmo na família onde eu cresci não havia muitas pessoas que gostassem de mim, com verdade. Não sei se estes traumas tiveram algum papel na trama de acontecimentos horríveis que vou relatar aqui, mas posso dizer com certeza, que os últimos meses de minha vida foram os mais bizarros e doentios que vivi até hoje.

Minha tortura começou quando eu consegui um emprego de garçonete e, por causa disso, tive que deixar a casa do meu tio. Ele tinha me acolhido desde que nossa mãe morreu, há cinco anos. Naquela época eu era apenas uma moça sem nenhuma experiência de vida, apenas sonhos.

Meu tio não gostou muito da responsabilidade de ter que dar abrigo para nós duas - eu e minha irmã. Nem o conhecíamos muito bem, mas de nossa família só restava ele para ficar com a guarda dela, que ainda era menor de idade. Minha irmã Bárbara tinha uma personalidade forte e irritante, sempre tentando fazer uma gracinha. Ela curtia a fase das loucuras com intensidade e paixão. Eu ainda odeio isso nela. Também odiei o fato de que ela arrumou emprego primeiro e saiu da casa do Tio Bernal para viver com um namorado, me deixando lá ainda mais sozinha.

Como o emprego que arrumei não pagava tão mal, o tio Bernal alugou uma quitinete para mim, mesmo eu me opondo a deixar sua casa. Acho que ele queria sua liberdade de volta. O pequeno apartamento ficava em um bairro bom da cidade de Santos, quase em frente à praia. Por incrível que pareça, foi só então que eu passei a conhecer a loucura. Todo o horror e a sensação de observação constante. Sons grotescos de perversidade e de adoração sombria. Bestas escondidas dentro de paredes e até de pessoas... Tudo isso há apenas três meses.

Ao contrário do minúsculo apartamento onde passei a viver, meu novo prédio era enorme: 630 apartamentos divididos em 18 andares. Só 4 elevadores e dois lances de escadas, um em cada lado da estrutura em forma de ferradura. A vista do meu apartamento era para a fachada interna do prédio. Então ao abrir minha janela, tudo o que eu conseguia ver eram as janelas dos outros moradores do lado oposto. Só os apartamentos maiores e mais caros tinham uma vista para a rua. As quitinetes eram minúsculas. Sala, quarto e cozinha ficavam no mesmo cômodo, havendo apenas a porta do banheiro como divisória.

Além dos apartamentos ainda havia uma enorme garagem no subsolo, com um bicicletário abarrotado e fedido. Tanto a garagem quanto o depósito de *bikes* eram escuros e sujos. Mesmo de dia quase nenhuma luz passava por baixo dos acessos estreitos. Também não parecia haver ventilação ali e o cheiro de óleo e ferrugem dominava o local. Nunca vou esquecer a primeira vez que fui até lá.

Desde a primeira noite em que dormi no meu apartamento, fui assolada por um tormento visceral. Não havia silêncio na madrugada. Os sons, conversas e discussões dos outros 629 apartamentos oprimiram minha audição. Você poderia pensar que a maioria daqueles apartamentos pequenos a uma quadra da praia seria de temporada, do tipo que fica vazio quase o ano todo. Mas a verdade é que esse tipo de condomínio antigo está muito mais para um amontoado de gente, uma favela vertical, do que para um prédio decente. Há gente em excesso vivendo ali. Às vezes quatro a cinco moradores em um único cômodo. Não sei como essas pessoas conseguem se submeter a isso. Eu mal consigo viver sozinha naquele cubículo.

Não consegui dormir em meu sofá-cama naquela noite e para ser honesta, não há uma noite que durmo bem desde que adentrei essa fase da vida. Só consigo pregar os olhos de manhã, quando as pessoas estão fora de seus apartamentos ou quando os sons da rua superam o barulho que emana das moradias claustrofóbicas.

Porém o horror de viver ali não estava só nos sons. A visão das janelas dos demais apartamentos também me provoca uma angústia sem tamanho. Algumas vezes vi, através de frestas nas cortinas, cenas de vários tipos de violência. Mas eu já esperava isso de gente como aquela. Outras vezes, em janelas escancaradas, assisti casais fazendo sexo e se exibindo para toda a fachada interna. Todavia, a mais horripilante visão que tive dos meus vizinhos foi uma sombra que pareceu estender um membro gigante para esquartejar uma pessoa inteira.

Lógico que, até então, aquilo parecia ser algo que eu imaginava. Nunca gostei de estar tão próxima de tanta gente. Em minha infância, quando a família se reunia, eu era aquela menina que sempre ficava longe das outras. Nunca gostei muito de multidões e aquele prédio assustador representava exatamente isso. Mas para suportar meu alojamento ali, busquei ignorar esse medo inicial e me concentrei em minha vida prática.

Funcionou. Trabalhei bastante, mobiliei minha casa e procurei deixar meu pequeno espaço o mais confortável que pude. Instalei internet e TV a cabo, e com isso passei a me distrair um pouco. Também foi quando notei que tinha talento para escrever. Disponibilizei alguns contos de mistério e romance numa rede social de escritores, e com bastante dedicação alcancei um bom número de leitores.

Para alguém como eu, escrever se tornou uma válvula de escape. Uma forma de não ceder à depressão e à loucura daquele lugar. Através das páginas dos meus contos e poemas, das palavras que iam se encadeando em minha mente, eu podia ser outras pessoas. Pude viver romances que eu nunca vivi. Imaginei estar fazendo coisas prazerosas como nunca fiz. Sem falar do retorno e carinho dos leitores na internet. Foi uma descoberta incrível.

Comecei a combinar meus esforços em duas e depois três redes sociais diferentes para fazer com que minhas histórias atingissem mais leitores. Rapidamente minha vida passou a girar em torno disso. Receber elogios sobre minhas obras me alegrou demais. Em um mês fiquei viciada em ler comentários e realimentar minhas redes sociais. Só aquilo me satisfazia. Nada mais importava. Meu ganha-pão era idiótico e enfadonho. Minha casa era apenas o buraco onde meu corpo vivia. Na internet eu era tudo que eu deveria ser – Brenda Sttar, a mais nova promessa literária do país – jovem, genial e já cheia de seguidores!

Quase não notei o e-mail que recebi, me informando sobre uma entrevista de emprego. Por pouco não compareci, achando que não serviria de nada me submeter à humilhação de ser julgada só pelo meu currículo. Afinal eu sou muito mais do que minha experiência profissional. Também odiava que não tivesse dinheiro para fazer uma faculdade e que só conseguisse me candidatar a empregos ruins, mas cedi ao incentivo de minha irmã e acabei indo à entrevista. Enquanto esperava pela resposta do emprego, minha rotina passou a ser algo frenético. Estava conseguindo esquecer que vivia naquela colmeia de pessoas.

De manhã eu cuidava da casa, roupa e louça. De tarde trabalhava e à noite, escrevia. De madrugada, como não conseguia dormir, passava minhas horas nas redes sociais divulgando e travando discussões sobre o tão sonhado mundo editorial. Foi quando eu descobri que, mais do que tudo, eu desejava ter meus textos publicados e ver meus livros vendidos nas livrarias.

Eu podia estar louca, mas sabia que seria uma escritora de sucesso. Teria alcance internacional rapidamente, não me importava o que diziam os escritores mais experientes.

Nessa época, pouco mais de um mês depois que me mudei para o prédio, conheci a única vizinha por quem me afeiçoei:

Dona Stella. Ela me ajudou a pegar umas compras quando minha sacola rasgou no elevador. Por sorte ela dividia o mesmo corredor que eu. Uma senhora bem vestida, branca, de cabelos curtos e grisalhos, que vivia sozinha com um poodle branco. Seu sorriso simpático e seu jeito educado me fez controlar o medo que sentia das pessoas que me cercavam naquele poleiro.

Enfim, recebi boas notícias. Fui selecionada para o emprego novo: um cargo de recepção numa empresa de comunicações famosa. Fiquei muito animada com as possibilidades, mas o problema é que quando comecei o trabalho, fiquei sem tempo e passei a escrever menos. Para piorar minha situação, Bárbara me visitou à noitinha, deixando um bichinho de presente. Mesmo nunca tendo sido muito chegada a animais, acabei aceitando o gato, que batizei de *Litéro*.

Tentei cuidar dele. Tentei até me afeiçoar, mas essa nova tarefa me irritava. Caixas de areia que fediam, pelos de gato, fora os sustos que ele dava pulando de um móvel para o outro. Ter um gato numa quitinete era azucrinante. Assim, não fiquei muito triste quando Dona Stella me convidou para tomar chá num sábado qualquer e Litéro escapou para o corredor, fugindo de seu poodle. Nem me preocupei em encontrá-lo.

Com o aumento do meu stress e com menos tempo para escrever e interagir com meus leitores, voltei a ser afetada pela atmosfera sinistra daquele lugar. Já não conseguia pegar as escadas para descer quando o elevador demorava. Os moradores e visitantes dos demais apartamentos me assustavam cada vez mais. Até as portas das quitinetes me incomodavam com seus aspectos envelhecidos e com o cheiro de mofo emanado delas. Tudo parecia estar respirando em conjunto naquele prédio. A sensação que eu tinha era de que aquelas pessoas tramavam algo em segredo.

Às vezes, ao passar por um corredor com portas abertas eu via a sujeira e a desordem nos quartos alheios. Fora os olhares de desgosto que muitos dos moradores me davam. Se não queriam que alguém olhasse para dentro de suas pequenas vidas, que deixassem suas portas fechadas!

Isso para não falar da crescente infestação de baratas. Todos os dias pequenas baratinhas marrons saíam dos ralos e pias, buscando refúgio em qualquer buraco, colocando ovos e se reproduzindo dentro dos poucos eletrodomésticos que eu tinha. Eu tentava manter o "kit" limpo e as pias tampadas, mas nunca era o suficiente. *Litéro* voltou algumas vezes para buscar comida. Eu realmente não sentia nenhum afeto por ele. Preferia que encontrasse outro dono. Entretanto, se Bárbara descobrisse que eu tinha abandonado o gato, ela me humilharia com suas críticas. Resolvi então que cuidaria do bicho.

No emprego me instruíram a cuidar melhor da saúde, por isso resolvi tentar pedalar pela praia. Inicialmente fiquei ofendida com o R.H. da E-Corp opinando em meu estilo de vida, mas eu também não queria envelhecer com um colesterol alto.

Naquele domingo, quando tentei pegar minha "bike" pela primeira vez no porão-bicicletário, as coisas começaram a ficar surreais. Vi dona Stella caminhando lentamente pelo estacionamento do subsolo. Quando a cumprimentei ela deu um sorriso sofrido e rapidamente escondeu o braço sob a longa blusa que vestia. Perguntei se ela tinha visto o *Litéro*, mas ela não respondeu, indo em direção ao elevador, veloz como nunca. Senti calafrios quando notei que por onde ela passou havia um rastro de gotas de sangue. Não sabia o que pensar. Fiquei com mais medo dela do que preocupada. Se ela estivesse ferida e precisando de ajuda, ela teria me falado, não fugido de mim.

Não consegui pensar em outra coisa naquele dia. O que a tinha ferido? Teria sido o seu cachorro? Meu gato? Ou seria o contrário? Talvez ela tivesse escondido o braço para ocultar algum cadáver de animal e daí o rastro de sangue. Fiquei imaginando se minha vizinha não teria algum hábito alimentar horrível ou se fazia sacrifícios para alguma seita. Esse pensamento grotesco de que havia uma satanista fanática no meu corredor me atormentou por dias. As paredes do apartamento pareciam finas como papelão e o som embaralhado de conversas, música e discussões voltou com força.

Cansada, afoita e cada vez mais preocupada, voltei a buscar refúgio nos comentários da internet. Vi que alguns novos leitores tinham acessado meus contos, mas não havia bons comentários, nem resenhas. Se as coisas continuassem assim, eu jamais seria uma escritora de sucesso. Resolvi partir para a ofensiva e procurei editoras para enviar meu primeiro romance. Naquela noite, em claro, preparei uma apresentação e enviei mais de quarenta e-mails.

Após desistir das pedaladas com a velha bicicleta, busquei outra atividade física para fazer. Pensei um pouco, busquei algumas opções, mas nada me agradava. Então depois de conversar um pouco com colegas da empresa, me matriculei na aula de dança, numa academia do bairro. Fiz isso sem grandes expectativas e meio que a contragosto, pois nunca gostei de expor o meu corpo, sempre me achei larga demais, cheia de pneuzinhos e sem quadril. No fundo queria admitir que eu nunca me daria bem com nenhuma atividade física e que era melhor mesmo me concentrar em fechar um contrato de publicação para meu primeiro livro.

Logo na primeira aula minhas previsões se tornaram reais. Via olhares de escárnio e desprezo vindo de todas as colegas da turma. Elas falavam comigo, se apresentavam com educação e até faziam um esforço para me deixar à vontade na aula, porém eu enxergava a verdade por trás de toda aquela meiguice. Até o zelo da professora era falso. Elas não apenas me desprezavam... me achavam uma vergonha! Ao final daquela uma hora e meia de aula eu deixei o salão chorando e com raiva. Quem eram elas para me olhar com tanto desprezo? Por que eu tinha que ser a mais horrível e desengonçada do grupo?

Assim que eu cheguei ao prédio e subi correndo as escadarias, imagens de morte e violência começaram a passar pela minha cabeça. Queria ter a coragem de agredir aquelas moças. Imaginei-as sangrando e se arrastando nos corredores atrás de mim, implorando para que eu as perdoasse. Depois me imaginei numa livraria autografando meus livros, sentada diante de uma fila de leitores; as colegas de dança se humilhando por um autógrafo meu.

Quando cheguei à minha porta voltei à realidade. Era tarde e imperava um silêncio anormal no corredor. Ao colocar a chave na fechadura, notei que duas portas adiante havia uma luz amarela e fumaça saindo para o corredor. Tive medo de um incêndio que podia destruir o pouco que eu tinha. Reuni coragem para ir em direção ao foco. Aproximei-me devagar, observando o local do corredor onde havia um extintor, caso eu precisasse. Fui surpreendida quando uma música começou a ser entoada por várias vozes lá dentro. A fumaça aumentou e tambores ressoaram. Recuei alguns passos.

O caráter daquela música era complexo, diferente de tudo o que já ouvi. Em alguns momentos lembrava um gospel, depois o ritmo mudava, parecendo um cântico indígena. Os tambores cadenciados só podiam ser de um ritual de religião africana. E as palavras enunciadas? Elas eram o maior mistério. Não eram faladas em português, nem em nenhuma outra língua que eu já tinha ouvido. Meu Deus! O que estavam fazendo ali dentro a apenas dois apartamentos de distância do meu?!

Queria saber o que era aquilo. Se houvesse fogo, eu talvez devesse chamar o porteiro ou até ligar para a polícia. Coloquei então o ouvido na porta. Também notei o som de gemidos e guinchados saindo do apartamento sinistro. Na porta, apenas o número 78.

Algo atrás de mim se moveu e eu me virei violentamente. Um vulto passou por entre minhas pernas. Desequilibrada com o susto, caí esperando ver algum animal nojento. Notei que era apenas o *Litéro*. Minha queda provocou um baque maior do que o esperado e me desesperei ao notar que alguém vinha de dentro do apartamento em direção à porta. Eu tinha sido descoberta e precisava fugir. Arrastei-me saltando e cambaleando para trás. Não tive tempo de fugir pois a porta foi entreaberta e um rosto me observou pela fresta. Eu não conhecia aquele vizinho. Seus olhos estavam arregalados e amarelados, cheios de veias saltadas, como os de alguém entorpecido por alguma droga pesada. Pela fresta via que era um homem careca, vestindo um tipo de túnica.

Com o abrir da porta seu olhar percorreu meu corpo completamente. Sentia como se ele estivesse me cheirando com os olhos ali, caída no chão e indefesa. O gato ouriçado de medo ao meu lado emitia um tipo de rosnado. Agarrei o bicho da melhor forma que pude. O animal era uma excelente desculpa para eu estar ali diante da porta de um vizinho que eu não conhecia.

Ainda caída no chão com o gato em mãos, pude observar por baixo das pernas da figura sinistra o que acontecia no apartamento por um segundo. Seja lá o que estivesse acontecendo ali, não deveria acontecer em nenhum prédio residencial. Minha vida ali naquele lugar tinha acabado!

Dentro do *ap*. 78 vi um pequeno círculo de pessoas. Parte delas estava trajada de preto, cobertos da cabeça aos pés. Outros estavam nus. Não só nus, mas cobertos de sangue ou algo ainda mais escuro e gosmento. No centro do círculo havia uma coisa em carne-viva se retorcendo presa ao teto por um gancho. O que era aquilo?

Quando o homem que me encarava percebeu que eu olhara para o interior do apartamento, fechou a porta com violência. A música imediatamente parou e eu levantei do chão num salto rápido em busca de abrigo em meu apartamento. Tentei abrir minha porta o mais rápido possível. Toda a minha concentração estava em acertar a chave e virar a fechadura para chegar rápido ao meu refúgio.

Entrei e fechei a porta com precisão. Notei que o maldito gato ainda estava em minhas mãos e o soltei. Eu respirava com urgência e o cheiro da fumaça parecia estar aumentando. A porta do 78 deveria estar toda aberta agora. Passos no corredor indicavam que alguém estava vindo. O cântico transformou-se num clamor de vozes em fúria.

— Ela nos viu... Peguem-na agora... Onde ela se escondeu? — vozes berravam.

Os gemidos que ouvi antes também cessaram. Provavelmente o que estava vivo e se debatendo naquele gancho agora tinha sido executado de alguma forma.

Como eu fui idiota! Por que eu tinha que olhar para dentro daquele apartamento sinistro?!

Mesmo com a porta trancada eu me sentia extremamente desprotegida. Fiquei em silêncio esperando que aquelas pessoas não soubessem em qual apartamento do corredor eu estava. O que eles iriam fazer comigo se me pegassem? Seria eu a próxima oferenda a se contorcer naquele gancho? Meus músculos doíam de tanta tensão. Minha respiração travada fazia meus pulmões tremerem por ar.

Pelo som, os passos no corredor não cessaram, mas aparentemente foram ficando mais distantes. Eu não tinha coragem de olhar através do buraco do "olho mágico" em minha porta. Nem queria ver se meus perseguidores já tinham passado por ali. O silêncio imperou. Parecia que todo o prédio se calava em minha tentativa de passar despercebida pelo encontro com aquela seita demoníaca.

Voltando a respirar um pouco, reuni coragem e observei o corredor pela fenda na porta. Notei que uma das pessoas vestidas de preto voltava desapontada. Ele ou ela carregava algo que se assemelhava a um pé de cabra. Suas passadas deixavam pegadas de sangue e sujeira. Felizmente ele não parou em minha porta.

O anonimato de viver em um prédio de 630 apartamentos funcionou a meu favor. Ninguém ou quase ninguém se conhecia. Foi então que o pior aconteceu. *Litéro* por algum motivo começou a miar de medo, um miado sofrido e longo que podia entregar minha localização. Eu entrei em desespero. Precisava silenciar aquele gato.

Agarrei-o e o levei para dentro do banheiro. Ele ainda se debatia e me arranhava o braço. Tapei seu rosto com minha mão para calá-lo mais uma vez, mas não consegui mantê-lo amordaçado com as mãos, já que o maldito felino me mordia. Ele também estava apavorado. Os homens do apartamento 78 iriam me encontrar devido ao choro daquele animal estúpido. Encarei minhas opções. A única forma de silenciar o gato era matá-lo! Então, sem pensar, abri a pequena janela do banheiro e sob protestos em forma de arranhões e mordidas, joguei o animal pela janela, numa queda de sete andares.

O silêncio voltou e chorei derrotada dentro do box do banheiro. Ninguém tentou arrombar minha porta. Meu braço e mãos feridos pelo gato doíam profundamente. Eu deveria sentir remorso por ter me livrado dele? Não sabia dizer. Sentia apenas o alívio de não estar exposta ao perigo do corredor. Naquela noite não consegui fazer nada além de cuidar de meus ferimentos, limpando-os e cobrindo cada corte com esparadrapo. Nos dias seguintes procurei trabalhar mais horas e ficar menos em casa.

Ao pensar em minha situação sentia apenas abandono e solidão. Eu não podia estar louca. O que vi tinha sido real. Havia coisas sinistras e doentias acontecendo ali, bem no corredor do 7º andar. Eu tinha realmente pouco o que fazer. Não podia entregar o apartamento e voltar para a casa do tio Bernal. Ele não me queria mais lá. Então convidei Bárbara para fazer uma visita. Minha esperança era mostrar para ela como aquele prédio era enlouquecedor e pedir para morar uns meses com ela até achar outro lugar que eu pudesse pagar. Mesmo não suportando seu namorado, era uma opção melhor do que continuar a viver aqueles horrores diários.

E quanto ao gato? Diria a verdade para ela?

Antes da visita de minha irmã, encontrei a dona Stella mais uma vez. Desta vez ela pegou o elevador comigo sem falar uma palavra. Havia um sorriso conformado e frio em seu rosto. Um sorriso que eu não entendi. Seu rosto estava mais magro e seus olhos fundos. Deixei-a sair primeiro e a vi arrastando a perna esquerda. Havia um sofrimento aparente naquele andar, mas estranhamente seu sorriso persistia.

Como ela não falou comigo, a deixei seguir pelo corredor à frente. Queria observar seu andar com mais atenção. Era possível notar que seus braços e pernas não eram mais simétricos. O lado esquerdo do corpo parecia mais magro do que o outro. Para meu horror também persistia o rastro de sangue pingando de seu hemisfério esquerdo. Parecia que faltava carne em seus braços e pernas, apesar de estarem cuidadosamente envoltos em panos, do ombro aos dedos.

O pouco tempo que fiquei em casa depois desses acontecimentos foram dedicados apenas a rezar, adicionar trancas à minha porta e responder aos últimos comentários nas redes. Como ainda não havia resposta sobre a publicação do livro, me foquei nas publicações online, mas não me sentia mais motivada a escrever. Estava se tornando enfadonho continuar escrevendo para estranhos que não se importavam comigo e que nem ao menos concluíam as leituras. O trabalho na E-Corp me consumia muita energia e aquele prédio estava consumindo o resto de sanidade que me restava.

Enfim, chegou o dia da grande visita. Quando Bárbara veio sem o namorado, fiquei aliviada. Expliquei a ela toda a situação e todos os horrores que passara só para ver uma reação de descrédito por parte dela. Numa tentativa desesperada de parecer menos enlouquecida, a convidei para passar a noite comigo. Se ela ficasse ali só uma noite, saberia que eu precisava de ajuda.

Ela resolveu ficar. O mais estranho foi que naquela noite não houve cantoria satânica nem gritos assustadores. Não houve amostra de violência gratuita nem orgias barulhentas nos malditos apartamentos vizinhos. Minha frustração me fazia querer gritar a plenos pulmões. Poderiam todos os vizinhos perigosos, todos os loucos e endiabrados estarem agindo em conjunto? Era um complô obscuro para me desmoralizar diante de minha única visita em meses?

Assim que Bárbara foi embora, dizendo que sentia muito por não poder me ajudar como eu queria, eu liguei o computador. Já magoada por ter sido rejeitada até pela irmã, acessei meu e-mail só para ter uma decepção ainda maior. Uma das editoras tinha me enviado uma resposta sobre minhas solicitações de publicação. Em resumo, o corpo do texto dizia:

"Consideramos seu original interessante e bem executado, porém o formato da obra não traz novidades. Desse modo, não iremos emitir uma proposta de publicação, dadas as condições do mercado editorial. De qualquer forma, persista na publicação e continue escrevendo."

Não fiquei ofendida nem mais arrasada do que já estava. O apelo à minha irmã, as vozes monstruosas que me cercavam ali e a falta de perspectiva para minha vida só me levaram a acreditar em um caminho. Se minha irmã não podia me ajudar a sair dali, eu sairia de outra forma. Se os editores não queriam publicar meu romance, pelo menos os jornais publicarão minha história. Não havia mais nenhum motivo agora para tentar sobreviver a toda essa loucura.

Antes de terminar de escrever este relato, antes de revisar meu texto e imprimi-lo na forma de um bilhete suicida, eu ainda pude observar pelo olho mágico na porta uma nova passagem de dona Stella, que agora usava uma muleta. Ela não tinha uma das pernas. Seja lá o que a estivesse consumindo, estava ficando com mais fome.

Encerro este relato implorando para qualquer um que o leia: divulgue esta história. Ela não é ficção. Tudo o que eu descrevo aqui pode ser comprovado com investigação. Mas não venha sozinho até este prédio maldito, nesta cidade desprezível. Tome suas precauções e não se permita ficar aqui por tempo demais como eu fiquei.

Vou até a cobertura agora. É de lá que irei me despedir desta vida de tortura.

Com a mais profunda dor,
Brenda Estiane da Veiga (Brenda Sttar)

💀

Mal acredito que estou viva e escrevendo novamente. Achei que jamais produziria uma linha desde que me dirigi à cobertura daquele prédio infernal. Essa será minha única tentativa de contar o que aconteceu em seguida. Não sei se vou conseguir, pois *Ele* ainda está comigo. Sua mente arranhando-me por dentro.

Suas garras frias em meu torso levando meus próprios membros à sua boca.

Ao chegar à cobertura, que era apenas um acesso às antenas no topo do prédio, me deparei com algo que não podia estar ali: Litéro, vivo e se movendo! Entretanto o meu gato não era o único. Havia outros gatos de diversos tipos no parapeito. Todos olhavam para baixo como gárgulas de pedra. Quando eu me aproximei eles se viraram para mim, em um único movimento, me dando a sensação de que eles funcionavam em conjunto, como os olhos de um único ser. E para minha surpresa, era exatamente o que eles haviam se tornado.

Fiquei paralisada de medo com esta cena grotesca e pensei em me virar e voltar para dentro, mas o mural de gatos pulou para o piso da cobertura e veio se aproximando de mim, num semicírculo que ia se fechando ao me redor. Todos os seus movimentos eram idênticos, incluindo o balançar de suas caudas.

Ainda fixa ao meu objetivo e segurando as páginas do meu relato, tentei correr na direção do parapeito para me jogar, mas fui impedida. Não pelos gatos, mas por mãos humanas. Se eu tivesse corrido antes nem todos os gatos juntos poderiam ter me impedido de pular, mas os homens do apartamento 78 eram fortes e apareceram por trás de mim, saindo da mesma escadaria pela qual eu tinha acessado o terraço. Depois do que eu vi, preferia ter conseguido me suicidar naquele dia... Teria sido poupada de uma visão inominável que vai me atormentar para sempre.

Fui carregada para dentro das escadarias. Lá os homens de preto me despiram de minhas roupas, forçando sobre mim uma de suas capas encapuzadas. Amarraram minhas mãos e colocaram uma fita cinza e dura sobre minha boca. A mordaça estava tão apertada que eu mal conseguia respirar.

Descemos pelo elevador e pegamos o acesso ao bicicletário. Lá dentro havia uma pilha de papelão que escondia uma tampa de esgoto muito antiga. Eles abriram a tampa e me lançaram no buraco, apesar de eu ter lutado com toda minha força.

Achei que ia me afogar na água podre e escura daquele túnel que passava por baixo do prédio, mas fui erguida por um dos homens e depois colocada em fila junto de outras pessoas raptadas.

Andamos por alguns minutos nos túneis. Ouvia o som de ondas quebrando nas pedras da praia. O cheiro e a visão que eu tinha me faziam querer vomitar, mas a fita na minha boca me faria engolir novamente qualquer refluxo. Então me esforcei para ignorar as pilhas de excremento, lixo e animais mortos que se acumulavam naquele esgoto e continuei a caminhar. Imaginei que aquelas galerias deveriam desembocar nos *Canais de Santos*, largos córregos de água pluvial que cortam a cidade e levam à praia. Se eu parasse de andar, sabia que seria agredida ou talvez morta por um daqueles loucos.

Perdi a conta de quanto tempo avancei por aqueles túneis, mas lembro que houve uma segunda descida por escadarias negras de pedra. Havia muita água escorrendo das paredes e animais marinhos como anêmonas, lígias e caramujos desse ponto em diante. O cheiro de podridão se recusava a ficar para trás.

Uma das pessoas que vinha na fila comigo caiu no chão e se recusou a se levantar. Vi quando um dos homens de preto a amarrou pelo pé e passou a arrastá-la. Um som gosmento se confundia com os gemidos do pobre homem. Foi quando eu notei que entre ele e o chão havia uma camada de animais que agiam com movimento uniforme, da mesma forma que Litéro. Porém, diferente dos gatos-zumbis na cobertura, estes animais pareciam estar já em estado avançado de decomposição. Em sua maioria eram ratos e ratazanas, mas tenho certeza que vi caranguejos e até peixes servindo como uma espécie de esteira viva para o homem arrastado.

Aquela visão e o aspecto asqueroso daqueles animais se movendo em conjunto, quase convulsionando para carregar o pobre homem foi demais para mim e naquele momento minha visão ficou turva. Eu desmaiei, sentindo toda a acidez do suco gástrico escorrendo por entre meus dentes.

Quando acordei, notei que estava em uma espécie de caverna enorme. O barulho do mar ainda era presente, mas não havia luz. Deveria ser noite. Alguém retirara a fita de minha boca e eu pude respirar melhor, apesar do gosto horrível em minha língua.

Adiante, bem no meio do semicírculo de homens com capuz, havia algo que lembrava uma concha gigante. Era arredondada e pontuda, cheia de cracas e crustáceos crescendo em sua superfície. Tinha três vezes o tamanho de um homem adulto. Era escura como a noite, mas seu interior parecia emitir uma luz esverdeada e doente. Ela tinha uma abertura que parecia servir de respiradouro, soltando bolhas e espirrando água.

Os poucos raptados foram colocados em fila, bem em frente à abertura vertical da concha sinistra. Infelizmente eu não fui a primeira, pois o que vi me fez desejar ainda mais ter me matado quando tive a chance.

O primeiro homem da fila foi empurrado pelo tapete-vivo até ficar diante da concha assustadora. O som que ela emanou foi um urro de êxtase e grandiosidade. Tentei fazer relação daquele som com qualquer animal existente, mas não consegui. Seja lá o que fosse só podia ser de outro mundo, ou das profundezas desconhecidas da Terra. Eu não compreendi o que o ser dentro da concha falava com o homem, mas vi que o homem se ergueu sozinho e pareceu dialogar com a criatura. Ele tremia, pronunciando com surpresa palavras que não eram de nossa língua.

Os fanáticos que nos cercavam começaram então a cantar a mesma música que ouvi antes. A luz no interior da concha pareceu aumentar e o ruído grotesco e úmido que ela emitia se tornou pior que o reverberar de um trovão. Caí ao chão me ajoelhando de medo quando vi tentáculos saindo da concha e tocando a testa e o torso do homem.

Então, o pior. A concha demoníaca se abriu. Uma forma horripilante começou a se mover para fora, cheia de tentáculos e ventosas. Poderia ser algo humanoide ou apenas um órgão que lembrava vagamente a forma humana. Não há como precisar. Aquela forma assustadora, verde e pulsante, devorou parte do homem que se sujeitava docilmente. Não houve tentativa de fuga.

Não entendi como alguém poderia ser parcialmente devorado e se manter calado. Deveria haver alguma ligação mental entre a presa e aquele predador... Ou deveria chamá-lo de parasita? Sei disso pois, para o meu horror, eu fui a próxima a ser consumida.

Depois que se saciou com o pobre homem tendo devorado parte de seu abdômen, incluindo seus genitais, o ser da concha voltou suas atenções para mim. Ao me tocar com seus tentáculos podres, ele também violou minha mente, rasgando-me por dentro e por fora. Sem voz, apenas com palavras mentais de um idioma antigo e inconcebível. Aquele ser hediondo me questionou sobre o meu corpo. Ele desejava saber "o que nele era mais valioso em mim?". Eu não quis lhe contar, mas ele me forçou.

Enquanto a criatura saboreava lentamente minhas mãos, eu tive um vislumbre de sua origem: *Ele* era Vôrgaoth, o *Primogênito*. Um ser tão resistente e tão vil que sobrevivera a cada mudança da vida na Terra. *Ele* era um subproduto da chegada dos Grandes Antigos nas eras passadas, fora a primeira cria do próprio Cthulhu, mas não a única!

Antes da era dos homens, Vôrgaoth devorava manadas inteiras de répteis e depois de mamíferos pré-históricos. Agora, *Ele* escolhia sempre cidades decadentes e despidas de alegria para cultivar os seus hábitos alimentares sinistros. Foi o que ele próprio compartilhou comigo. Desse modo, entendi que os moradores daquele prédio estavam sob sua influência, talvez toda cidade estivesse! Mas aquelas pessoas não seriam suas únicas vítimas. Depois de se alimentar ali, ele escolheria outro lugar para se instalar. Qualquer lugar com pouca juventude e sem um senso de comunidade.

Como eu me libertei? Você deve estar imaginando. Ou ainda melhor, como eu estou fazendo este novo relato se tive minhas mãos consumidas? Bem, hoje existem ferramentas para escrita de deficientes. Afinal, meu intelecto ainda é o mesmo de antes do encontro. E a verdade é que eu jamais me libertei. O parasita de mentes nunca mata suas vítimas. Ele as prefere vivas para saborear seus corpos junto de sua dor.

Assim, voltei à minha vida. Sem poder e sem querer contar às autoridades o que houve, fiz-me de louca. Passando por inválida, retornei à casa de meu tio. Tentei também voltar a escrever algumas histórias. Não está dando certo.

Você que lê pode não acreditar em mim. Pode entender este relato como só mais um texto sensacionalista em busca de leitores que gostam de sentir medo. Não pode estar mais enganado. O horror que vivi está presente. Está enterrado fundo dentro de mim, ainda vivo. Tão vivo quanto o intruso, antigo e alienígena, que habita as cavernas subterrâneas do litoral e de minha própria alma.

Não sei se depois deste relato voltarei a escrever. Não sinto mais vontade de dividir o que trago dentro de mim com outros. Afinal, eu já divido tanto de mim com *Ele*. Apesar de despedaçada por fora, o que sinto por dentro é uma ampla sensação de conformidade e completude. Algo novo e acalentador como nunca senti antes. É estranho afirmar isso, mas finalmente estou bem... Com *Ele* dentro de mim não me sinto mais solitária.

A CIDADE

Por Luiz F. Chiaradia

No geral, as ruas de São Paulo não são convidativas. Tudo o que já aconteceu nestas tortuosas vielas durante séculos jaz agora, totalmente soterrado e esquecido. De todas as cidades centenárias do mundo, talvez São Paulo seja a única que viva o abandono em sua mais pura essência. Em sua mais pura forma.

É como se as pessoas tivessem tanto pavor do próprio passado que, ao invés de fazerem as pazes com ele, preferiram demolir sua própria história. O que não adiantou nada pois todos sabem que é impossível escapar da terrível e pura verdade: que muitas vidas já escorreram por aquelas sarjetas antigas. Estas ruas estão tão sujas de sangue quanto as mãos dos homens e mulheres que as construíram.

Porém, nada pode ser sufocado durante tanto tempo. Às vezes esses horrores ancestrais despontam na superfície, se revelando aos mais desavisados de formas tão sutis e, ao mesmo tempo, tão horrendas que o único resultado possível destes breves vislumbres macabros é uma loucura tão surreal que ultrapassa os limites da compreensão científica dos mais notáveis estudiosos do cérebro humano.

Naquela noite, a cidade faria mais uma vítima.

💀

Jorge andava pelo antigo centro da cidade. Ele cruzou uma esquina em que, em outras épocas, também pisaram reis e imperadores. Depois contornou uma moderna agência bancária onde, anos atrás, o próprio governo praticava uma tortura muito pior do que empréstimos a juros. Como quase todo mundo, Jorge não sabia que aquele lugar havia sido um magistral palco para a História. Mas sabia muito bem que, hoje em dia, estreavam ali apenas míseras tragédias pessoais sem plateia.

— Jorge. — Ouviu ele. Era uma voz de gênero indefinido, bastante fragilizada e rouca. — Aqui, cara.

Ele olhou para o lado e viu uma criança correr e se esconder em um beco. Devia ser um desses pivetes abandonados à própria sorte, assim como a cidade. Como a voz que o havia chamado não parecia ser infantil, achou que o chamado era algum pensamento alto demais e seguiu seu caminho. Queria terminar aquele trajeto o mais rápido possível.

— Caju, vem logo. — Outra vez a mesma voz. Mas agora a reação de Jorge foi completamente diferente. "Caju" era como sua avó o chamava na infância quando ainda morava no interior. Se não fosse aquele aneurisma no meio da noite, ela ainda estaria aqui e, talvez, as suas frequentes paranoias não.

Com a cabeça quase balançando por conta dos diversos pensamentos que giravam rápido em sua mente, ele apressou ainda mais o passo. E então veio de novo a voz, mas parecia que ela estava saindo do bueiro. Era mais profunda, mais gutural, mas também parecia uma voz molhada e que ecoava de algum cano profundo e rachado.

— UUUWROOOOOOGHHHHHH SKAAA.

Que som bizarro... Poderia ser apenas um carro sem escapamento. Mas Jorge sabia que não era. O começo do que ele havia escutado talvez tenha saído, sim, de um carro velho. Mas o final daquele som não poderia ser emitido por máquina alguma. Era animalesco. Ele sabia disso.

Aquela última sílaba... Um som horrendo que começava com um "S" exageradamente sibilado passava por uma propulsão de ar rápida que parecia o som de "K" e terminava com uma longa pronúncia da letra "A" que ressoava, indo de um estridente esquisito até um grave profundo. Lá no fim, o som de "A" se tornava um "O" gutural que, logo depois, se perdeu na escuridão.

— Meu Deus — disse Jorge. — Que porra é essa?

E então ele olhou para a frente, para o meio da rua. Foi aí que viu...

Suas retinas pareciam ser perfuradas com aquela visão tão horrenda. Não sabia por que, mas parecia que seus olhos iriam derreter só por ele estar vendo aquela figura incompreensível e inominável. Era tão bizarro que Jorge não conseguia saber se aquela coisa amorfa estava perto ou longe.

À sua volta, todas as casas e prédios se retorciam e chiavam como uma lesma coberta de sal. O asfalto estava quente e balançava como um tapete velho. Jorge, completamente tomado pelo pavor, sentia que o chão poderia engoli-lo a qualquer momento.

Sem mais alternativas, a única coisa que o rapaz pôde fazer resumia-se a tentar entender o que era aquela coisa que ele estava vendo. Mas quando fixou seu olhar naquilo na tentativa de identificar algum detalhe familiar que pudesse explicar a origem daquela merda, Jorge sentiu seus olhos arderem muito. Desesperado, fechou imediatamente os olhos e começou a rezar para todos os santos que se lembrou. Sua avó tinha um monte deles enfileirados na cômoda.

Mas não adiantou. De repente sentiu seu pescoço ser apertado por algo tão forte e pegajoso que não pôde esboçar qualquer reação senão aceitar sua morte. Era muito forte para ser vencido. Era muito bizarro para ser compreendido. Era de outro mundo.

Jorge abriu os olhos e bem diante dele, a um palmo do seu nariz, estava a coisa. Não tinha olhos, não tinha pele, não tinha nada que ele pudesse reconhecer. Mas sabia que aquilo o estava encarando, olhando para os seus olhos e conhecendo as profundezas da sua alma. Alma que, Jorge sabia, deixaria de existir em alguns segundos.

Quando seu último fio de vida se esvaía, ouviu outro urro daquela perversão da realidade que o segurava. Era um grito tão horroroso que nenhum ouvido humano conseguiria compreender totalmente. Mas Jorge entendeu de imediato que aquilo era um urro de prazer, um berro horrendo que se regozijava com a sua morte. Talvez fosse até uma gargalhada. Mas já era tarde demais para elucubrações.

À meia noite e doze minutos, Jorge caiu na calçada com os olhos arregalados e os globos oculares saltando das órbitas, numa expressão de medo brutal. Da boca um fio de sangue escorria. Os dedos da mão torcidos como galhos e os braços arqueados como ganchos. Petrificado. Horroroso. Morto.

Amanhecia em São Paulo. Dois policiais encontraram um cadáver de um rapaz jovem na sarjeta de uma rua suja que sobrava apenas para os policiais novatos rondarem.

— Olha aí, mais um. A gente devia acabar logo com essa Cracolândia! Olha o que essa droga está fazendo com as pessoas! Que química eles têm colocado nesse lixo?

— Essa porra de crack é uma praga, cara — respondeu o outro.

— Ô, Maurício. Olha... Olha ali!

— O quê?

— O pescoço dele...

ÚMIDO

Por João Bonorino

Já faz um certo tempo desde que estou vivendo nesta clínica. Posso afirmar que viver é um termo que perdeu seu sentido quando o máximo de movimento que me resta é o balançar dos globos oculares. Isso e as lágrimas. Essas vertem como torneiras quebradas. Quebradas como eu. O que posso adiantar: o apartamento foi vendido a um preço muito abaixo do original, mas o suficiente para me manter nesta clínica até o final da vida. Não há mérito em estar preso a este corpo. Sobre o caso, nenhum médico, policial ou parente meu ou de Rita sequer possui ideia ou teoria sobre o que aconteceu naquela residência. Eu entendo. Ninguém estava lá. Até para quem estava e "sobreviveu" como eu fica difícil de descrever o indescritível. E o pior, com a falta de controle, não existe nem forma de me desprender deste corpo para todo o sempre. Enfim, narro essa história de forma silenciosa para minha própria pessoa, pois toda maldita vez me perguntam o que faz um homem tão jovem em um lugar de gente tão próxima da morte quanto este.

☠

Vivíamos juntos há menos de um mês naquele apartamento. Éramos apenas eu e a enérgica Rita, a melhor coisa da minha vida. Vivíamos felizes e apaixonados, empolgados com uma nova etapa em um novo estado.

A mudança havia juntado dois universos em contraste: do meu lado, algumas caixas com jogos de tabuleiro e camisetas de banda, livros clássicos empoeirados e action figures impecáveis. Todo o pacote nerd, eu sei. Do lado dela, livros e mais livros de botânica — sua área de especialização —, alguns materiais de laboratório para pesquisas próprias e sua enorme quantidade de vestidos floridos. Seu favorito era um vestido preto com enormes vitórias-régias. Honestamente? O destino é um filho da puta.

Eu era o lado racional e prático da relação, concentrado em resolver problemas computacionais no trabalho e jogar RPGs japoneses intermináveis. Já Rita era o lado "good vibes" como ela mesma descrevia, e gostava de meditação, yoga e de beber chás. Eu era mais do café preto e da Coca-Cola. A gente se dava bem com essas pequenas diferenças, já que o amor por filmes de terror, sintetizadores, caminhadas longas e pizza de pepperoni era algo compartilhado. Não brigávamos.

Posso dizer que nosso destino começou a mudar após Rita participar de uma saída de campo no Rio Amazonas, cujo acampamento ficava no território de uma tribo que habitava uma região praticamente inexplorada e cujo nome nunca cheguei a perguntar. Em seu retorno carregava uma pequena muda de vitória-régia, pouco maior que uma moeda de um Real. Rita comentou que uma criança a entregou, dizendo que era um presente da Grande Mãe. Um tanto quanto estranho, mas até onde sabia, vitórias-régias não eram venenosas.

Durante a primeira semana, Rita passou horas observando a planta e cantando uma música de origem desconhecida. Quando questionada sobre a indecifrável letra, sorria e dizia que as palavras simplesmente fluíam. A cantiga soava como uma canção de ninar sombria, de tom grave e fúnebre, mas muito bem ritmado. Rita praticamente não piscava enquanto cantava. Mesmo com toda essa devoção, a planta parecia mais murchar do que de fato crescer. Rita enchia os olhos de lágrimas quando se esforçava e o resultado era negativo.

Na semana seguinte, enquanto trocava a água da planta, Rita me contava a lenda por trás do vegetal:

No tempo em que os Antigos viviam, as tribos que habitavam aquela região da bacia amazônica eram um povo só. Chamavam-se "os grandes adoradores de Da'Gon", o imortal deus das Águas. Da'gon era o Senhor das Águas e da Lua que habitava o seu mundo, o Outro Lado. Da'gon era o Grande Pai de todos os habitantes, provendo sustento, impondo sua justiça e definindo seus destinos.

Da'gon escolhia as jovens que serviriam como sacrifício anual. Os grandes sacerdotes serviam como oráculos, receptores de suas mensagens para o povo. As jovens eram recompensadas por Da'Gon ao serem transformadas em estrelas, passando o resto da eternidade ao lado do Grande Pai.

Entretanto, uma mulher possuía muita inveja das escolhidas e desejava tornar-se uma estrela, nem que isso custasse o preço de enganar a Grande Divindade, Da'Gon. A mulher matou a última jovem a ser sacrificada, tomando seu lugar no altar. Da'gon ressurgiu das águas e decidiu puni-la, transformando seu corpo em uma planta que observaria todo o Outro Lado da superfície, mas que jamais adentraria seus domínios.

Essa planta é a vitória-régia.

— Triste história, não? Dizem os sábios que essa tribo tornou a desafiar Da'Gon, sendo destruída. E parece que alguns dos únicos descendentes dela formaram a tribo que eu visi...

— Ai, merda! — disse Rita balançando seu braço para cima e para baixo como sempre fazia quando se machucava.

Rita havia cortado a palma de sua mão, fazendo surgir um sangue pulsante e escarlate que aterrissou em cima da pequena folha. A planta pareceu absorver o líquido de forma mais fácil que a água. Corri para o banheiro e fiz um curativo simples em Rita, que afirmava não precisar de pontos. O corte pareceu fundo, já que o jarro de vidro havia quebrado em pedaços grandes. Ainda lembro de seu lindo sorriso enquanto recebia meus cuidados e seus olhos ainda brilhavam, mas esse fulgor não duraria.

Após o episódio, a planta passou a crescer em ritmo acelerado, com Rita cantando sua canção cada vez mais alto e cada vez mais emocionada, encorajando a planta a seguir se desenvolvendo. A antes pequena e frágil folhagem foi transplantada de uma pequena cumbuca de barro para um balde em pouco menos de um mês. Rita preocupava-se cada vez mais com a planta e se fechava naquele vortex de cuidado e obsessão. Já não prestava atenção em quase nada do que eu comentava, como quando contei que os animais da vizinhança começaram a sumir misteriosamente. Naquela altura, o brilho de seus olhos castanhos tinha dado lugar a um preto estranho, quase fosco. Ela dizia que era a luz ultravioleta instalada na sala para ajudar no crescimento do vegetal. Eu sempre fiz as vontades de Rita, era a forma como eu expressava o meu carinho por ela. Porém, sei que atender a este capricho foi um erro. Um erro mais do que fatal.

Mas acho que as coisas realmente afundaram quando eu fui demitido. Eu estava louco, buscando vagas de emprego por todos os meios possíveis, e tudo que Rita pensava em fazer era cuidar daquela maldita planta. Eu estava irritado e ameacei jogar aquela merda toda pela janela. Era o décimo terceiro andar, não acho que algo sobreviveria. Eu queria sua ajuda para encontrar meu caminho de volta, nada mais. Eu mal levantei a grande bacia (que substituíra o balde) repleta de uma água enegrecida quando Rita lançou-se em minha direção como se fosse uma criatura selvagem, arranhando meu peito com unhas afiadas como navalhas. Dessa vez, o meu sangue caíra sobre a planta. Eu juro que senti a parte rosada da planta pulsar e fazer um som de prazer quando meu líquido caiu em sua superfície. Achei que era impressão minha. Enquanto me pedia desculpas (só depois de verificar se sua planta estava intacta), pude notar que seu rosto estava pálido, com as órbitas fundas e lábios secos, coisas que o cabelo comprido cobria durante o cotidiano.

Depois daquele evento ela trancafiou-se na minúscula despensa com sua protegida, e de qualquer cômodo da casa era possível ouvir aquele cântico irritante embalando seu crescimento. Fones de ouvido eram praticamente requisitos para viver naquela casa. Eu não queria nada daquilo, mas respeitava aquele bizarro momento de privacidade dela.

Parecia alimentar-se apenas de um chá escuro e espesso feito com a água da vitória-régia. Durante as noites, não dormia mais de uma hora em nossa cama. Vagava pela úmida casa e pela rua completamente coberta por panos. Seus banhos demoravam uma eternidade.

Em uma das noites, quando sua roupa acabou sendo casualmente erguida pelo cobertor, observei diversos cortes em seu corpo, mas ao me aproximar ela repeliu minha mão com força, seguindo para o quarto da vitória-régia. Aquele era o fim. Pelo menos para mim.

Eu teria que agir. Aquilo estava destruindo ela por fora e por dentro. Aquela maldita planta, aquele maldito chá, eu deveria destruir tudo aquilo e tentar trazê-la de volta à sanidade ou pelo menos livrá-la daquela obsessão doentia. Também sentia falta da mulher que eu amava. Não havia mais alternativa. Como éramos sozinhos naquele estado, não havia como pedir ajuda para alguém. E eu também não queria. Naquela noite acordei e senti uma umidade fora do comum ao pisar fora da cama. Algo inundava o apartamento. Com o breu da noite apenas a despensa emanava uma fria luz por baixo da porta. Eu iria conversar com Rita, precisava dizer que aquela loucura tinha que acabar.

Abri a porta, claramente era a origem de toda a água que vazava pelo apartamento e entrei na escuridão. A porta fechou-se às minhas costas, e o que vi não existia até então em minha mente, mas tentarei descrever com o máximo de detalhes (até porque ninguém está ouvindo isso, muito menos a enfermeira que limpa a saliva que escorre pelo canto da minha morta boca): o lugar estava tomado de vitórias-régias. A água negra que apoiava e alimentava as plantas (e o chá) ocupava todo o lugar, desafiando as leis da gravidade, existindo de forma estável no chão, paredes e teto. No centro estava Rita, dentro de uma vitória-régia imensa, sentada de pernas cruzadas. Em sua frente, uma planta de quase quatro metros repousava na parede. Avancei, mas meu pé afundou naquele breu aquoso de uma forma inacreditável, como se sua profundidade nem pudesse ser calculada. Uma luz balançava, pendendo do teto. Pisei em uma das plantas, o que fez todas as outras vibrarem como se estivessem reclamando coletivamente.

— Você não é uma estrela. Não me atrapalhe — disse Rita.

— Eu não sou o quê? — respondi em pânico.

— Não vou perder tempo com mortais. Eu tomarei meu lugar de direito. Vivi tempo demais aqui — Rita falava baixo, mas ressoava em todas as plantas, que pulsavam no tom de voz grave daquele corpo que um dia pertenceu à minha amada.

— Eu vim aqui exatamente para acabar com isso, Rita, foi longe demais.
Ela levantou nua, a luz ululante revelou seu branco e desnutrido corpo repleto de compridos cortes.
— Já acabou, a porta está aberta.
Tentei alcançá-la, mas a planta que estava sob meus pés começou a se fechar em meu corpo, me carregando lentamente para o breu sem fim. Enquanto afundava, vi Rita passar as mãos em seu corpo, alcançando os ferimentos e puxando a pele com facilidade, revelando uma carne rosada e espinhosa, assim como a parte interna da vitória-régia. Em segundos que pareceram uma eternidade, o terror tomava conta do meu ser. Eu sequer piscava ao ver minha companheira revelar uma carne plantal horrenda. Ela recitou seu cântico, ecoando em todas as plantas, enquanto a maior delas se abria, revelando um interior de escuridão e água; o impacto do que vi fez com que meu corpo ficasse neste estado. Aquilo servia como um portal para um universo etéreo, infinito, existindo embaixo e dentro do rio ao mesmo tempo. Cabia dentro de uma dimensão inteira, transbordando para fora do tempo em si, em quedas d'água infinitas. De lá uma voz chamou-a, em uma língua que eu não imagino ser capaz de reproduzir. O corpo de Rita (se é que eu ainda podia chamá-la por seu nome original) brilhou, entrando naquele portal horrendo para uma dimensão de horror úmido, e eu fui puxado para o breu.
Quando acordei não havia nem um resquício de força em mim, e já me encontrava preso a uma cama. Passaram-se dois anos desde que aquilo aconteceu, e agora eu vivo boa parte dos meus dias assistindo televisão e documentários sobre natureza com senhores que possuíam idades próximas de expirar. Entretanto, sempre que uma matéria é sobre o Rio Amazonas, eu fico agitado e tento desviar o olhar, com medo do que vi naquela noite.

O corte em meu peito nunca curou, e conforme o tempo passa, ele começa a adquirir uma coloração rosada e áspera, como se minúsculos espinhos começassem a nascer dali. Gostaria que fosse apenas impressão, mas um canto muito fraco começa a soar, indesejado pelos meus próprios lábios paralisados. O mesmo canto que Rita entoava... O canto da vitória-régia.

O Açude

Por Rafael Sanges

O velho soube que algo estava errado quando viu o portão escancarado. Não se preocupou em fechá-lo, apenas acelerou a camionete pela estrada de terra. No banco do passageiro, Senhor se agitou e soltou um chiado agudo, pressentindo a consternação do dono. O caminho até a casa era margeado por um pequeno pomar e as árvores se abriam para o jardim do sítio. O sol de meio-dia acentuava o verde da grama e das árvores, e uma brisa suave acalentava o ar quente e úmido.

Ele freou o carro no meio do gramado, desceu e foi direto à carroceria pegar sua espingarda. Naqueles dias, não ousava deixá-la fora de alcance. Cogitou manter Senhor preso no carro, mas o enorme cão pastor o seguiu pela porta do motorista, depois foi para frente da casa e começou a latir.

— Volta aqui, Senhor! — o velho comandou e o cão retornou obediente, mas ainda atiçado.

A casa outrora fora de um tom azul-marinho, mas a tinta desbotara com o tempo. Na fachada havia uma ampla varanda abrigada sob um telhado baixo, que cobria um piso de azulejos brancos com detalhes pretos em arabescos. As telhas eram seguras por vigas de madeira envernizada, ligadas por um comprido banco de tábua. Havia um declive no terreno lateral da casa, e a porta dos fundos se abria sobre uma plataforma alta de madeira, com uma escada que descia para as margens de um grande açude escuro, ataviado de vitórias-régias.

Por muitos anos, aquele açude foi a maior fonte de prazer deles. Tantas manhãs e tardes passadas sobre aquelas águas. Ela com um livro, ele com a vara de pesca. *Sob o som do silêncio*, Zélia dizia. Ainda não tivera coragem de tocar no bote desde que ela se fora.

O velho adentrou a casa e checou cômodo por cômodo. A cada novo aposento, sentia um frio agudo de medo na espinha. No final, arfava como se tivesse corrido uma maratona. Não achou nem viu nada fora do lugar. Sentiu um breve alívio, até notar que Senhor permanecia em alerta, trocando olhares entre o dono e porta dos fundos.

Cruzou a cozinha com passos firmes e abriu a porta. Sobre a sacada, o homem olhou para o açude e para a mata cercando-o. Então, percebeu o silêncio. Correu para a lateral da casa. Lá havia um baixo cercadinho de arame onde se erguia um pequeno galinheiro. Geralmente as galinhas ficavam soltas, espalhadas pelo gramado, ciscando e cacarejando. Não havia sinal delas.

Roubaram suas galinhas? Aquilo não fazia sentido. Confuso, sentou-se em um toco de árvore para refletir sobre os acontecimentos das últimas semanas.

Na primeira vez em que ouviu falar neles, uma comunidade de crentes que acabara de comprar as terras vizinhas, sequer dera atenção. Mas não demorou até que um deles batesse em sua porta. Um homem pequeno e nervoso, articulado, mas com uma voz aguda e irritante. Apresentou-se como irmão Josias e fez uma oferta para comprar o sítio.

De fato, o velho havia cogitado vendê-lo. Talvez voltar à capital para morar perto dos filhos. O preço oferecido era bom, mais do que valiam as terras. Por um palpitar do coração, sentiu-se tentado. Contudo, lembrou-se: ele e Zélia haviam escolhido aquele terreno, reformaram o lugar juntos e lá viveram felizes por muitos anos. Foi o local onde decidiram passar o final de sua história. Não parecia certo abandoná-lo só porque ela se foi antes dele. Informou ao homenzinho que não tinha nenhuma intenção de vendê-lo.

Dois dias depois um casal bateu-lhe a porta. O homem era muito alto e magro, com cabelos brancos e um rosto cadavérico, sua companheira era uma mulher ruiva de meia-idade, com severos olhos verdes e que parecia saída de um funeral, trajando um vestido longo e preto. Já imaginando do que se tratava, o velho abriu a porta bruscamente preparado para expulsá-los, mas ao vê-lo, a mulher de preto sorriu, mostrando dentes amarelados e tortos. Havia dentes demais naquela boca. O velho deu um passo involuntário para trás. O homem alto aproveitou para dirigir-lhe a palavra com uma voz grave e eloquente. Chamava-se Irmão Horácio e sua companheira Comadre Flor, e eram os líderes espirituais de sua comunidade. Contou a história de como os fundadores dela foram jesuítas que ali viveram muitos anos atrás, catequizando aldeias indígenas da região. Mas sua prosperidade atraiu atenção de hereges poderosos. Foram perseguidos, massacrados e expulsos. Demorou gerações para que os poucos sobreviventes conseguissem se reerguer, e ainda mais tempo para que localizassem a região do seu lar perdido. O sítio era a última peça que faltava.

O velho simpatizou com a história e disse-lhes que já era um homem de idade, e duvidava que, quando chegasse a sua hora, seus filhos se interessariam em manter aquelas terras. Aí então, a oferta poderia ser bem-vinda, mas naquele momento não.

Irmão Horácio compreendeu a recusa graciosamente e deu as costas para partir. Comadre Flor demorou um pouco a deixar a varanda, dissecando-o com aquele terrível sorriso que não tocava seu olhar.

Naquela noite o velho não dormiu e ouviu sons estranhos vindos de fora da casa. Espiou pelas janelas, mas não viu nada. Pela manhã, buscou a velha espingarda no sótão. Os barulhos continuaram noite após noite. O velho tentou emboscá-los, fez rondas com Senhor e passou noites em claro vigiando, mas não viu sinal de ninguém. Exaurido, passou a duvidar da própria sanidade. Até que, naquela manhã, se deparou com um intrincado símbolo gravado em sua porta. Não entendeu como foi possível sem que tivesse percebido.

Dirigiu até a delegacia da cidade, mas o delegado fez pouco do caso. Segundo ele, a comunidade religiosa se mostrara apenas prestativa e bem-intencionada com o município. Provavelmente não passava de um trote juvenil.

Deixando de lado seus devaneios, olhou novamente para o galinheiro vazio e foi tomado por uma tristeza súbita. Sentiu-se bobo. Sequer se importava com os bichos, afinal o galinheiro fora ideia de Zélia, que costumava conversar com elas como se fossem gente. Era dessas idiossincrasias dela que mais sentia falta.

Abruptamente, Senhor se virou em sua direção rosnando de forma ameaçadora. Por um momento o velho se assustou, até perceber que o cão olhava para algo atrás dele. Virou-se e deu de cara com uma galinha. Um bicho inteiramente preto, até sua crista e bico eram de um negrume intenso. O velho não se lembrava de já ter visto aquela ave curiosa. Senhor latiu alto, mas a galinha não pareceu notá-lo.

— E como foi que você escapou, dona Cocó? — Surpreendeu-se ao usar o termo de afeição da esposa. Riu daquilo: um velho e uma galinha conversando. O que Zélia costumava dizer? *É só você usar a imaginação que dá para ouvi-las também.* Ele escutou a voz dela nitidamente em sua cabeça. *Viu? Não é tão difícil.*

— Antes tarde do que nunca. — Pegou o bicho e o prendeu debaixo do braço. A galinha só o observou com aqueles olhinhos pretos.

Pensou em ligar para o delegado ou marchar para lá a fim de exigir uma investigação. *Provavelmente, vão dizer que foi um guaxinim ou uma jaguatirica.* Por alguma razão, o velho olhou para a galinha ao responder sua esposa imaginária

— E eu não faço nada?

É melhor você tirar um pouco isso da cabeça, amor. E se pegássemos o bote como antigamente? Podemos relembrar os velhos tempos.

Um passeio com a esposa parecia um prazer irrecusável. Com a galinha sob o braço, prendeu Senhor numa corrente nos fundos. Foi até uma palhoça à beira d'água, tirou a lona empoeirada de cima do bote e o empurrou até a margem. Pôs a ave sobre um assento, sentou-se no outro e remou açude adentro.

O velho conversou por horas com sua esposa. Havia esquecido de como era bom falar com ela. Ele e a galinha preta flutuaram pela água até o sol se esconder no horizonte alaranjado. Depois, sem cessar a conversa, foi para o seu quarto e sentou numa poltrona com a galinha no colo. Relembraram momentos felizes e divertidos e desabafaram sobre grandes arrependimentos e sonhos perdidos. A noite se tornou o dia e o velho desabou num sono profundo; a galinha permaneceu em seu colo.

Sonhou que eram jovens amantes nadando em seu açude. Mergulhou nas águas escuras e notou que o açude não tinha fundo. Sentiu que em suas profundezas coisas mais velhas que o tempo esperavam para reemergir. Ressurgiu na superfície e sua esposa encarou-lhe com um sorrisinho enigmático.

— Por que você tá me olhando assim?
— Tenho uma surpresa para você.
— O quê?
— Abre a boca e fecha os olhos.
— Como assim? — Ele riu. — É de comer?
— Vai ter que descobrir.

Curioso, ele abriu bem a boca, mas antes de fechar os olhos viu o rosto dela se contorcer numa careta de medo e em seguida, ela afundou bruscamente na água como se arrancada para as profundezas.

O velho acordou berrando. Chamou pela esposa, mas não houve resposta. O silêncio era insuportável. Onde estava a galinha? Levantou cambaleando, sentindo-se nauseado, pegou sua espingarda e deixou o quarto. No corredor, escutou uma algazarra vinda da cozinha. Já era noite, contudo viu movimento na penumbra. Acendeu a luz e viu Senhor morder algo no chão. O cão ergueu a cabeça de supetão e uma corrente partida tilintou de sua coleira. Sangue pingava de suas mandíbulas. O velho então percebeu o que estava na boca do cachorro. Viu os olhinhos sem vida.

— O que você fez?! — ele berrou e apontou a espingarda.

A raiva parecia crescer dentro dele como uma bola de fogo incandescente. Senhor baixou a cabeça entre as patas, assustado. Ao ver seu companheiro tão vulnerável, por um momento o velho se perguntou o que estava fazendo. Quase largou a arma, mas a raiva retornou ainda mais ardente, incinerando sua razão.

— Você tirou ela de mim! — Puxou o gatilho. Senhor foi atingido no flanco e caiu estatelado no chão. No mesmo instante, o homem largou a espingarda e levou as mãos à cabeça com uma expressão desolada.

— Não! O que foi que eu fiz? — Ele correu até Senhor e colocou a cabeça do animal em seu colo. Lágrimas embaçavam a sua visão e a agonia em seu peito era excruciante. Senhor respirava vagarosamente. — Por favor, me perdoa... Eu não sei o que tá acontecendo comigo. Por favor, você também não. — A respiração foi ficando cada vez mais lenta, até que cessou.

Por um longo tempo o homem apenas chorou, até um brilho estranho em meio aos pedaços ensanguentados da galinha chamar-lhe a atenção. Aproximou-se e viu um ovo preto, reluzente como uma pérola negra. Levou a mão até o estranho objeto e ao tocá-lo, o velho escutou o lamento de um oceano de vozes. Ao ouvi-las, ele sentiu um vazio doloroso crescer em seu cerne. Sentiu-se faminto e enfraquecido, prestes a definhar. Nada mais existia além daquela fome terrível. Quebrou o ovo e o derramou nas mãos. A gema tinha cor de sangue. O velho sugou vorazmente o líquido gosmento das mãos. Sua garganta queimou com se houvesse bebido água escaldante, uma brasa incandescente escorregou até o seu estômago, e de lá a agonia se espalhou por cada pedaço dele. Apesar do suplício, as vozes pareciam mais nítidas. Em meio à sua aflição ele escutou a voz dela. Ela lhe ensinou como acabar com a dor. *Sim, o açude*, ele refletiu, *o açude vai me salvar.*

Cambaleando com o esforço, o velho deixou a casa pelos fundos. Espalhados pelas margens, ele viu várias pessoas nuas murmurando uma cantiga baixa e contínua. Dentre elas, avistou Comadre Flor e seu terrível sorriso com dentes em excesso.

O velho caminhou para a beira e entrou na água. A dor sumiu imediatamente, assim como as vozes. Em seu lugar, um abismo profundo se abriu em sua alma. Ele sentiu sua consciência despencar no absoluto daquela fenda enquanto algo terrível emergiu de lá. Duas presas afiadas rasgaram-lhe o ventre de dentro para fora e uma cabeçorra reptiliana surgiu de suas vísceras. Suas escamas e couro eram translúcidas e cintilantes como cristal, e os seus olhos pareciam joias de rubi que queimavam como brasas. O tronco colossal serpenteou do velho para o açude, impossivelmente grande.

Das margens, os olhos dos crentes que testemunhavam aquele terrível espetáculo ardiam em chamas e sangue escaldante escorria por suas faces, mas eles cantavam e dançavam com alegria, pois seu deus havia renascido.

— Boitatá! Boitatá!

CONCHYLIOSITE

Por Marília Oliveira Calazans

Depois da visita da pomposa comitiva do governador, composta por pesquisadores, assessores do famoso parlamentar, gente do estrangeiro e bajuladores habituais, a vida da modesta freguesia litorânea pareceu ter ganhado ânimo. As senhorinhas sentadas à calçada para tagarelar sobre a vida íntima de outrem já podiam contar com a primeira novidade em décadas na pauta do encontro, que ocorria religiosamente todas as noites desde tempos imemoriais. O séquito veio atestar e promover a importância dos restos da pré-história guardados na cidadela, algo da sorte de cemitérios que os índios muito antigos construíram com conchas e que os brancos destruíram. Eram chamados de sambaquis.

💀

Elisa Caisu cresceu nessa paisagem ordinária, ainda que soubesse que ela mesma nada tinha de normal. A menina não era ruim, apenas meio aluada durante a infância, quando se chegou a cogitar que fosse um pouco retardada. Quando o pai faleceu de uma estranha enfermidade, veio viver com a tia-avó na casa que dava de fundos para a rua da farmácia. Tinha então onze anos, corpo mirrado que tremia sob o cabelo crespo e olhos pequenos e rasgados que lembravam as cucas que as crianças da rua lançavam ao chão depois de roê-las, chupando o caldo amargo que escorria pela casca.

Ninguém acreditou quando Elisa partiu para a capital no intuito de estudar. "Aposto que foi virar puta", falou o tabelião ao saber da notícia. Elisa nunca foi dada aos estudos, demorou a aprender a ler e decorar a tabuada. Ainda assim, dona Diva, que era a professora do quarto ano do grupo escolar, nutria uma afeição gratuita pela garota. Foi ela quem salvou Elisa da penitência do pároco quando flagrou a menina a falar com as paredes da Matriz. "Blasfêmia! Vade retro! Santo sepulcro!", vociferou o padre enquanto gritava palavras de exorcismo com raiva e cuspe. "Com todo o respeito, santo padre, tenha dó! Elisa é apenas uma criança criativa e solitária. Por minha Nossa Senhora, olha para esses joelhos. Basta. A menina vai comigo. Por acaso Deus não se manifesta das maneiras mais inusitadas? Não fala Jesus pela boca dos pequenos? Santa Joana não foi exemplar?", intercedeu a normalista, saindo da igreja enquanto puxava Elisa pelo braço.

Elisa amava história, dizia que as paredes centenárias de seu vilarejo contavam causos dos mais extraordinários sobre o passado. Dona Diva não era dada a devaneios, mas ensinou a ela tudo o que sabia. Talvez por sua influência a menina decidiu tornar-se professora, o que só seria possível longe da pequena cidade natal.

Isto foi o que me contaram anos depois. Soubesse eu desses detalhes da vida de Elisa, talvez minha doce amiga ainda estivesse viva. Tivesse eu ouvido suas histórias, poderia tê-la resgatado. Entenda, Elisa hipnotizava. Eu teria passado dias a ouvir o suave cantar de sua voz a admirar os mistérios que emanavam de sua presença. Seria incapaz de compreender seus assuntos, todavia. O dia em que nos conhecemos no gabinete do Doutor Bento Caliz, na rua Direita, achei que tinha uma cara estúpida. Doutor Caliz não deve ter tido melhor impressão da moça. Por fim, apiedou-se e admitiu-a por pedido de um conterrâneo a quem devia favores.

Também me compadeci e, depois de duas semanas, convidei-a para dividir o almoço. Foi a primeira vez que reparei como sua pele era lustrosa, de um brilho pegajoso. Elisa gesticulava enquanto falava freneticamente, como se estivesse aliviada por encontrar interlocução. Sua boca emitia palavras incompreensíveis para mim e tampouco me interessavam, na verdade. Chacoalhando as mãos pequenas na minha frente, notei que suas unhas eram róseas e peroladas, lembravam as conchas dos espécimes bivalves que decoravam o gabinete do doutor.

No início do ano seguinte iniciamos os estudos na faculdade. Eu queria ser arquiteta e ela era cada vez mais apaixonada por arqueologia. Foram dois anos de intensa convivência, de cuidado mútuo e afeto. Nossos derradeiros dias foram estranhos, porém, Elisa parecia distante, mais desajeitada que o normal, irritada e pálida. Certa noite, descascava cebolas quando Elisa me olhou com ar solene. Falou melancolicamente por três horas. Não distingui palavra. Por fim, despediu-se com um beijo e saiu. Foi a última vez que a vi.

Passados sete anos desde sua partida, posso afirmar que comecei a recobrar a sanidade e que a vida estava quase boa, sem lembranças. Até que Elisa apareceu em um sonho, depois em outro, depois em incontáveis outros. Suas aparições ficaram cada vez mais frequentes, assustadoras e reais. Se nos primeiros sonhos sua imagem parecia fluida e sutil, nos últimos dias a efígie se transformou em uma presença física acachapante. Paralisada, incapacitada para despertar e fugir, sentia meu corpo afundando como se atado a uma âncora. Era, assim, obrigada a fitar Elisa. Seus olhos negros e delicados tinham se convertido em duas esferas de uma luz branca e terrível. Sua pele ressecada e purulenta apenas completava o visual hediondo.

Os pesadelos se repetiram por semanas e quase me entreguei ao desespero. Dormia o mínimo necessário para não enlouquecer nem morrer de exaustão. Criei um mecanismo que me despertava a cada cinco minutos, evitando os estágios mais profundos e fantasmagóricos do sonho. Dediquei três madrugadas construindo a engenhoca, uma clepsidra apoiada sobre uma balança velha. Quando esta cedia ao peso do recipiente cheio, o outro prato encostava em uma sineta. Minha grande invenção não passava de um despertador muito rudimentar. Para mim bastou o fato de ter tido algum entretenimento.

☠

Qual não foi meu desespero quando, ao estrear a geringonça, descobri que não tinha utilidade. Ao adormecer, o tempo transcorria em outra escala, muito lenta. Uma noite, depois de algumas aparições da versão monstruosa de Elisa, decidi afrontá-la e perguntar o que desejava. Agarrei-me ao pouco ceticismo que sobrara de minhas convicções baseadas na ciência de rigorosos métodos e comprovações. Se tamanho horror fosse delírio ou verdade, teria de se revelar. Resoluta, encarei o espectro flutuante.

Olhando-me com severidade, a figura abriu a horrenda boca de onde escorregou uma língua em forma de lesma com um hálito que empesteou o ambiente de um odor fresco e salgado. Então ela falou. A voz nada tinha de monstruosa. Ao contrário, era calma e trêmula. Compreendi cada palavra. Mencionava a antiga sala da rua Direita e uma mensagem.

Depois de sete dias sem comparecer à repartição em que trabalhava desenhando projetos, já não esperava estar empregada. Desejei que ninguém me procurasse. Parti rumo ao antigo escritório sabendo que doutor Caliz falecera e que sua família decidiu manter a sala, conservando sua memória. A aurora mal havia rompido e eu já estava lá. Forcei a porta e entrei.

No gabinete não havia qualquer livro, mobília, criatura empalhada ou sinal dos tempos em que ali trabalhei. Havia uma mesa — uma escrivaninha bem no centro, com pequenas gavetas abertas. Aproximei-me e uma lufada de ar ergueu a poeira, que se assentou em seguida em uma espiral descendente.

Sobre a mesa, como se tivesse acabado de ser abandonada, uma foto dentro de um envelope com o nome Francisca Caisu e um endereço no verso, um bilhete para mim e uma página rasgada de um livro. O bilhete dizia:

Dorath, querida, não chore. Apenas voltei para junto de Caisu.

Aquela mensagem escrita com a grafia de Elisa significou para mim um atestado de óbito. Elisa estava morta junto a seu pai, Caisu. Mas não explicava nada e eu estava cansada de ignorar. Trêmula, li a página do livro que continha uma estranha explicação. Estas eram as palavras:

Dentre os aspectos abjetos da exploração dos sambaquis, há um especialmente repulsivo. Os sambaquis são também monumentos funerários. Encontram-se neles ossadas e até sepulturas desse homem que aqui viveu há milhares de anos.

Tal a insensibilidade que esses restos humanos de cambulhada vão, misturados às conchas, servir de matéria-prima da cal de paredes.

Para defender essa exploração necrófila e bárbara,[1]

Imediatamente lembrei-me da história do milagre do resplendor, que contou o doutor certa feita. Ele era um homem aficionado pelas histórias de sua região. Disse que um jesuíta nascido em Tenerife tinha protagonizado uma história apavorante, que aterrorizou a cercania à época. Muitos anos depois consolidou-se como um belo milagre e a verdadeira versão caiu em descrédito. Consta que o padre que vivia na pequena vila de Bertioga frequentemente atravessava o canal em direção à ermida quase defronte ao Forte. Quando o jesuíta dizia que gostava de ir ao local se "aconselhar com as paredes", a população ignorante acreditava que se tratasse de alguma metáfora. Até que, certa noite, sons e luzes efluíram da capela. O povo do vilarejo acordou para testemunhar o macabro incidente. O barqueiro que atravessara o padre voltou em estado de torpor. O que presenciara nunca foi capaz de dizer. Os antigos falam que enlouqueceu e passou o resto de seus dias balbuciando palavras ininteligíveis.

💀

---

[1] DUARTE, Paulo. *O sambaqui:* visto através de alguns sambaquis. São Paulo: IPH-USP, 1968, p. 7.

Não estava exatamente clara a relação entre estas informações, apenas tive uma intuição forte e decidi partir para Iguape, viagem que levou dois dias insones. Cheguei ao endereço que constava no envelope. Parei em frente à velha casa, o sol poente derramava uma luz âmbar sobre a construção repleta de musgo e trepadeiras que alcançavam as partes mais altas da parede. Admirei a visão por um tempo, no intento de identificar os contornos arquitetônicos, comparando-os aos da imagem. No canto esquerdo havia um monturo de cacos de cerâmica em que se podia distinguir os restos do telhado que outrora recobrira o cômodo da habitação que dava para leste.

Em uma situação comum teria considerado cada detalhe da edificação, estilo, materiais e técnicas. Meu encontro com a velha casa de Elisa não era trivial. Mirei a casa com ressentimento e fúria, mas não me deixei levar por tais sensibilidades. Sabia que ali estaria a resposta ou parte das pistas que explicariam a morte de minha miserável amiga.

Superei a repulsa e adentrei a construção, cuja porta estava entreaberta. A sala estava intacta como deveria ter sido há décadas, exceto pela grossa camada de poeira que recobria toda a mobília. Era um conjunto simples e desconforme, sem adornos. Não resisti à tentação de tocar na cadeira rente à janela. Mal encostei e um pedaço de madeira se desprendeu. Foi quando ouvi um estalo vindo de outro cômodo. Instintivamente segurei a madeira com força, pronta para revidar. Silêncio. Deve ter sido reflexo do assoalho, pensei. "Chegue aqui, doutora", disse uma voz. Congelei. Reconheci a inconfundível fala da mulher que me atormentava em pesadelos.

"Pode vir, menina, não tenha medo." Olhei para trás, vi por entre a porta a rua vazia e já escura. Não haveria vivalma a testemunhar o que pudesse ocorrer. Lembrei de Elisa e do motivo que me levara à sua cidade natal. Encarei o breu do corredor e segui rumo àquela voz etérea e tenebrosamente conhecida. Cada passo equivalia a cem batidas de meu coração. Meu rosto aqueceu e achei que desfaleceria. Quem além de mim estaria naquela casa abandonada? Com que intenção?

Andei insegura até o próximo cômodo e lá estava ela. A dona da voz, a imagem da fotografia. A esta altura, pouco me importava a possibilidade de estar diante de uma visão ou se algo ali era real. Eu estava perdida entre o delírio e a verdade. Entregue, chorei.

Dona Francisca caminhou até mim suavemente, suas mãos ásperas seguraram as minhas. "Menina, é você quem esperamos todos esses anos. Eu e minha família somos os últimos membros de uma antiga linhagem de guardiões de todas as praias do mundo. Meus antepassados foram os senhores deste litoral. Nos últimos séculos, perdemos território e destruíram nossos monumentos. Arrasaram nossos cemitérios, trituraram e queimaram os restos mortais de meus parentes, emparedaram-nos e a tudo de mais valioso que conservamos por milênios. Mas creio que quando chegou aqui já sabia disso. Estas paredes falam nossos segredos mais antigos. Você quer a verdade. Esta é nossa terra e jamais sairemos daqui."

Sementes do Mal

Por Raquel Cantarelli

Em meus pesadelos assisti a uma cidade inteira tombar, afundando nas águas vermelhas do Rio das Mortes. Ouvia os gritos desesperados daqueles pobres coitados e os assistia cair um a um a meus pés, cada vez mais sedenta de sangue. Vi o fogo que saía através do Portal do Roncador e que queimava mais que mil sóis. Um gosto pútrido entranhava minhas narinas enquanto eu rasgava em tiras aqueles corpos ainda tremeluzentes. Saltei para fora do meu pesadelo, vindo diretamente do inferno e...

Acordei no escuro total de meu quarto, tão pequeno que mais parecia a estufa de nosso laboratório de botânica. Mas eu preferi dormir ali para não ter que dividir o mesmo aposento com meus colegas de alojamento na UNIX, universidade de Nova Xavantina, no Coração do Brasil.

Mas o pesadelo foi tão medonho que ainda o retinha em meu subconsciente, como se a raiz de todo o mal do mundo estivesse brotando em minhas mãos e, de algum modo eu sabia que não era só mais um pesadelo, ele vinha se repetindo ao longo de meses e tudo começou na primeira noite depois de voltarmos de nossa incursão à Serra do Roncador para coletar trilobitas e plantas na região, rica em jazigos fossilíferos e inscrições rupestres de interesse mundial.

Não fui mais a mesma depois daquele dia, alguma coisa naquele lugar despertou uma visão imaterial à minha frente tão logo atravessamos o caminho estreito entre as rochas. Guiados pelo guardião do local, adentrei um universo completamente inconcebível não só para mim, mas creio eu para qualquer mortal. Vi uma cidade inteira surgir diante de mim, era a mesma cidade de Nova Xavantina, mas não no tempo atual.

Não existia energia elétrica, nem a ponte sobre o Rio das Mortes, então logo imaginei que aquela visão vinha de um passado distante. As pessoas circulavam vestidas de branco sem tocarem os pés no chão, e seus olhos alóctones não pareciam detectar nossa presença.

Olhei para todos os meus colegas de excursão e nenhum deles parecia ver o que eu via. Mas quando prestei mais atenção, meu professor de geologia, Roberto Navarro, estava com uma expressão tão estupefata quanto a minha e logo deduzi que ele via o mesmo que eu. Me aproximei dele e sequer senti meus lábios se mexerem quando ouvi o som que saía de minha boca.

— Professor, que cidade é essa? De onde vem essa visão?

Ele não me respondeu, mas eu sabia que ele contemplava a mesma visão que eu. Pude sentir em todo meu corpo a pressão quente que tentava me desprender do chão, meu corpo parecia pesar uma tonelada e minhas pernas não se moviam apesar de todo meu esforço.

— Professor, o que isso significa? Que lugar era aquele? Eu sei que você também viu! Eu sei que não foi um sonho e nem mesmo que estamos ficando loucos.

Ele continuava calado e permanecemos deitados lado a lado no escuro até o dia amanhecer, pois só assim não haveria perigo de eu dormir e ser arrastada para aquele lugar outra vez. Eu nunca tinha sido uma grande admiradora de estrelas, mas naquela noite elas foram nosso único consolo.

— Helena, responda, você também a viu?

O vento suave daquele amanhecer trouxe consigo o cheiro de alguma flor diferente, eu achava que já conhecia todas as plantas do cerrado, mas aquele cheiro não consegui identificar, logo o som do vento foi ficando mais forte e o "ronco" fez jus ao nome que batizou aquela serra. Era ensurdecedor, mas diferente dos outros dias, eu pude ouvir perfeitamente que misturados ao som do vento, também ficavam audíveis o choro e os gritos desesperados de crianças em suas derradeiras agonias.

— Sim professor, eu também vi e ouvi.

— Ouviu? Não ouvi nada, o que você ouviu?

— O choro e os gritos das crianças, não está ouvindo, professor?

— Não, só vi a cidade, mais nada. Acho melhor guardarmos isso só entre nós por enquanto ou vão nos chamar de loucos.

Na noite seguinte e na posterior em que passamos ali, o professor continuava a repetir as mesmas coisas e quando relembro aquelas visões, me pergunto por quanto tempo ainda teríamos passado sem ter visto nada daquilo. Seríamos os primeiros?

Será que estaríamos em melhor situação se não tivéssemos buscado respostas para o que vimos ali? Teria feito alguma diferença? Sinceramente, temo que não. E as estrelas que me fizeram companhia naquelas três noites aos pés da Serra do Roncador, hoje são minhas melhores e únicas companhias, pois nem mesmo a lua quer se juntar a mim.

Quanto ao meu professor, vou lhe contar por que ele não está mais me fazendo companhia. Apesar de ser muito falante, ele foi silenciado para sempre, já as estrelas, essas nunca dizem palavra alguma...

Aqueles gritos desesperados ressoaram em meus ouvidos já torturados noite após noite e já não aguentavam mais; sabia que não poderiam vir de nenhum pesadelo, alguém clamava por ajuda e... Por que, Deus, eu tive que ouvi-las?

Hoje peço que os céus perdoem a tolice e a morbidez que levaram a mim e ao meu querido professor a um destino tão monstruoso. Hoje já não sei mais se foi nossa natural curiosidade por desvendar os mistérios da afamada região da Serra do Roncador ou se foi o mal que habita nos corações de homens e mulheres sedentos pelo ordinário e pela aventura que me levaram para esse triste fim.

No início, o professor Roberto e eu nos tornamos inseparáveis, seguimos entusiasticamente cada nova descoberta e nos enredamos noites após noites no estudo de enigmas e símbolos arcanos que povoavam o imaginário de simbologistas e amantes do exotérico em todo o mundo, até nos depararmos com os relatos deixados por Percy Fawcett, um sertanista que era Coronel e pertencia à guarda real inglesa, altamente conceituado e que, no ano de 1925, veio ao Brasil para liderar uma expedição que virou lenda e atraiu a atenção do mundo todo para as supostas cidades perdidas na Amazônia; os últimos relatos do sertanista tornaram possível supor que seu desaparecimento se deu na mesma Serra do Roncador enquanto buscava o portal de entrada para a cidade perdida de Atlântida.

A essa altura já estávamos eufóricos e completamente deslumbrados com nossa possível "descoberta", mas por que somente nós dois vimos a cidade? E por que somente eu ouvi o grito de socorro das crianças?

Continuamos com nossas pesquisas e encontramos relatos que deram conta que, em 29 de maio de 1925, Fawcett mandou uma última mensagem para sua esposa, indicando que eles estavam prontos para entrar em território inexplorado. Esta teria sido a última notícia oficial que se ouviria da expedição. No ano de 1925, o explorador inglês Percy Harrison Fawcett teria desaparecido quando encontrou o portal de entrada à cidade subterrânea de Erks, na Serra do Roncador, junto com seu filho Jack e o amigo Raleigh Rimel.

Assim que tomamos conhecimento de tudo isso em nossas mãos, já não achávamos se tratar de pura invenção ou algo contado por exploradores e nativos da região; tínhamos certeza de que ele havia encontrado a entrada para a cidade intraterrena de Erks e nós também queríamos encontrá-la.

Fomos nos tornando, o professor Roberto e eu, cada vez mais reclusos à medida em que aumentava gradualmente nossas excursões e nossas penetrações profundas nas cavernas da Serra do Roncador. O Professor e eu logo ficamos exauridos de emoções, até que finalmente, movidos pelos estímulos das visões e dos gritos que clamavam por socorro, chegamos até uma parede de barro endurecida, com diversas marcas de pequenas pegadas moldadas ali. Eram centenas delas, senão milhares. E os gritos das crianças ficaram incessantes e cada vez mais torturantes. Eu estava à beira da exaustão.

Foi por essa pavorosa necessidade emocional de me sentir útil uma única vez na vida que comecei a cavar e enfim, de meu exaustivo trabalho ao longo de dois meses, fui conduzida por um caminho sem volta, um caminho detestável do qual mesmo em meu imenso pavor, falo envergonhada: eu queria saber quem era o algoz de crianças indefesas e este foi o meu pior erro.

Foi um dia triunfal! Depois de tanto tempo chegamos a uma câmara ritualística, um tipo de museu inominável que estava à nossa espera dentro de uma grande câmara de pedra, a qual habitamos por algumas horas em silêncio, apenas eu e o professor Roberto. Bebemos água e nos recostamos na parede até que aconteceu.

Nosso recém-descoberto museu era um lugar profano e impensável, onde com o gosto satânico misturado à nossa virtuosa neurose, presenciamos um universo de terror. Aquele era um lugar secreto até mesmo para os habitantes do inferno, o lugar onde os filhos das pobres mulheres da cidade que tinham seus bebês raptados durante a noite eram sacrificados.

Durante o sacrilégio, as crianças eram colocadas sobre o altar de pedra no centro da câmara e sua cabeça e seus membros eram arrancados e consumidos pelos senhores do lugar. Apenas seus pés eram poupados e pregados nas paredes de barro.

Mas que maligna fatalidade nos seduzira e nos guiara até aquele terrível cemitério nas entranhas da Serra do Roncador? Acredito que tenha sido o legendário sertanista Fawcett e as histórias contadas sobre ele. Consigo imaginar a cena do nobre inglês e se também ele descobriu aquele lugar.

Nos preparávamos para fugir o mais depressa possível dali quando o altar de pedra se partiu ao meio. Lembro-me de como nos voltamos assustados para o centro da câmara e vimos o momento em que um estranho objeto saltou para fora da pedra e veio rolando até nossos pés. O professor Roberto se adiantou e pegou o amuleto. Tratava-se de uma espécie de moeda antiga em ouro e cravejada de pedras de jade. De repente, um estranho guinchar gutural parecia ter saído do objeto.

Logo que contemplei aquele amuleto, eu sabia que deveria possuí-lo e passei a desejá-lo até mesmo mais do que o próprio ar que respirava. Tinha que fazer alguma coisa para consegui-lo. Ele seria meu a qualquer custo.

O professor a cada dia ficava mais estranho, mais distante e, em algumas noites, comecei a perceber que ele saía para longos passeios noturnos e voltava somente quando o sol já estava nascendo. Decidi que deveria segui-lo.

O horror me contemplou logo na primeira esquina de uma rua quase morta, no bairro mais afastado da cidade. Por alguma força sobrenatural, o professor conseguiu flutuar e eu o vi arrancando algumas telhas de um casebre e adentrar em total escuridão. Eu queria chamar por ele, mas alguma coisa me impediu, então logo em seguida o vi surgir sobre o telhado, carregando um embrulho de panos no colo. Demorei para entender o fruto de seu roubo. E só quando vi que ele tomava o rumo da Serra do Roncador que meu inconsciente processou a imagem na câmara de sacrilégio com o embrulho nas mãos do professor Roberto. Ele estava levando uma criança para o sacrifício dos demônios. Eu tinha que impedi-lo.

Era tarde demais, ele se movia sem tocar os pés no chão e eu tive que correr como jamais fizera em toda minha vida. Quando cheguei no portal do Roncador, o vento forte tentava me impedir de seguir caminho, e quando cheguei até a câmara, o professor já era uma abominação: o que restava dele eram apenas algumas tiras de seu corpo e restos de fios de cabelo que escorriam sobre aquela criatura hedionda e, em seu lugar, tentáculos pegajosos e escamosos que não se pareciam com nenhuma das criaturas que vínhamos estudando há anos. Agora ele me olhava com órbitas tão reluzentes como o próprio fogo do inferno.

O choro das crianças se tornou uma espécie de zombaria e, aos poucos, foi ficando tão perverso que me entreguei ao meu destino inevitável. Caí de joelhos no mesmo instante em que aquela abominação desaparecia na minha frente, sendo arrastado para um lugar que agora sei que espera por mim.

Saí dali e senti que meu bolso continha alguma coisa que antes não estava lá. Toquei-o e, sem mesmo tirá-lo para fora, soube que era o amuleto.

Estou escrevendo este relato antes que a noite chegue e eu tenha que cumprir minha missão. É minha tentativa desesperada de impedir que mais crianças sejam sacrificadas nas entranhas da Serra do Roncador... agora, conforme o céu vai ficando escuro e dá lugar às estrelas, sinto que já não estou tocando o chão. Devo buscar, para o sacrifício do inominado e inominável, mais uma semente do mal...

O QUE SE ESCONDE SOB A PELE...

Por André Luiz de Melo

Jennifer me fez jurar que levaria seu segredo para o túmulo. Por cinquenta e quatro anos fui leal a essa promessa, mas não há mais sentido nisso. Afinal, Jennifer está morta e ninguém sequer lembra que ela existiu um dia.

Eu a conheci quando ainda era criança no vilarejo de São Domingos e ficamos amigas logo de cara. Ela era uma menina sardenta, com um sorriso banguela sempre farto. Não havia tristeza ao seu lado. Brincávamos de boneca e fazíamos festas do pijama. Ela adorava companhia, já que seu pai, um militar funcionário do governo, passava semanas fora, e a mãe chegava tarde do trabalho na farmácia.

Tivemos uma infância feliz, até que aquilo aconteceu. Tínhamos uns 13 ou 14 anos na época e nossas mentes ainda estavam focadas em coisas da juventude. Escola, garotos, vestidos... como éramos bobinhas. Mas quem não é nessa idade, certo? Mal havíamos deixado de ser meninas de Maria Chiquinha e vestidos rodados.

Um dia Jennifer chegou na escola com uma touca, escondendo metade do rosto. Ela estava estranha, arredia. Com jeito, consegui quebrar sua resistência e descobri a origem do insólito comportamento: uma espinha enorme na testa.

— Estou horrível, Ana — disse Jennifer quase às lágrimas, escondendo outra vez o rosto.

— Claro que não, Jen — respondi para confortá-la, mas de fato era uma espinha grande e repugnante. Uma bola inflamada com a ponta branca no meio, evidenciando o pus lá dentro. Não disse isso para ela, é claro, mas não podia deixar de dar razão para sua atitude constrangida. Emprestei um creme caseiro que usava para minha pele, receita de minha avó, e por algum tempo parecia estar dando resultado. A acne parecia diminuir aos poucos e Jennifer até se animou a retirar o capuz algumas vezes.

Cerca de uma semana depois minha amiga faltou à aula. Estranhei o fato, mas não associei com o problema de pele. Nem no dia seguinte, quando ela também não apareceu. Nem no outro, ou no outro, ou no outro...

Eu estava muito preocupada pensando que algo de ruim pudesse ter acontecido. Então, depois da aula, decidi ir até a casa dela e descobrir o motivo de seu sumiço misterioso.

Quando estava chegando, vi uma benzedeira sair. Naquele tempo era comum as famílias chamarem curandeiros ao invés de médicos. Assim que a velha desapareceu na rua, fui até a porta da casa e bati.

Quando abriu uma fresta, pude ver a expressão de medo na face da mãe de Jennifer.

— Olá, Ana, querida — disse ela, mas seu tom de voz indicava que a mãe da Jen tinha pressa em se livrar de mim.

— Oi, senhora Souza. A Jennifer está? Ela não tem ido à...

— Sinto muito, Ana. Ela não está.

A senhora Souza já estava fechando a porta na minha cara quando ouvimos "mãe" vindo do quarto. Ela olhou em direção ao interior da casa e depois para mim, constrangida

— Jennifer não está em condições de receber visitas. Você precisa ir embora, Ana.

— Tá tudo bem, mãe — disse Jennifer, surgindo atrás dela.

— Pode deixá-la entrar.

Fui para o quarto da Jen. Ela estava com uma faixa na testa, e algo que parecia uma planta por baixo.

— É uma compressa de arnica — disse ela, antes que eu precisasse perguntar.

— O que houve, Jen? É por causa daquela espinha?

— Ela aumentou, e eu espremi.

— Jennifer, você faltou uma semana por causa de uma espinha idiota?

— Me prometa que nunca vai contar pra ninguém o que eu vou te mostrar.

— Jen...

— Prometa, Ana, por sua vida.

— Eu prometo.

Jennifer começou a tirar a atadura até revelar aquilo. Eu não conhecia polvos na época, senão saberia perfeitamente que nome dar àquela coisa que saía do buraco deixado pela espinha na testa da Jennifer: um tentáculo.

Ele era fino e não muito longo. Ficava se contorcendo feito uma cobra, dava até para perceber as ventosas embaixo.

Levei as mãos à boca para conter o grito de horror. Jennifer estava chorando com aquele tentáculo hediondo brotado em seu rosto.

— Eu já cortei, mas cresce outra vez. Não sei o que é isso, Ana, mas dói. Eu sinto essa coisa forçando a minha pele por dentro. É como se fosse muito maior e mais grosso. Eu estou com tanto medo...

Jennifer caiu em um choro histérico. Eu a abracei, tentando confortá-la e, ao mesmo tempo, evitar contato com aquilo.

Jennifer voltou a cobrir a monstruosidade e passamos as horas seguintes sem tocar nesse assunto. Passei a visitá-la todos os dias depois da aula. A mãe dela, que se mostrou contrária às visitas no início (por vergonha, talvez), passou a me tratar bem como antes.

Na certa percebeu que Jennifer ficava mais animada tendo alguém com quem conversar. Acredito que ela também ficava mais tranquila com outra pessoa na casa. Assim foi nossa rotina por uns 10 dias, talvez duas semanas. Falávamos da escola, dos garotos, quase nunca do tentáculo.

Lembro perfeitamente de quando me despedi de Jennifer naquela tarde fria de outono. Tive a impressão de ver, no queixo e na bochecha, o contorno do que poderiam ser outras espinhas. Temi por ela.

Fiquei alguns dias sem ir à casa de Jennifer. Dizia a mim mesma que precisava estudar para as provas, mas na verdade estava com medo de que aquela doença, fosse ela o que fosse, pudesse ser contagiosa.

Quando reuni coragem para voltar até lá, a senhora Souza mostrou-se novamente hostil.

— Vá embora, Ana — disse ela assim que me viu pela fresta da porta.

— Mas senhora...

— Some daqui, porra!

A mulher bateu a porta na minha cara. Fiquei assustada com sua reação e decidi dar a volta pelo quintal. Com isso alcancei a janela do quarto.

Bati no vidro esperando que Jennifer me ouvisse do outro lado da cortina escura.

— Jen, sou eu.

Uma pequena fresta se abriu, deixando visível apenas o olho dela.

— Oh, é você. Finalmente lembrou de mim!

— Jennifer, eu... O que está acontecendo?

— Vá embora, Ana.

— Não sem antes ver você.

— Você quer me ver? — disse ela com uma voz amargurada.

— Então olha!

Jennifer abriu a cortina da janela e levei um susto tão grande que caí de costas no chão. Não havia mais a faixa na testa. O tentáculo estava muito maior que antes, rasgando a pele. Ao redor parecia que a testa estava deformada, como se a coisa pressionasse de dentro para fora. O tentáculo se contorcia febrilmente, ventosas abrindo e fechando de ansiedade. Era gosmento e repugnante, mas o pior é que já não era mais o único.

Havia outras daquelas coisas por todo o seu rosto. Pequenos ainda, como o tentáculo original um dia foi, enrolando-se uns nos outros sem parar. Toda a pele de Jennifer que não estava tomada pelos tentáculos apresentava espinhas enormes e horríveis. No pus branco dava para ver a sombra daquelas coisas forçando a saída.

Eu não me orgulho de minha reação: levantei o mais rápido que consegui e saí correndo em pânico, tentando me afastar ao máximo daquela criatura medonha. Foi a última vez que vi Jennifer. Dias depois veio a notícia de que ela estava morta.

A dor e o remorso tomaram conta do meu peito.

O velório foi com caixão fechado. Segundo a informação oficial, o rosto dela estava desfigurado pela doença rara que a levou à morte. Mas eu sabia da verdade. O que aconteceu com Jennifer não foi apenas uma doença.

Seus pais não saíram do lado do caixão. A mulher estava abraçada ao homem grande metido em seu um uniforme militar. Ao lado deles, alguns homens pareciam fazer um tipo de escolta. Percebi que se olhavam meio nervosos, como se esperassem por algo, ou por alguém...

No meio do velório, a senhora Souza se aproximou de mim e, totalmente abalada, sussurrou três palavras que me assombram desde então: "ele conseguiu sair".

No fim do velório, o casal entrou em um veículo negro com vidros escuros, que estava por perto. Os outros homens embarcaram no carro de trás. Então se foram, seguidos por mais dois carros igualmente misteriosos. Aquela foi a última vez que os vi.

💀

Com o tempo segui em frente, me casei, tive três filhos que me deram duas lindas netas. Nunca contei a eles sobre Jennifer. Eu mantive minha promessa, como se isso pudesse redimir minha atitude com ela. Mantive minha promessa, até agora.

Escrever esse relato é como tornar a história real novamente, mas não tenho outra opção. Alguém precisa saber a verdade. Então vou guardar isso em um envelope fechado, com ordens para divulgá-lo, caso o pior aconteça.

Hoje de manhã minha neta passou por aqui para dar um alô, como ela sempre faz aos sábados. Eu a esperei com uma travessa de biscoitos como de costume, mas deixei cair assim que a vi

— Não é para tanto, vovó — disse ela em tom de brincadeira.
— Eu sei que está feio, mas é só uma espinha.

Eu rezo para que ela esteja certa, mas no fundo sei que a coisa voltou. Aquilo que se esconde sob a pele, mais uma vez, quer sair!

O Segredo do Barão de Grão-Mogol

Por Alfredo Alvarenga

I

Após algumas horas de exaustiva caminhada por uma malcuidada estrada de terra em uma abandonada região da zona rural do município de Mata Negra, chegamos às terras que um dia pertenceram ao Barão de Grão-Mogol. Aquele distrito esquecido era pontilhado por diversas estruturas em ruínas do que um dia foi uma pitoresca vila, mas, com o declínio da lavoura cafeeira, viu-se condenada ao ostracismo. Claro que os mais supersticiosos culpavam a memória do barão e as alegadas lendas sobre uma maldição como sendo as verdadeiras culpadas pela desgraça que arruinou aquele lugarejo.

Os restos lúgubres de uma igrejinha barroca nos saudavam, taciturnos. Mesmo ao sol do meio-dia, aquela velha construção que um dia foi palco de celebrações religiosas, parecia guardar segredos inefáveis há muito perdidos, e possuía uma inexplicável aura de malignidade. Porém, por mais interessante que fosse explorar os escombros de sua arquitetura, esta capela, bem como os demais casebres desabitados que emergiam em meio à paisagem decadente, não era nosso alvo. Nosso objetivo final estava mais adiante, após um bucólico bosque e aos sopés do Morro da Cascata Branca. Dirigíamo-nos para a Casa Grande do Barão de Grão-Mogol.

Em meio a uma charneca árida e pedregosa, ergue-se ainda imponente um casarão retangular com dois andares, sacadas inteiriças com grades de ferro e telhado de quatro águas. Apesar de estar carcomida pelas intempéries do tempo, com a antiga pintura desbotada e com as paredes de estuque tomadas por manchas de mofo e infiltração, bem como outros sinais de notável decrepitude, a construção ainda guardava sinais charmosos de uma portentosa soberba de outrora. O requinte colonial ainda era presente em diversos detalhes da arquitetura: fosse no conjunto em losangos de azulejos lusitanos ricamente desenhados que ornavam a entrada principal da mansão, ou pelas beiras cujos caibros eram enfeitados com pequenas esculturas em madeira da cabeça de cachorros, ou ainda pelas pinhas de pedra que pontilhavam cada canto do telhado, características apenas das habitações mais suntuosas e das quais apenas os ricos poderiam gozar.

Era inacreditável para mim, bem como para meus amigos, Aleixo e Robson, estarmos enfim diante desse sobrado. Desde que havíamos descoberto sobre sua existência, traçamos planos de um dia chegarmos até ele e empreendermos uma exploração. Este era nosso hobby, praticávamos o *Urbexing*, ou *Urban Explo-*

ration. Em outras palavras: gostávamos de nos aventurar, embrenhando-nos em estruturas esquecidas e abandonadas. Uma ode ao ocaso civilizacional e às eternas ruínas do passado humano. Eu, em especial, como sendo um amante da arquitetura colonial brasileira, bem como de nossa história. Adorava quando os alvos de nossas expedições eram velhos casarões imperiais ou dos tempos da colonização portuguesa. Muitos aproveitam os feriados prolongados — tão abundantes em nosso país — para irem à praia. Eu e meus amigos já preferíamos nos arriscar por entre escombros.

Um pouco afastado da antiga casa grande havia outro ponto tão interessante quanto para visitar. Um muro baixo de pedra delimitava o velho cemitério da fazenda; nele haviam poucos túmulos, a maior parte com os epitáfios apagados pela passagem inexorável do tempo, mas um ainda se destacava. Uma sepultura de pedra que mesmo na morte tentava sobrepujar as demais: este era indubitavelmente o jazigo do Barão. No geral a paisagem parecia agradável, sobretudo sob as luzes morosas de uma plácida tarde de verão. Era difícil acreditar que aquele lugar fosse o epicentro de lendas macabras como as propagadas pelo folclore local, ou que ali tivesse se dado tragédias inomináveis que serviram de inspiração para tantos causos fantasmagóricos. Claro que a nossa curiosidade tola nos faria pernoitar dentro das ruínas do casarão, mais como uma chacota com as velhas crendices populares do que por algum motivo de comprovação sobrenatural.

Mais cedo, naquele mesmo dia, havíamos entrevistado alguns moradores do deprimente município de Mata Negra, uma cidadezinha que parecia ter parado no tempo. Mesmo os automóveis que circulavam por suas ruas, ainda de paralelepípedo, pareciam antigos; os mais novos pareciam ter no mínimo, trinta anos. A gente humilde daquele lugar nos relatou diversos causos escabrosos sobre a antiga vila abandonada e sobre as ruínas da Casa Grande do Barão de Grão-Mogol. Histórias sobre fantasmas de escravos que após uma vida de tormentos ainda assombravam aqueles campos eram as mais corriqueiras. Outros nos relataram avistamentos de estranhos seres que vagariam pelas terras malditas do Barão e que atacavam animais nas fazendas próximas, e até mesmo pessoas. Claro, todos ligavam a falência das plantações da região à maldição que o antigo senhor daquelas terras atraiu.

Esse pano de fundo folclórico fez com que nós acreditássemos que nosso vídeo sobre a expedição se tornaria ainda mais interessante. Gostávamos de adentrar em lugares que carregavam algum simbolismo popular. Em geral, isso resultava em vídeos com mais visualizações na internet.

II

As portas do casarão ainda estavam firmemente trancafiadas, algumas por grossos cadeados de ferro fundido. Em geral evitávamos arrombar os lugares que explorávamos e, assim, procuramos outra forma de adentrar. Inspecionando cuidadosamente o exterior da casa, encontramos uma janela no térreo cujas folhas de madeira haviam apodrecido por completo e naturalmente desabado, sendo essa a nossa rota de entrada para o interior da abandonada moradia.

Embora fosse ainda dia, o interior do sobrado permanecia em quase completa escuridão uma vez que a maior parte das janelas ainda resistiam à corrosão das intempéries, assim bloqueando a luz do Sol que penetrava apenas por algumas frestas. Estávamos como de costume preparados para esse tipo de situação, e sempre levamos em nossas mochilas equipamentos e provisões para nossas excursões. Aleixo, que ia à frente, ligou sua potente lanterna e nos conduziu pelos corredores sombrios. Robson o seguia, fotografando algumas coisas interessantes e eu, por último, manuseava o equipamento de filmagem.

É indescritível percorrer os corredores vazios que um dia foram cheios de vida, é quase como voltar no tempo e compartilhar um pouco dos momentos passados. Grande parte dos antigos móveis coloniais ainda estava lá, mesmo que seu estado fosse lastimável — dada a deterioração — e que estivessem sob grossas camadas de poeira. Um efeito interessante, e ali ressaltado em nossas mentes pelos contos fantásticos narrados pelos populares, é que cada passo nosso pelo assoalho causava um ranger das ripas, que pareciam soar como se fossem os passos de outras pessoas, ou coisas espreitando na penumbra. Mas os hipotéticos espíritos desapareciam sob o exame do facho luminoso da lanterna.

Era incrível o grau de conservação no andar térreo, a cozinha parecia necessitar apenas de uma limpeza para voltar a funcionar, muito embora alguns equipamentos modernos e tão típicos em nosso cotidiano fossem evidentemente ausentes. Nada de microondas ou geladeira, e o enorme fogão era movido à lenha. Um fato curioso é que havia carcaças de animais mortos espalhados pelos cômodos, infelizes que adentraram ali e talvez não conseguiram sair, encontrando a morte por inanição ou pelas garras de outro bicho. Seguimos então para o primeiro andar. Lá havia mais janelas que se abriram com o tempo, o que o tornou mais exposto à decrepitude. Os restos do que um dia foram luxuosos móveis faziam escombros pelos cantos, e o piso estava tomado por todo o tipo de lixo trazido pelo tempo, bem como mais carcaças putrefatas de animais. Havia um perigo maior em prosseguir por ali, já que a estrutura poderia estar comprometida. Felizmente a construção era sólida e não sucumbiu à completa ruína, e assim prosseguimos.

III

A História por trás das terras do Barão de Grão-Mogol eram mórbidas, dignas de um roteiro de teledramaturgia. A casa que avidamente explorávamos foi construída em 1845 pelas mãos de incontáveis escravos nas terras adquiridas pelo Barão de Grão-Mogol. As origens de sua fortuna e poderio eram nebulosas, algumas fontes indicavam que ele teria tido um papel de relevância na guerra contra os farroupilhas, ganhando do imperador o título de nobreza. Outros indícios apontavam que sua fortuna teria vindo do tráfico transatlântico de cativos. O que toda a documentação apontava era que aquele homem era extremamente perverso e desvairado.

Dizem que o porão de sua casa era uma masmorra de horrores, na qual ele cometia atrocidades que sobrepujavam as comumente cometidas por outros senhores de escravos. Mesmo quando leis criadas contra o maltrato excessivo aos escravos entraram em vigor ou quando a abolição batia às portas da História, o Barão de Grão-Mogol continuava a perpetrar suas maldades. Alguns documentos contam que, quando em 1885 foi aprovada a Lei do Sexagenário, o Barão, ao invés de dar a alforria aos idosos, preferiu afogá-los em um açude próximo. E não tardou para que boatos mais sinistros sobre ele começassem a serem espalhados, sobretudo quando o rico fazendeiro deixou de comparecer às missas de domingo, o que, para a sociedade do século XIX, era um grande escândalo.

As negras mais formosas eram as que sofriam os piores castigos. Além de toda desumanidade a que eram submetidas, segundo os cochichos em cerimônias heréticas, as que porventura engravidavam eram assassinadas com sadismo. Comentava-se que o barão, quando era jovem e trabalhava infamemente como negreiro, havia comprado de um comerciante árabe na costa oriental africana uma cópia de um misterioso livro. Especulava-se se isso seria uma forma de amedrontar os pobres escravos ou se de fato celebrações diabólicas ocorriam ali.

Outra vítima da maldade desmensurada do Barão foi sua esposa. A baronesa Emília de Sá, uma jovem e bela dama que teve a infelicidade, como muitas de sua época, em ter um casamento arranjado. Ela era constantemente vítima de agressões de seu marido, além de ser, segundo os comentários populares, arrastada para orgias hedonistas no porão do casarão. Essa vida de humilhações e a possível exposição aos rituais satânicos que seriam conduzidos ali corromperam a sanidade de Emília. Os registros indicam que a pobre sinhá enlouqueceu pouco tempo depois do aborto espontâneo do seu primeiro e único filho. Ela com frequência era vista caminhando pelos campos e pela vila dizendo impropérios desconexos em uma língua desconhecida dos locais e conversando com seres que apenas seus olhos dementes viam. O Barão, por fim, a trancafiou em um quarto no segundo andar de sua mansão, onde permaneceu até seus últimos dias. Há relatos de que a baronesa tenha feito peculiares desenhos nas paredes, usando como tinta o sangue que vertia de cortes autoinfligidos.

Entre os negros daquela época circulavam muitas histórias sinistras sobre a estranha religiosidade satânica do Senhor de Grão-Mogol. Pais de santo em transe diziam que seus guias temiam o mal que repousava naquela maldita fazenda, e que pouco podiam fazer ante um poder tão antigo e nefasto. Calafate, um negro melê seguidor do islã, que conseguiu fugir dos horrores do barão, jurou que o cafeicultor era versado em uma forma primitiva de árabe e que do porão da Casa Grande recitava poemas proscritos, versos do Al-Azif escritos por Abdul

Alhazred, o profeta herege de Damasco. Mas as autoridades da época estavam pouco interessadas em combater alegações de bruxaria, e pouco foi feito sobre isso oficialmente.

O fim do terrível Barão de Grão-Mogol foi tão incerto e nebuloso como tudo em sua vida. Ele simplesmente desapareceu. Foi no final de outubro de 1887 que foi visto pela última vez. Seu corpo nunca foi encontrado e a grande sepultura que vimos no cemitério jazia vazia de qualquer cadáver. Os escravos foram culpados de um complô pelo assassinato, o que, apesar de poder ser considerado uma justa revolta perante as mazelas que passaram, consistia naquela época em um crime. Quatro homens foram apontados como algozes e enforcados, o restante foi revendido para fazendas em pontos distantes do país, e com alguma sorte conseguiram sobreviver até a Lei Áurea de 1888.

IV

Um dos pontos altos de nossa exploração ocorreu quando chegamos ao antigo quarto que, por sete anos, trancafiou a baronesa. A porta não estava mais trancafiada e conseguimos adentrá-lo com facilidade. As janelas, como no térreo, estavam fechadas, e por isso dependemos mais uma vez das lanternas. O clima no antigo cárcere da sinhá era tenso, só podíamos imaginar as dores que aquela mulher, bem como tantas outras ali, sofreram em suas miseráveis vidas desgraçadas por um monstro sádico e maquiavélico.

Procuramos pelas paredes da alcova por vestígios dos estranhos desenhos feitos pela mulher em seus devaneios alienados. Mas não encontramos nada. Havia algumas marcas peculiares que pareciam ser símbolos hieroglíficos ou cuneiformes, mas muito provavelmente eram manchas de mofo resinificadas por um fenômeno de pareidolia. E as manchas de sangue, se realmente houveram algum dia, já estavam há muito limpas.

Descemos em seguida para o clímax de nossa aventura, o local que realmente almejávamos descortinar de seus mistérios. Refiro-me evidentemente ao porão, descrito por uma masmorra pelos antigos escravos ou mesmo como uma capela para missas diabólicas. Não sei o que realmente procurávamos encontrar naquele andar subterrâneo, éramos céticos quanto ao sobrenatural, por isso descartávamos qualquer encontro com o além. Demoramo-nos um pouco no térreo imerso em penumbras para encontrarmos a escada para o pavimento inferior, mas por fim localizamos a passagem.

Era uma sólida escadaria de pedras que descia por um túnel estreito, a escuridão se aprofundava ainda mais conforme descíamos, e contávamos apenas com nosso aparato para iluminar o caminho. Ao contrário do restante do casarão, que era construído por alvenaria e madeira, ali tudo parecia ter sido escavado na rocha, com um teto baixo e sem janela alguma, um ambiente claustrofóbico e opressivo. Após o desaparecimento do barão, outra família tentou morar ali, mas uma série de perturbações não muito bem especificadas os afugentaram, alimentando mais ainda a má fama do imóvel. Um terceiro proprietário tentou tocar a fazenda, mas na virada do século XX, a lavoura declinou, o solo perdeu a fertilidade e toda a região entrou em decadência. Desde 1911 o sobrado estava abandonado, e talvez fôssemos os primeiros em mais de um século a descermos até aquele porão.

Os feixes das luzes de nossas lanternas revelaram estranhas estruturas de ferro enferrujadas pelo tempo, correntes que pendiam do teto, coisas semelhantes a pequenas jaulas e uma dezena de objetos repulsivos usados apenas para infligir dor e sofrimento. Eram reais os rumores, ali funcionou uma câmara de torturas. Mas havia outros objetos ainda mais apavorantes. Nas paredes, ossos humanos formavam estranhos padrões, como se fossem esculturas sacras em uma capela infernal. Havia ainda símbolos antigos esculpidos nas pedras, desenhos estranhos semelhantes aos padrões cuneiformes da antiga Mesopotâmia, além de palavras que pareciam estar grafadas em árabe.

Sentia meus ossos tremerem e o ar à minha volta gelar. Quase podia ouvir os gritos de socorro dos inocentes que padeceram naquele antro de perversão. O ar era denso e pestilento, tal como a morte. Nunca estive antes em um ambiente como esse, e espero jamais adentrar outro lugar tão terrível, os lamentos angustiantes do passado ainda ecoam no presente. Contudo, essa sensação incômoda estava longe de ser o pior acontecimento daquele dia.

Mais adiante, na sala, havia uma grande rocha retangular, algo que nos remeteu imediatamente à imagem de um altar para sacrifício. A impressão que tínhamos era de que aquilo na verdade se tratava de uma caverna, que aquele recinto era muito mais antigo que o restante da casa construído por cima dele, como se o Barão de Grão-Mogol tivesse se mudado para aquelas bandas já com profanos intuitos, ligados justamente àquela gruta nefanda.

Observei Aleixo e Robson se aproximarem do grande altar enquanto algo me prendia, imóvel, frente à escada. Talvez fosse o medo em estar ali descortinando os segredos que há muito foram confinados. Conforme Aleixo se aproximava da pedra central, um som estranho começou a soar pelo ambiente. Parecia um rosnado animal, embora o timbre fosse espectral e quase metálico. Ele procurou a fonte do som enquanto eu ainda registrava tudo com a filmadora. Foi quando vimos surgir da escuridão um ser inominável. Vi aquela abominação por uma fração de segundos, mas jamais a esquecerei. Uma criatura bípede e grotesca, com quase dois metros de altura, pernas e braços musculosos; tinha uma pelagem amarelo-escuro, uma grande e desproporcional cabeça, espinhos no dorso que desciam acompanhando a linha da coluna, uma mandíbula pequena, porém ornada com três grandes e aguçadas presas, e um par de hediondos e grandes olhos vermelhos que ardiam como brasas.

Aquele ser saltou sobre Aleixo em uma fração de segundos, fazendo sua lanterna cair, e perdemos de visão o ataque do monstro. Apenas os gritos apavorados de meu amigo ecoaram nas trevas. Robson e eu saímos em disparada do porão, não tivemos a coragem de ajudar nosso amigo. O instinto de sobrevivência falou mais alto naquele momento, pois sentíamos a fera nos perseguir no escuro. Sem a iluminação adequada, víamo-nos perdidos no interior da Casa Grande, apenas fugíamos do rosnado metálico do monstro. Após momentos de desespero, encontramos a rota por onde adentramos as ruínas, iluminadas pela luz do sol de uma tarde de verão. Mas antes de alcançarmos a luz, a blasfema criatura fez sua última aproximação, agarrando Robson, que vinha pouco atrás de mim. Voltei-me para tentar lhe ajudar, mas tudo o que pude fazer foi observar e filmar a besta cravar suas três presas no pescoço de meu amigo e retroceder para as sombras, como se fugisse da iluminação do dia.

Corri para fora da mansão, mas ao saltar pela janela deixei a filmadora cair. Não estava preocupado com isso no momento, tudo o que eu queria era voltar para a civilização antes do cair da noite. Corri o máximo que pude até meus membros arderem de dor e, nos últimos minutos de claridade, já havia alcançado o centro de Mata Negra. Entrei em meu carro e fugi dali o mais rápido que pude. Não sei o que era aquilo, mas acredito que talvez seja algo trazido a este mundo pelos sacrilégios e rituais feitos pelo Barão de Grão-Mogol, um segredo que jaz escondido nas trevas de sua velha casa. Sei que essa história é inacreditável, e que eu sou o suspeito pela morte de meus dois amigos, mas tenho as provas em minha filmadora que infelizmente deixei para trás, porém, por nada nesse mundo voltaria a pisar naquela terra maldita.

Assombro

Por Miquéias Dell'Orti

O ônibus me carrega sobre o trânsito das dezenove horas. O calor se materializa em gotas desconfortáveis de suor que grudam minhas costas ao tecido da camisa e o interior do veículo intoxicado de monóxido de carbono, fazendo meus olhos lacrimejarem.

Parado no oitavo semáforo seguido, imploro para que desta vez uma camada de ar fresco impeça minha completa exaustão por mais alguns instantes. Estico a cabeça até a janela e não sinto nada além do bafo quente e fedorento de São Paulo.

Olho para fora e vejo um cachorro. Ele está parado nos limites entre o cinza grosseiro da calçada e o gramado de uma praça que se estende até um pequeno córrego. Com os olhos vigilantes ele espera, balançando o rabo lentamente.

O semáforo brilha verde e o veículo começa a se mover. Eu aguardo em vão uma silhueta que não surge. Simplesmente nada. Não há ninguém caminhando em direção ao animal. Nenhum dono de sorriso gentil chamando pelo amigo. Nenhuma criança correndo brincalhona em sua direção. O cão abana seu rabo para a imensidão do Nada e alegra-se na presença do Vazio, celebrando a chegada do Invisível.

Na direção das margens do córrego imundo, uma luz amarelada chama minha atenção. Vejo um grupo de pessoas sentadas em círculo ao lado de uma árvore sem folhas. Vistos de longe, seus rostos parecem sombras sem contorno. Elas parecem confabular algo tenebroso, negro e proibido, ali, acolhidos pela Escuridão, enquanto a criatura abana seu rabo para o que não deveria existir.

Cansado, fecho os olhos e permito que os sonhos me dominem. Do fundo de minha mente, consigo ver o detalhe de seus rostos. Eles também parecem me ver, me acusar com olhares, amaldiçoando minha curiosidade, e penso — sem saber o motivo — que certos olhos nunca devem ser encarados e certas portas nunca devem ser abertas.

Abro os olhos e tento desviar desse devaneio acompanhando o movimento enquanto o ônibus avança por cima de uma ponte. Os carros iluminam a avenida com luzes inquietas e eu relaxo no banco. As pálpebras pesam e eu adormeço sob o calor sufocante dominado por sonhos.

Agora, vejo-os perfeitamente. Faces apáticas e bocas que parecem costuradas com uma linha fina e escura. Eles entreolham-se e olham em minha direção. Posso sentir seu ódio e sua sede inconcebíveis. Sinto seu cheiro também, eles cheiram como rosas mortas e ossos secos. Eles têm o cheiro da Morte e a querem para mim. É o que sinto ao observá-los e ao deixar que me observem enquanto trocam segredos, sussurrando enquanto me olham de relance como coiotes apreciando um pedaço de carne.

Então, eles sorriem. Eu vejo. Percebo as finas linhas que são suas bocas arreganhando-se em dentes vermelhos e pontiagudos, como guarda-chuvas fechados, pendurados no varal de suas gengivas. Eles apontam para mim e eu quero despertar desse pesadelo pois sinto que, se eles esticarem seus dedos podres, podem tocar a pele da minha face, rasgá-la ao meio e fazê-la verter o sangue quente das minhas raízes; podem sugar toda a história da minha existência e a de meus ancestrais, fazendo-me cair no abismo do Desespero e do Sofrimento sem fim.

E quanto mais demando esforço para distanciar-me deles, mais essa sua força invisível, descomunal e terrível parece aumentar, sobrepujando-me. E de dentro do meu âmago eu quero saltar sobre a grama rasa e correr ao seu encontro. Como uma mariposa que voa incessante e autodestrutiva para a luz artificial.

Mas não! Não posso ceder à escuridão terrível que os cerca para encontrar minha própria destruição no meio daqueles seres de palidez mórbida. Não posso permitir-me acabar com minha existência, mas ainda sinto algo neles. Algo um tanto atraente e enjoativo, como o perfume de crisântemos rodeando uma lápide antiga. Algo que comanda meu corpo como uma marionete, me faz levantar e correr ao seu encontro, tropeçando e salivando por eles enquanto eles salivam por mim; os mesmos a estender seus braços pegajosos, com os dedos pontudos apontados para mim. Sorrisos abomináveis me dando boas-vindas. Aproximo-me deles rapidamente, e no momento exato em que minha pele é rasgada pelas suas garras como um pano podre, tudo se converte em escuridão.

Acordo com o peito em chamas. O suor frio escorre pelo meu corpo. Dentro do ônibus, os corpos dos passageiros balançam como marionetes, indiferentes a qualquer coisa.

Tento me acalmar e olho pela janela à procura das luzes que refletem o falso conforto da realidade. O ônibus freia e o tranco me lança para frente. Eu seguro no encosto e olho para o lado de fora. A rua não asfaltada anuncia que cheguei ao meu destino.

A porta do veículo se abre, ofegante como um vazamento de gás. Eu me levanto e caminho pelo corredor. O motorista parece não me notar. Ele olha para a frente, estático como um boneco de cera. Ao lado dele há um livro antigo, na capa, a escuridão me permite ler apenas parte do seu nome: *Azif*.

Piso na calçada e observo a extensão de um gramado. Ali, sob a luz amarelada de um poste, vejo um cão roendo um pedaço de osso com os nervos frescos ainda presos em sua superfície. Ele levanta o focinho, me encara e arreganha os dentes manchados de sangue, balançando seu rabo lentamente.

ÚLTIMA APRESENTAÇÃO

Por Igor Cabrardo

— Ele virá esta noite cobrar a dívida. — Lucas estava sentado na poltrona à frente do palco, observando a plateia escura como quem observa o eco de uma lembrança. — Consegue sentir o cheiro das uvas? Ele está cruzando o pomar em direção à porta da frente.

💀

Fez-se silêncio por alguns segundos e então as luzes se acenderam. Da última fileira eu via as fileiras de cadeiras vazias. Lucas voltou-se para a plateia buscando o olhar da única pessoa presente além de mim e, ao ver Octaviano Braga - o diretor - se dirigir para a saída sem dar nenhum retorno sobre a cena, sua ansiedade se tornou aflição.

— Vocês têm vinte minutos até a última passada. — Octaviano disse sem olhar para trás. — Estejam no coliseu sem um minuto de atraso. E Lucas, isso inclui seu colega de cena.

Lucas desceu do palco trajando a costumeira malha dos ensaios, caminhou até mim aliviado e me abraçou forte.

— Ai, Isaac, obrigado. Você salvou minha vida. Literalmente.

— Imagina.

— Vem, vamos colocar o figurino e ir para o coliseu. — Ele pegou minha mão e me conduziu em direção ao palco.

— Mas a gente não vai nem repassar o texto?

— Isaac, relaxa. Não temos tempo e eu confio no seu trabalho. Apenas entre no personagem.

Eu tinha decidido abandonar o teatro e fazer algo que não me sugasse tanto oferecendo tão pouco em troca. Ultimamente tinha se tornado impossível distinguir minha vida pessoal do trabalho, eu quase não via meus amigos e passei a ter inúmeras crises depressivas. Quando finalmente decidi me afastar, Lucas me pediu ajuda.

— Gente, traz a roupa que era do Tiago, por favor... — Lucas gritou enquanto entrávamos na coxia. Além de nós havia mais quatro atores, todos trocando as malhas por sombrios ternos pretos.

O texto, apesar de conter alguns alívios cômicos, era bem denso. Me senti mal durante os três dias que passei estudando-o, sentindo uma sensação de agouro muito ruim.

Alguém da produção me trouxe uma bata branca que não combinava com o restante do figurino e ajudou-me a trocar.

— É ele quem vai substituir o Tiago? Tão bonitinho! — O cara mais ao fundo me encarava.

— Osmar! — Lucas parecia irritado. — A gente tem quinze minutos, vamos focar no ensaio?!

Envergonhado, me concentrei em vestir os trajes do tal Tiago. O cara abandonou o elenco uma semana antes da estreia e eu entrei como substituto. Era a oportunidade da vida do Lucas. Octaviano Braga era uma lenda no meio artístico de Campo Dourado, uma pequena cidade em desenvolvimento no estado de Minas Gerais. Ele e sua companhia eram o que mantinha o teatro vivo na cidade, organizando festivais de inverno e outros eventos culturais em parceria com a faculdade e com outros órgãos públicos. Lucas estava recebendo a chance única de fazer parte disso. Ele implorou minha ajuda; ninguém mais estava disponível e eu me sentiria muito mal se não o ajudasse sabendo que podia. Então, esta seria minha despedida dos palcos. A última apresentação.

— Dez minutos, galera! — Nunca tinha visto o Lucas tão autoritário. A pressão da estreia sempre causava estresse no elenco, rendendo conflitos muitas vezes resultantes em rompimentos. Talvez fosse o motivo da saída do Tiago.

Os cinco atores colocaram máscaras negras e envolveram o pescoço com um brilhante lenço roxo. Lucas, igualmente vestido, me entregou uma taça de prata.

— Beba.

Obedeci. O mais doce vinho desceu pela minha garganta. Me senti instantaneamente mais relaxado. Fizemos um círculo e o Lucas puxou a oração pré-cena. Ele recitava cada verso e todo o círculo repetia logo em seguida.

— Eu seguro a sua mão na minha... — O aperto das mãos gerou calor e eu comecei a me sentir um pouco zonzo. Talvez eu tivesse bebido rápido demais. — ... para que juntos possamos fazer aquilo que eu não posso, não quero e não consigo fazer sozinho.

Todos começaram a bater os pés no chão num crescente cada vez maior até que, ao invés de gritarem "MERDA" como pedia a tradição, todos começaram a uivar numa algazarra assustadora.

Caminhamos em silêncio, os atores apagavam as luzes e fechavam as portas à medida que saíamos e, ao chegarmos ao pátio, encontramos a faculdade completamente deserta.

Eu me sentia pior a cada segundo, minha visão embaçava e eu não distinguia bem o rosto dos atores. A procissão seguiu por uma estrada de terra e adentrou a área verde do campus. O ambiente era tão rústico com todas aquelas árvores se perdendo no escuro completo que foi como se deixássemos para trás a civilização.

Tambores começaram a batucar em algum lugar dentro da noite. Mais à frente, luzes brilhavam numa clareira. Caminhamos por mais um minuto ou dois até que chegamos ao coliseu, uma grande arena com um palco italiano onde aconteciam os festivais de inverno da escola de artes. Rodeando a arena e demarcando as escadas haviam velas que lançavam uma luz cálida e aconchegante. Eu fui guiado e posicionado de frente para o palco, dois dos atores foram para a direita e dois para a esquerda, formando um semicírculo. Lucas se aproximou por trás, pousou as mãos na minha cintura e sussurrou com os lábios colados no meu ouvido:

— Consegue sentir o perfume das uvas? — Sim, eu conseguia. Era inebriante e combinava perfeitamente com a atmosfera surreal do lugar. — Ele está cruzando o pomar em direção à porta da frente.

Vozes se uniram ao instrumental ritualístico, entoando um cântico de melodia antiga que preenchia a noite e espantava completamente o frio. O vento soprou quente como o hálito do diabo, o perfume de uvas frescas se tornou tão forte que embrulhava o estômago. Cinco tochas circulavam as paredes. Não havia poltrona nem nada do cenário anterior. Dominando o centro do palco havia um círculo de velas e, paralela a mim, na parede oposta havia uma velha porta de madeira.

Octaviano surgiu de uma das coxias usando uma máscara maior que a dos outros. Seu terno igualmente escuro ostentava um lenço do mais puro tom de carmim. Ele caminhou até o centro do palco enquanto a sinfonia silenciava-se por completo.

De frente para a plateia, ele disse numa voz perfeitamente projetada, capaz de alcançar a última fileira e ir além:

— Convoco ao círculo sagrado os descendentes dos fundadores.

Mais quatro homens mascarados surgiram das sombras portando tambores e se posicionaram no semicírculo formado anteriormente. Todos estendiam as mãos como se quisessem tocar-se, mas não chegavam a fazer contato.

— Nos reunimos esta noite para receber nosso novo membro. Aproxime-se e traga seu sacrifício, Lucas Alves de Almeida.

Lucas segurou firme meu braço e começou a me guiar em direção ao palco. Senti minhas pernas falharem.

— Lucas, o que está acontecendo? Eu não consigo...

— Shhh... Se apoie em mim. Eu te ajudo.

Lucas me apoiou e juntos seguimos. Olhei em volta: minhas vistas estavam borradas como se eu olhasse através de um véu etéreo. As luzes das velas pareciam faróis em meio à chuva e os rostos eram desprovidos de feições. O cheiro de uvas ficava mais e mais forte à medida que nos aproximávamos do palco.

Subimos a pequena escada lateral, Octaviano assumiu seu lugar com os demais e Lucas me posicionou no centro exato, de frente para a porta. Ele buscou a taça novamente. Eu mal conseguia segurá-la, então ele próprio levou-a aos meus lábios, me deu um gole e despejou o resto sobre minha cabeça. Lucas caminhou cauteloso até os fundos, se ajoelhou diante da porta e entoou solenemente:

— Eu, Lucas Alves de Almeida, ofereço o sangue de Isaac Augusto de Souza em troca do sangue que abastece as Adegas dos Fundadores. Oh, poderoso Anhangá, recolha esta alma e em troca jamais permita que a minha taça fique vazia. Conceda-me a ascensão destinada aos Grandes Antigos e permita-me servi-lo com o meu ofício. Caminhe, oh Senhor das videiras, adentre nossa casa e receba minha oferta.

Lucas se levantou, caminhou até mim com os olhos marejados e, num sussurro quase inaudível, disse:

— Me perdoa. O Tiago pulou fora e eu não tinha outra escolha. Se eu não oferecesse alguém eu não...

A voz de Octaviano soou clara e grave:

— É hora de pagar com sangue o teu êxito.

Uma trombeta soou dentro da noite e Lucas saiu do palco, apressado. Não vi para onde ele foi, não tinha forças para me mover. Senti algo pingar no meu rosto e então grandes gotas começaram a cair sobre o palco. Olhei para o céu ao mesmo tempo em que uma nova trombeta vibrava o chão sob meus pés. Uma gota caiu dentro da minha boca e senti gosto de vinho. A Lua, que reinava cheia em seu esplendor prateado, foi tingida de vermelho vivo como que abatida em pleno ar.

O silêncio se fez quase absoluto, quebrado apenas pelos pingos da chuva vermelha que empapava as terras do campus. Um distante trotar se fez ouvir ao longe. Não era algo rude e bárbaro como o trotar de um cavalo. Aquele som era solene e gracioso, carregado de orgulho e majestade, se é que é possível um simples som transmitir tantas impressões. O som foi crescendo à medida que se aproximava. Vinha de trás do palco, das densas matas que preenchiam todo o Campus. O som reduziu a velocidade até silenciar-se e então, após um segundo de absoluto silêncio, a primeira batida sacudiu a porta aos fundos do palco. Era impossível que qualquer coisa estivesse do outro lado. Era tudo cênico, provavelmente uma droga de painel pintado. A segunda pancada fez a madeira estalar e rachar, quase a arrancando do batente. O que quer que tenha sido convidado aceitara o convite e estava ali, atrás de uma fina camada de madeira.

Reuni minhas forças para tentar sair dali, nem que fosse me arrastando, mas ao virar-me vi que os membros cercavam o palco, bloqueando a saída. A terceira batida soou estrondosa às minhas costas assim como o som que a porta fez ao bater contra a parede. Virei-me devagar, receando o que encontraria diante de mim, mas a porta se abria para o completo escuro. Algo grande respirou dentro das sombras, soprando um forte cheiro de uvas podres que empesteou todo o coliseu. Dois pequenos olhos em chamas romperam a escuridão, seguido do rugido da Coisa parada no batente.

O medo apertava meu coração com suas garras frias e imundas e, mesmo que eu não estivesse zonzo e fraco, seria incapaz de me mover. Tão rápido quanto o bote de uma serpente, senti meus pés serem laçados por algo e fui erguido sobre o círculo de velas. Enquanto girava suspenso, notei que os meus pés eram envolvidos por ramas de videira. Os nove atores formavam agora duas meias-luas diante do palco enquanto Lucas caminhava completamente nu em minha direção, empunhando uma velha foice de metal.

Senti como se toda esperança deixasse meu coração, restando apenas desespero. As mãos de Lucas envolveram meu rosto e me imobilizaram no ar. Olhamo-nos por alguns segundos e notei que havia lágrimas em seus olhos. Tentei lhe pedir que me soltasse, dizer que não contaria nada a ninguém, mas ele me beijou, silenciando qualquer palavra que eu pudesse proferir. Seus lábios eram macios e muito quentes, quase febris. Seu hálito cheirava a cigarro e vinho. Ele interrompeu o beijo, mas permaneceu de olhos fechados. *Me desculpe.* Então senti o primeiro golpe no estômago e vi meu sangue cobrir o rosto de Lucas. Mais dois golpes vieram um após o outro e um terceiro rompeu as videiras que me mantinha suspenso. Eu caí, sentindo o impacto do chão reverberar nos ossos e o gosto de sangue encher minha boca. Eu engasgava e ofegava, a morte se aproximava e eu desejava que ela chegasse antes que a Criatura viesse ao meu encontro.

Ainda zonzo, vi Lucas caminhar até a porta, levando consigo a extremidade das ramas de videira, ainda atadas aos meus pés. Ele sussurrava para si mesmo de forma obsessiva e chorosa, quase ininteligível, como se temesse se aproximar do ser diabólico. Consegui discernir alguns trechos que ele entoava como um mantra para a própria loucura.

"A cólera do Grande Veado Branco será aplacada quando a oferta de sangue for consumada... Sem mais febre ou ilusões terríveis, foi o combinado, quando o acordo com Anhangá for selado. A cólera do Grande Veado Branco será aplacada..." Ele ofereceu a rama de videira à criatura oculta nas sombras, que a abocanhou com os dentes, arrancando um pequeno grito de Lucas. Nesse momento foi possível ter um rápido vislumbre de um focinho de pelagem curta, mais branca que a própria lua cheia, agarrando a videira firmemente com seus dentes amarelos e imundos. À beira da inconsciência, observei inerte o negrume além do batente ir crescendo à medida em que eu era arrastado em direção à porta.

Olhei uma última vez para o palco atrás de mim. Todos os atores completamente despidos se aproximavam de Lucas, beijavam-lhe o corpo banhado pelo meu sangue e envolviam-se uns nos outros como cobras numa orgia. A voz de Octaviano soou clara e potente:

— Deem as boas-vindas ao nosso mais novo membro. Compartilhem vossos corpos assim como compartilharemos nossas glórias. Anhangá recebe satisfeito nossa oferta e, gratos, recebemos sua generosa misericórdia. Almejamos que sua sede seja saciada, proporcionando mais um período de repouso antes que Ele volte a reinar soberano sobre as terras selvagens. Salve Anhangá, Senhor das videiras.

Todos repetiram a saudação à entidade, entoando Salves à Anhangá. À medida que meu corpo passava pelo batente da porta, eu perdia a consciência. Tudo era engolido pelas sombras, e a última imagem que tive foi de Lucas em completo êxtase enquanto era envolvido por corpos embebidos em sangue, consumindo uns aos outros no centro do palco.

A porta se fechou, mergulhando-me na escuridão. Senti o cheiro de uvas podres soprando quente em meu rosto enquanto me entregava de vez à inconsciência e à morte.

As cortinas baixaram pela última vez.

Eu também sou o escuro da noite

Por Juliana Cachoeira Galvane

Por mais que eu quisesse esquecer para sempre o mal que destruiu a minha vida e a vida das pessoas que eu amo, sinto que é necessário deixar por escrito este relato para denunciar a cena de horror incompreensível que presenciei, resultado de algum plano maquiavélico que nunca irei compreender.

💀

Conheci Lucas, meu querido amigo, na segunda série do fundamental. Era uma aula de leitura e havia grandes pilhas de livros espalhadas pela sala. Eu assistia meus colegas de um lado para o outro, escolhendo seus livros, como um mero espectador. De repente, uma cara desconhecida se destacou no meio dos colegas habituais. Mas eu mal tive tempo de perceber a presença inesperada e fui obrigado a ir até o aluno desconhecido e impedi-lo de puxar o último livro de uma grande pilha, o que faria tudo desabar.

— *Você é idiota?* — Foi a primeira frase que falei pra ele. Ele me olhou, calado e inexpressivo, e eu, que era evitado pelos outros alunos por ser quieto ou intimidador, fiquei sem palavras. Os olhos verdes e surpreendentes dele me encaravam com intensidade.

Levei alguns dias para descobrir que o garoto se chamava Lucas porque ele era muito calado, e a professora não o apresentou para a turma. Quase nunca um aluno novo se mudava para aquela cidade longe de tudo no interior de Santa Catarina, então eu não tinha como saber como a escola lidava com alunos novos.

Aos poucos, ficamos amigos sem que eu percebesse. Nunca fez diferença pra mim ter ou não amigos. Nunca os procurei. Não era uma necessidade. Mas ao longo do tempo ele foi instalando-se próximo a mim, como um cachorro de estimação que não incomoda. Embora fosse esperado, pela sua estranheza, que se tornasse um fardo para mim, não foi o que aconteceu. Sua amizade era aconchegante e confortável, e assim aceitei sua presença misteriosa e fácil de aturar.

Ele passou a ir na minha casa quase todo final de semana, e depois de um tempo passei a convidá-lo para ir também durante a semana. Eu tinha muita dificuldade com as matérias da escola, mas nada parecia minimamente complicado para o Lucas. Ele era inteligente de uma forma bizarra, como se abençoado por um dom sobrenatural de compreender tudo que quisesses. Vivia lendo. No início, livros de papel. Depois passou a ler num *tablet*, que dizia ter ganhado de presente de um parente que mora no exterior.

— Esse tipo de tecnologia já chegou lá fora, é bem comum.

Às vezes passava tardes inteiras me explicando matéria da escola. Isso me desgastava e me estressava, e mesmo com tanto esforço eu só conseguia passar de ano com a nota mínima. Minha mãe gostou muito de quando ele passou a frequentar nossa casa porque ela sabia que eu era solitário. Ela lhe disse que poderia dormir lá quando quisesse, e podia ficar no quarto do meu irmão. Mas ele era firme em recusar a oferta, e só dormia no meu quarto comigo. Às vezes dormíamos na sala.

— Não gosto de ficar em lugares que não há mais ninguém — ele justificou.

"Talvez ele tenha medo de que o quarto seja assombrado pelo fantasma do meu irmão", pensei inocentemente. Meu irmão havia morrido há alguns anos em circunstâncias bastante estranhas. Dizem que ele simplesmente se deitou no trilho do trem que passa por fora da cidade e esperou a locomotiva cheia de turistas passar por cima dele. Não sei de quem ouvi essa história, mas nunca mais fui o mesmo após isso. E então eu, naturalmente uma criança quieta e isolada, me tornei uma espécie de lenda macabra na escola, *o irmão do cara que se matou no trilho do trem*. Minha mãe, misteriosa como sempre, não demonstrou sinais de desespero, mas eu tinha certeza que internamente ela estava um caos.

— Matheus, me ajuda aqui com a mesa — ela disse como de praxe, num dia qualquer, quando eu tinha uns 12 anos.

Ela tirava os pratos usados da mesa com familiaridade. Ninguém diria que era cega. Acostumada com o enclausuramento do lar, já sabia o lugar de cada coisa, acorrentada numa rotina sempre igual. Apesar da naturalidade, a casa para ela era puro breu, uma noite escura e vazia o tempo todo, e eu não conseguiria nunca compreender como era viver assim. Mais tarde naquele dia, Lucas veio para minha casa e assistimos um filme de terror. Quanto a esse tipo de filme, Lucas era indiferente, e eu não gostava. Mas quando a minha mãe cismava que queria acompanhar o filme com a gente, era a única opção que ela aceitava.

— Não ver o que assusta tanto os personagens me deixa muito interessada.

Naquela noite, eu e meu amigo dormimos na sala, e ela foi logo após o filme para o seu quarto. Precisei ir ao banheiro no meio da noite, que ficava ao lado do quarto da minha mãe. Acendi a luz do banheiro e fechei a porta, e quase como se fosse a consequência do meu ato, escutei um choro abafado e agoniado. Congelei. A casa era muito pequena, e era como se ela estivesse no meu ombro despejando aquela agonia toda, oculta durante luz do dia. Por alguns segundos não consegui me mexer. Aquele choro desesperado rompia a noite como uma navalha. Mesmo que estivesse ali ao meu lado, ela parecia distante; tudo parecia distante, e eu só queria voltar pra sala e pra baixo do cobertor, mas demorei para consegui-lo. Queria voltar pra perto de Lucas e me sentir real de novo. E era assim que as coisas eram. À noite, quando eu tinha medo, ele era a única coisa que me acalmava. O fantasma do meu irmão na casa, minha mãe olhando sem ver as coisas, e só ele parecia real.

Apenas por causa dele fui à festa junina do colégio na primeira série do ensino médio, coisa que nunca tinha feito. Chegamos pouco antes do anoitecer, e com seus chapéus de palha e vestidos coloridos, os alunos iam de lá pra cá, riam e conversavam. Os prédios carcomidos da pequena escola, velhos e ocos, pareciam querer me expulsar de lá. A aura pesada e opressora fazia com que eu me sentisse inquieto e desconfortável, ainda mais do que eu já me sentia de manhã, durante as aulas. Quando escureceu e a fogueira foi acendida, misteriosamente ela não sustentava sua chama, mesmo que fosse acendida incontáveis vezes. Não havia vento ou chuva. Apesar de tudo, levei meu resquício de ânimo junto com Lucas até a barraca do porquinho-da-índia,[2] mas o sentimento fugiu de mim por completo quando o animal simplesmente morreu, sem causa aparente, na entrada da casinha de número três.

Na segunda série do colégio, deixando-me levar pelas circunstâncias, eu arrumei uma namorada. Após algumas semanas de namoro, minha mãe perguntou como estávamos indo. Mas a verdade é que não ia bem. Eu não tinha habilidade nenhuma em lidar com as pessoas, e mesmo com dezessete anos parecia insustentável manter um relacionamento. Num dia qualquer, levei-a na sorveteria ao lado da igreja, e após uma conversa banal seguiu-se um silêncio morto. Não havia quase ninguém na praça nublada, e a sensação é de que iria cair uma tempestade a qualquer momento, mesmo que não houvesse nuvens pesadas no céu.

— O que você faz quando sente que está ficando louca? — arrisquei.

Ela me olhou com olhos confusos e curiosos.

— Sei lá, ué, nunca senti que ia ficar louca. — E deu uma risadinha sem graça. Desinteressada, continuou a tomar seu sorvete de céu azul.

Não durou muito tempo. Aquilo só tinha começado porque ela era uma garota experiente e começou a conversar comigo dizendo que me achava bonito. Hoje percebo dois fatores cruciais que, à época, minha ingenuidade social não me deixava ver: o recém-término com o namorado anterior e a iminência do próximo carnaval.

💀

Algo na cegueira da minha mãe somada à sua estranha independência fazia com que ela parecesse distante da realidade,

---

2 Um tipo de barraca de apostas, comum no interior, no qual os jogadores apostam no número do buraco (ou casinha) onde o porquinho-da-índia vai se esconder.

como se ela não pudesse realmente me compreender e ao mesmo tempo eu não pudesse *alcançá-la*.

— Não acho que ela seja triste... — Lucas me disse uma vez. — Ela não é nem feliz, nem triste. Sei lá... Ela é inteligente, forte e tem um bom coração. Ela merece muito mais do que tem. Eu queria, mas não posso dar o que ela merece.

— É assim que a vida é — ele disse num tom pacífico e amável. — Injusta mesmo. Resta aceitar o nosso destino. Não é culpa sua, Matheus. Não lhe resta o que fazer.

A minha impotência nessa situação, que me deixava ansioso, foi aos poucos tornando-se consolo. *Não havia o que fazer.* Não havia nada ao meu alcance, e não era culpa minha se as coisas eram daquele jeito.

Com os estudos terminando, eu não via muita esperança para mim. Lembro que sentia um grande vazio quando pensava no futuro, como se o mundo fosse em breve acabar. E como se naquele momento só o que existisse no universo fosse aquele vilarejo parado no tempo, com as suas casas assombradas, a imponente igreja e o trem assassino circundando com forasteiros invisíveis. Minha mãe andava no meio da madrugada pela casa, as luzes apagadas, já que para ela não fazia diferença. Lucas sempre tomava todos os cuidados para que nunca lhe faltasse nada, sempre me ajudando ou até fazendo sozinho as atividades domésticas, as compras do mês e administrando as contas a pagar. Cada vez mais a minha mãe passava seu tempo ouvindo a tv, o rádio, descansando, dormindo, quase sempre em seu quarto.

Uns dias atrás, eu acordei no meio da noite e precisei ir ao banheiro. Saindo do quarto, notei que Lucas não estava na cama ao meu lado. Quando cheguei no corredor, vi que a porta do quarto da minha mãe estava fechada. Fazia anos que ela não fechava a porta do quarto para dormir. Eu sabia que havia algo errado. Eu não queria, mas entrei no seu quarto, do mesmo jeito que entraria num calabouço de pesadelos. A luz do quarto ironicamente estava acesa e pálida; única luz em toda casa, bairro, cidade. Aquela besta horrível estava abaixada no chão como um animal disforme, não mais humano. Não era mais o meu amigo, meu porto seguro. Nunca havia sido, na verdade. Minha mãe no chão, completamente aberta, para que ele, com seus tentáculos incontáveis e dentes inumanos, comesse o que havia dentro dela. Ele comia todas as entranhas da solidão, desespero e trevas que havia dentro da minha mãe. E fazia isso com a maior tranquilidade (se é que se pode descrever esse alienígena com características humanas) logo na minha frente, sem pudor ou preocupação. Dado como louco, ninguém iria acreditar em mim. Os olhos da minha mãe jaziam abertos, vazios como nunca, me encarando diretamente desde que passei por aquela porta.

 Perdi a noção do tempo que fiquei ali olhando aquela cena, até que finalmente *aquilo* foi mesclando-se com o ar, vagaroso, e começou a subir como se fosse um gás vindo de outro mundo; todo o seu corpo físico tomando uma forma fantasmagórica. Mesmo no novo aspecto amorfo a coisa pulsava com vida, emanando uma energia desperta e feroz, consciente de tudo que acontecia. Pude ver quando a massa gasosa e nojenta passou pelas frestas da janela. Possuía um tom que devia ser púrpura e me dava ânsia. Hipnotizado, sentindo-me distante e irreal, saí do quarto dando as costas sem esperança para o corpo daquela mulher. Abri a porta de trás da casa e me deparei com o vasto nada daquela cidade maldita. Só via mato, a noite, e o formato condenado daquela nojeira se desmanchando céu adentro e subindo cada vez mais alto. Aquilo unia-se com a escuridão numa dança obscena, extraterreno, adimensional, até que subisse muito alto e ficasse muito condensado para distinguir. Sozinho, eu podia sentir aquela coisa horrorosa se fundindo com a noite e subindo até o espaço, como se voltasse para casa. Fiquei ali até não ter mais sinal daquilo, mas parece que nunca deixei de sentir sua presença a meu lado.

Desde então vivo cada dia imaginando se tudo que aconteceu faz parte de algum sonho louco, e se em algum momento vou acordar para a realidade, mundana e habitável. Imagino por onde anda aquele pedaço de vida condenado, e que parte distante e tenebrosa do universo habita. E mais que tudo, vivo cada segundo me perguntando se não irá retornar a esse planeta e sugar a escuridão que passou esses anos todos cultivando dentro de mim.

ESCONDE-ESCONDE

Por Amanda Silva

Minha cabeça parece bagunçada. Ouvidos ainda zunindo pela pressão e esses primeiros raios de sol vindos da janela não estão ajudando. Independente disso, devo começar hoje, só preciso tomar um remédio.

3 DE JANEIRO DE 2044

Meu nome é Joseph Müller e este é um diário que objetiva documentar o progresso de minha investigação sobre os acontecimentos de Fordland, no Brasil. De acordo com minha pesquisa, esta cidade servia como local de produção de pneus há algumas décadas, um projeto que falhou devido a uma série de eventos. O tempo está nublado, mas espero encontrar alguém para entrevistar.

7 DE JANEIRO DE 2044

Hoje falei com o Sr. e a Sra. Dias, donos da "Loja Dias", que tinha uma grande placa com lâmpadas pisca-pisca coloridas e uma sala de descanso que cheirava a perfume e tabaco. Sua filha mais nova, Dahlia, estava sentada em um canto, cobrindo-o com desenhos da floresta. Ela é relativamente baixa, um pouco manca e usava um vestido multicolorido malhado.

Eles me falaram sobre algumas casas perto de um lago ao sul da cidade, cujos moradores saíram há cerca de dez anos sem nenhuma razão aparente; eu imaginei que levaria algum tempo até o pôr do sol e decidi examiná-las. Havia cerca de uma dúzia de casas, seus móveis estavam virados e empoeirados, com a grama dos jardins malcuidados — parte dela alcançava a entrada da casa. No entanto, o que mais me incomodou foram esses arranhões longos e finos nas paredes e portas, mesmo sem sinais de animais de estimação.

11 DE JANEIRO DE 2044

Depois de alguns dias investigando as casas, não encontrei mais nada e decidi ir mais fundo na mata. O Sr. Dias ofereceu-se para vir e me guiar, tendo vivido aqui por muito tempo.

Quanto mais fundo íamos, mais sentia meus cabelos ficarem em pé, como se as copas das árvores se movessem e nos observassem. Quando o sol começou a se pôr, encontramos uma casa, cuja aparência se mostrava muito mais velha do que as do lago, mas não ficava nem perto da antiga colônia. Era decrépita e vazia, exceto pelo segundo andar, onde encontrei um livro encadernado em couro que havia sido tingido de verde. Começarei a lê-lo amanhã.

12 DE JANEIRO DE 2044

Aparentemente, o livro era um diário pertencente ao fundador desta cidade; apesar de muito dele estar danificado, como páginas rasgadas e algo que se parece com manchas de tinta cobrindo algumas partes, eu ainda consigo ler partes.

Algo sobre os trabalhadores ficarem doentes de algum mal que ele nunca tinha visto antes, anotações sobre equipamentos quebrando e problemas com o transporte; na maioria coisas já documentadas, mas ele também falou de sonhos bizarros que teve antes de começarem a construção, uma forma escura andando através da floresta, longe dele.

15 DE JANEIRO DE 2044

Passei alguns dias lendo o diário, a maior parte deste se transformou em recontagens desses sonhos: "a neblina começava a ficar mais densa cada vez que eu voltava àquele lugar amaldiçoado. Posso jurar que essa coisa está se aproximando". A última passagem dizia: "Àquela coisa não estava lá hoje, eu estava sozinho na floresta, a névoa ficou preta e começou a me consumir, rasgando e mordendo até alguém finalmente me acordar. Temo pela minha vida". A maioria das páginas seguintes estavam cobertas de tinta preta.

16 DE JANEIRO DE 2044

Fui à loja dos Dias para comprar comida, e seu empregado, um adolescente chamado Rafael, estava no caixa hoje; aparentemente o Sr. Dias estava doente. Dahlia estava tremendo, eu pensei que ela estava preocupada, então tentei garantir que ele iria melhorar logo. Ela olhou para cima com um rosto pálido e olhos arregalados, entregando-me uma anotação e pedindo silêncio. Ela diz "o quarto andar". O que isso significa?

19 DE JANEIRO DE 2044

Dahlia não estava lá hoje, eu tentei dizer algo do tipo "muitas pessoas ficando doentes, hein?", mas Damien apenas olhou para mim sem expressão.

20 DE JANEIRO DE 2044

Hoje eu fui para os poucos lugares descritos no diário, a maioria citava casas vazias e velhas, ou demolidas. No entanto, um deles me chamou a atenção: um antigo armazém no qual a maior parte da produção de pneus era feita. O lugar tinha paredes cinzentas e janelas quebradas, uma cerca de ferro guardava o espaço e ervas-daninhas cresciam em toda parte, o sol já estava se pondo, então eu tive que voltar antes de entrar, mas eu planejo ir lá novamente se possível.

22 DE JANEIRO DE 2044

Fui à loja dos Dias novamente para perguntar sobre o depósito, mas assim que cheguei lá pensei que alguém tivesse me dado um soco nos pulmões. Havia um pequeno letreiro com um nome diferente pendurado ao lado da porta. Entrei e questionei Damien, mas ele disse que não conhecia ninguém por esses nomes, não havia sinais de que eles foram donos do lugar.

Isso não pode estar certo, tenho certeza de que não poderia ter imaginado uma família inteira, então perguntei a mais alguns funcionários, mas ninguém os conhecia. O que está acontecendo?

23 DE JANEIRO DE 2044

Eu tive um pesadelo hoje. Havia um prédio alto que parecia o armazém que eu visitei, porém muito mais distorcido. Eu podia ver um menino dentro gritando, batendo no vidro e me lembro de pensar "O Filho do Sr.Dias ?"... Eu tentei pular a cerca para chegar até ele, mas no momento em que o fiz, um grito estridente ressoou pelo ar e pela terra, fazendo correr um frio paralisante pela minha espinha. Eu caí pelo que pareceu uma eternidade e então acordei no chão do quarto com os ouvidos ainda zunindo.

25 DE JANEIRO DE 2044

Ninguém, NINGUÉM em toda a cidade os conhece: nomes, empregos, descrições, eu tentei de tudo, sou o único que se lembra da ▓▓▓▓▓. Poderia ser pelas pílulas que tomo? Talvez eu tenha imaginado tudo, embora seja difícil acreditar que eu possa inventar uma família inteira. Minha mente nunca ficou tão ruim antes.

29 DE JANEIRO DE 2044

Eu continuo tendo sonhos sobre o armazém. Toda vez um membro diferente da ▓▓▓▓▓▓ está dentro, ficando cada vez mais longe, então eu decidi investigar lá amanhã; não sei como isso se relaciona com todas as coisas que estão acontecendo, mas deve ter algo.

☠

Eu cometi um erro. Eu não deveria ter ido lá, alguma coisa tinha acontecido naquele lugar, da qual eu não deveria querer saber, mas não acho que isso importe mais.

Entrei no armazém lendo o diário para tentar encontrar meu caminho pelas salas. Era um prédio de três andares que cheirava a cinzas, cheio de folhas e madeiras podres. Ele era tão antigo quanto à primeira cidade e, além das máquinas abandonadas e o fato de que o segundo andar poderia desmoronar em breve, parecia não apresentar pistas. Porém, quando eu estava saindo, lembrei do bilhete que ▬▬▬ provavalmente me deu: "o quarto andar" e decidi olhar em volta novamente. Descobri arranhões nas tábuas da parte de trás, segui-os até o campo e encontrei uma escotilha enferrujada, enterrada na terra.

Havia um longo corredor que levava na direção do prédio, com uma única porta no final. Parecia tão fora de lugar ali: portas de ferro pristinas com maçanetas de prata esculpidas, parte da tinta que cobria as passagens do diário começou a se dissipar e eu podia ver parte de uma entrada aparecer, "Eu fechei a porta, mas não acho que será o suficiente, aquilo viu o meu rosto, eu posso sentir aquela coisa se aproximando, posso sentir seus ▬▬▬▬▬▬▬▬▬ tentando me alcançar, preciso correr, mas ▬▬▬ não me deixa, sou ▬▬▬▬ para isso agora." Então eu ouvi uma porta, vi a coisa, eu corri, ainda ouvindo o guincho de ferro contra osso.

☠

Eu não sei dizer que dia é hoje, afinal noites e dias estão embaralhados. Continuo vendo aquela coisa na cidade, sempre fora de vista; está em meus sonhos todas as noites, e eu não posso nem documentar ▬▬ pois ▬▬▬▬ disso vêm e cobrem as palavras. Não querem que sejam escritas.

Eu continuo pensando sobre os ▬▬ sobre ▬▬▬ e seu i▬▬, eu tentei achar o papel dela, mas era completamente preto, talvez eu os imaginasse, me sentiria melhor assim.

☠

Eu decidi ficar dentro do quarto, ganhar algum tempo. Aquilo só fica lá fora, olhando, ninguém nem vê, ou se veem fingem que não; não consigo mais dormir a não ser quando eu desmaio. Nessas vezes eu sonho com a coisa na floresta e sinto-a cada vez mais próxima.

💀

Está vindo aqui agora, eu vi a coisa se mexendo, não há uma maneira de descrever com o que isso parece, apenas pegue seu pior pesadelo, agora o quebre e torça: é isso que parece.

Eu não tenho muito mais tempo. Está na porta, se alguém ler este diário, vá embora enquanto pode, apenas corra o mais longe que puder e não conte a ninguém o que você leu aqui, é melhor que ninguém mais saiba.

Adeus.

Eu podia ouvir a porta atrás de mim abrir lentamente, tenho certeza que eu tinha trancado, mas isso nunca importava. Estiquei-me debaixo da mesa e peguei a arma que escondi da última vez, levantando-me para enfrentá-la.

"Eu estou pronto para você!" Eu tentei parecer confiante, eu realmente tentei.

A porta se abriu e eu pude sentir o vento me puxando. Um tiro, dois, três. A coisa gritou e eu continuei tentando mirar naquele mesmo lugar, conseguindo atirar mais algumas vezes antes que arrancasse a arma da minha mão. O mundo estava balançando, a pressão aumentando como se o quarto tivesse sido engolido pelo oceano, e eu podia sentir minha mente escorregando, tomada e sufocada por aquele ▓▓▓▓

"De novo... não..." E então, esse mundo acabou.

Acordei com uma cabeça confusa e zumbidos nos ouvidos pela pressão, chegando a sentir o sangue quente pingando.

"Eu nunca vou me acostumar com cidades litorâneas." Independentemente disso, eu devo começar hoje, só preciso tomar um remédio.

3 DE JANEIRO DE 2044

Meu nome é Joseph Müller e este é um diário para documentar o progresso de minha investigação sobre os acontecimentos de Fordland, no Brasil. De acordo com minha pesquisa, esta cidade costumava servir como local de produção de pneus há algumas décadas, um projeto que falhou devido a uma série de eventos. Está chovendo hoje, mas espero encontrar alguém para entrevistar.

7 DE JANEIRO DE 2044

Hoje falei com o Sr. e a Sra. Dias, donos da "loja Dias", que tinha uma grande placa com lâmpadas pisca-pisca coloridas e uma sala de descanso que cheirava a perfume e tabaco. Eles me falaram sobre algumas casas perto de um lago ao sul da cidade, cujos moradores saíram há cerca de dez anos sem nenhuma razão aparente. Acho que seria ruim vagar à noite, então decidi vê-las amanhã.

Talvez isso soe bizarro, mas um senso constante de Déjà-vu tem me acompanhado por essas ruas.

ESCOLHAS

Por Thadeu Fayão

Era uma noite de março quando Andreas entrou em casa mais cedo do que o esperado durante uma tempestade violenta. Não que sua mãe esperasse qualquer coisa dele nos últimos anos, o garoto havia se revelado uma grande decepção com suas roupas surradas, suas tatuagens e um cheiro constante de maconha e álcool insuportável. A porta bateu estremecendo pela casa e ele entrou, pálido como um fantasma e completamente molhado.

À meia-luz, Graça desviou o rosto da televisão e viu o rosto do filho marcado por dois grandes riscos formados pela maquiagem borrada, duas lágrimas negras que envolviam seus olhos azuis cinzentos e escorriam, enveredando-se na barba rala até se perderem no seu pescoço muito branco. Ela tentou acudir, mas assustada apenas conseguiu derrubar a garrafa de cerveja e emitiu uma série de ordens e gritos que foram prontamente ignorados pelo adolescente.

O garoto desvencilhou-se dos braços da mãe e subiu as escadas em direção a seu quarto, fazendo um novo estrondo ao se fechar ali, onde permaneceu por dois dias.

Na manhã do terceiro dia, deixou a escuridão da alcova e voltou ao mundo. O rosto limpo, o cabelo comprido e rebelde preso em um rabo de cavalo. Dos piercings, somente as cicatrizes haviam sobrado. Vestia o uniforme da escola, cujo tecido branco surgia como algo alienígena em comparação com suas peitas marcadas por nomes de bandas estrangeiras e desenhos blasfemos. Sua mãe notou-o mais magro, mas não disse nada pois ele estava comendo uma tigela de cereais secos. Apenas fumou seu cigarro à distância, apoiada na pia da cozinha, formulando conjecturas.

À tarde, ele trouxe leite de soja, alface, tomates e pepinos sem que ela pedisse. Preparou o almoço e comeu sua salada em silêncio. Trancou-se novamente no quarto, saindo no dia seguinte, mais cedo do que seria necessário para chegar a tempo na aula, com um saco preto cheio de roupas.

— Vou precisar de dinheiro — ele disse secamente enquanto uma colher de cereal fazia o caminho da tigela à boca —, aquelas roupas não prestam.

As mudanças de Andreas foram significativas e surpreendentes, mas a mãe facilmente acostumou-se com elas. O jovem tornou-se tudo que ela sempre sonhara: sério, caseiro e dedicado. Não saía mais com os amigos e passava todo tempo livre estudando ou se exercitando. Cortou os cabelos, parou de usar maquiagem, tornou-se um jovem discreto, quase invisível.

O garoto tinha lá suas estranhezas, mas estava melhor do que antes. Melhor comendo verduras que usando drogas em um muquifo qualquer, correndo o risco de pegar alguma doença fatal ou ser morto por alguma dívida.

Eventualmente ele entrou em uma universidade de renome, onde fez novos amigos, pessoas mais adequadas que os marginais com quem andava. Graça via com orgulho aqueles homens e mulheres reunidos em sua cozinha, tão sérios e lacônicos quanto o filho, sentados ao redor da mesa, cercados por livros intimidadores, escrevendo em seus cadernos num frenesi incansável.

Anos depois, Andreas chegou em casa numa noite de março. Voltava de uma aula do mestrado. Fechou o guarda-chuva sob a proteção do toldo. Tirou a capa de plástico, largando-a na entrada para que não molhasse o piso. Levou a chave à fechadura. Estava destrancada. Abriu uma nesga da porta e investigou o interior da casa.

A escuridão da construção era fendida por uma luz amarela vinda da cozinha. Entrou de uma vez e encostou a porta com cuidado, sem um som.

Agarrou-se ao guarda-chuva, molhando-se ainda mais, e caminhou com passos curtos naquela direção. Notou um cheiro estranho imiscuído na casa. O ar grave e o silêncio pesavam no ambiente apesar da tempestade que caía inclemente, graças às grossas paredes de tijolo maciço.

Somente o corrimão e os primeiros degraus da escada estavam visíveis. A televisão estava calada, algo incomum, quase improvável. Ao redor, os ornamentos da sala e os móveis somente se adivinhavam. Contornou os mais próximos e prosseguiu.

Viu sua mãe à distância. Estava de costas, os cabelos longos pendendo em cachos, o velho roupão ao redor do corpo. Aproximou-se e ela virou o rosto franzido, os olhos castanhos muito abertos, a boca torta num esgar de choro.

— O que houve? — Ele se aproximou, ainda segurando com força o cabo do guarda-chuva.

Graça afastou-se, revelando uma cadeira e, sobre ela, uma pessoa.

Andreas deu um passo para trás. Estava diante de um homem sem camisa, cuja barba emaranhada cobria grande parte do rosto. A pele, que as costelas evidentes ameaçavam rasgar, estava coberta de feridas purulentas e grandes hematomas verde-amarelados. Da calça jeans rasgada brotavam os pés descalços muito ossudos, apoiados sobre sapatos de madeira. Eram deformados por calos e joanetes, as unhas que lhe haviam restado estavam trincadas, quase todas negras. Seus cabelos quebradiços brotavam pelo crânio em longas mechas cheias de nós unidas por sebo e sujeira, exceto na parte da frente da cabeça, onde somente uma moitinha feia e parca subia sem força e caía em direção do queixo macilento. Ele sorria com seus poucos dentes, alguns deles quebrados, enquanto observava o recém-chegado.

Finalmente, Andreas notou os olhos do estranho. Olhos projetados, de pupilas dilatadas. Olhos que pareciam muito grandes naquele rosto magro. Olhos azuis de tons acinzentados, inconfundíveis. Olhos idênticos aos seus!

Graça, que estava aguardando aquele momento para ver a reação do filho, encontrou um bloco de gelo no lugar. Os dois homens se analisaram sem dizer palavra. Um limpo e arrumado. O outro, arruinado.

Andreas analisou o ambiente. A três, talvez quatro passos de distância, estava um faqueiro, os cabos apontando em sua direção. Faltava uma faca, mas logo ele a viu no balcão sobre uma tábua ao lado de uma cebola meio cortada e alhos esmagados. Copos de vidro sobre a pia, um filtro de barro, as cadeiras, o fio encaracolado do telefone.

Andreas notou uma pedra, maior que sua mão, sobre a mesa da cozinha, coberta de sujeira, formando uma poça suja sobre o tampo de vidro. A um pulo de distância.

E então a mão esquelética do outro Andreas se fechou sobre ela.

— Eu sei o que está pensando — sua voz era rasgada, as palavras surgiam com dificuldade — mas já contei tudo a ela. Contei como vocês me capturaram, como me arrastaram pra'quele buraco. Contei sobre as longas horas de tortura, sobre os trabalhos forçados. Contei sobre os outros escravos...

Baixou o rosto, os olhos cheios de lágrimas. Soltou a pedra e se levantou, colocando o corpo na frente da mesa. Ergueu o dedo em direção ao sósia.

— Eu contei a ela sobre o plano de vocês.

Após o susto inicial, quando sua mãe finalmente se acalmou, ele contou como havia conhecido uma certa garota à noite, anos atrás. Deslumbrado, seguira-a a uma casa abandonada, onde estavam à sua espera... onde o agarraram com dedos pontiagudos que feriram sua pele, arrancando-o ainda nu de cima dela. Com riqueza de detalhes, descreveu o horror que sentira quando o corpo feminino delgado e atraente começara a se deformar, a barriga inchando e adquirindo uma forma oblonga até finalmente se abrir e expelir uma criatura no chão empoeirado, enquanto guinchava.

— A coisa que roubou minha aparência, minha vida, tudo.

Então contou a ela sobre o local para onde fora levado, uma colônia subterrânea como um imenso cupinzeiro, habitada por seres deformados, na qual pessoas eram mantidas aprisionadas enquanto seus substitutos eram infiltrados, ocupando seu lugar na sociedade, no mundo da superfície, formando uma rede de intrigas e mentiras que já começava a dar frutos. Seus emissários já tomavam as decisões que colocariam o fim na supremacia do "Povo de Cima", a quem as estranhas criaturas chamavam de milesianos.

Por fim, contou como tinha sido levado para uma tarefa do lado de fora da colônia e havia conseguido escapar, matando seu capataz com uma pedra rombuda que encontrara no chão. Em seguida chegou à casa da sua mãe, após noites de fuga praticamente sem dormir e se alimentando de comida encontrada no lixo.

A mãe, dividida, pensava no recém-nascido em seus braços no hospital, a pele macia, ainda suja do parto, os lábios sem cor, a pele muito vermelha, o cabelinho escasso, os olhos de um azul muito vivo já naquela época. Pensava também no jovem delinquente, abusivo, irascível, que lhe trazia preocupações, uma decepção ambulante e promíscua que fedia à maconha e no adulto responsável que ele havia se tornado, após a mudança até então inexplicável, um homem bem formado e comprometido, um filho de quem se orgulhava, vendo-o imponente em seu terno bem caído, mesmo depois de um dia extenso e chuvoso.

Quando seus olhares se cruzaram, uma lágrima solitária brilhou em seu rosto como uma estrela cadente no céu noturno, quase rápida demais para ser notada.

Andreas notou que a pedra sobre a mesa havia desaparecido, mas antes que pudesse fazer algo, sua atenção foi atraída à força pelo homem barbudo em sua frente, perto demais, o dedo sujo apertando seu peito enquanto proferia acusações, impedindo-lhe de se mover.

Graça se aproximou dos dois.

— Você não tinha esse direito — ela disse com um fiapo de voz.

Então, com um movimento bruto, mas preciso, ela golpeou seu alvo, que caiu no chão, os olhos virados para cima, a boca babando uma espuma esbranquiçada, contorcendo-se em um espasmo. O som de sua sina era nauseante.

Graça soltou a pedra ao lado do corpo gorgolejante, aproximou-se e abraçou o filho, apertando-o fortemente até que explodiu em um choro desesperado, o corpo todo tremendo. Demorou, mas eventualmente ela se acalmou e se afastou, segurando o rosto de Andreas nas mãos.

— Meu filho... — ela suspirou — ninguém vai me tirar você. Então, ela notou que sua maquiagem borrada deixara uma marca no terno, onde havia apoiado o rosto.

— Você vai perdoar a mamãe, não vai? – Seus lábios sem cor esboçaram um sorriso enquanto passava a mão no tecido manchado. - E vai terminar o serviço que começou e vai limpar essa bagunça.

"Vai sim" ela ainda disse enquanto se retirava para o quarto, deixando-o sozinho com o guarda-chuva ainda nas mãos.

A CAVERNA PROFANA

Por Rafael Danesin

F rio.

O ar estava frio e uma gota de suor escorria por minhas costas. Sentia minha pele toda tremer, meus pelos eriçados, desesperadamente tentando abrigar o calor que cada vez mais se esvaía de meu corpo. Estava encurralado. Sentia o atrito de minha pele com a rocha áspera e podia ouvir as vozes animalescas, um cântico interminável e profano cada vez mais próximo. Podia sentir o peso asqueroso da criatura inominável se achando, esparramando sua forma volúvel por entre a passagem da caverna. Sob meus pés descalços e salpicados de sangue, estavam restos humanos e animais, vítimas da fome insaciável daquele ser. E eu sabia muito bem que seria o próximo a ser sacrificado naquele altar oculto naquela caverna desconhecida, e em breve morreria sem que ninguém ao menos soubesse que fim havia me levado.

DOIS DIAS ANTES

Extraído do diário do cinegrafista Rogério Feijó, videotape encontrado no meio da floresta amazônica:

"Estamos prestes a chegar a uma aldeia indígena da tribo Angatu no meio da mata para investigar o mito do Mapinguari, uma suposta criatura folclórica que habita as matas da região, segundo a lenda dos índios que ali habitam. Eu e minha equipe trouxemos a câmera e todo o material para fazer um novo vídeo para nosso canal no YouTube.

Aterrissamos no aeroporto de Manaus e de lá pegamos um comboio até as proximidades da tribo. Pelo que sei, os Angatu eram civilizados, alguns deles até tinham TV e usavam roupas. Porém, ainda eram bem fiéis em seus costumes passados de geração para geração. Os membros da tribo nos receberam amigavelmente. Quando perguntei sobre o famoso monstro, porém, eram poucos os que se dispunham a responder, dizendo palavras que desconheciam, como "abaçaí" e "acemira". Contudo, sentia que algum deles sabia alguma coisa. Não poderia ter feito toda aquela viagem a troco de nada! Procurei o cacique dos Angatu em sua grande oca de palha, e ele disse para manter distância das matas à noite. Ouvi relatos de que crianças e mulheres estavam desaparecendo há alguns meses, e os mais velhos tinham plena certeza de que se tratava de obra do Mapinguari ou dos espíritos que habitavam a mata.

No outro dia, levei minha equipe para entrevistar o velho pajé, que podia dizer mais acerca de sua cultura e mitologia. Quando perguntado sobre nosso objeto de estudo, porém, ele começou a dançar e dizer palavras estranhas em sua língua, as quais descobrimos, posteriormente, ser uma forma de feitiço de proteção. Segundo nosso tradutor, ele recomendou veementemente que cessássemos nossa busca e retornássemos para nossas casas, ou segundo o velho ancião disse, "seríamos uma nova presa para aqueles que vieram antes".

Sem esperanças de conseguir qualquer ajuda dos líderes da aldeia, optamos por uma nova estratégia. Decidi fazer o ritual de passagem ao qual são submetidos todos os homens da tribo. O processo consistia em fazer uma dança-ritual após tomar uma espécie de chá alucinógeno. Apesar dos protestos da minha equipe, que alegaram que aquilo era uma péssima ideia, eu decidi seguir no ritual até o fim.

Lembrei-me de quando colocaram aquele fluido viscoso como barro em meus lábios, um gosto de ervas e tempero desceu por minha garganta. Nenhum efeito surtiu e comecei a pensar que havia ficado temeroso à toa. Eis que um grande choque se abateu por meu corpo e caí por terra. Minha mente já não estava mais ali. Não sentia mais a realidade como ela era. Sentia o universo, e o universo entre os espaços, entoando cânticos ancestrais inomináveis que preenchiam minha mente.

Sabaoth n'gah atl'ahh gnath iah shub-niggurath!

Via um bando de crianças com olhos brancos, sem pupila, correndo no meio da floresta. Uma caverna cuja entrada estava banhada com sangue e vísceras. Um rugido, vindo de um ser, uma abominação que desafiava a ordem das coisas, uma criatura furiosa por sua presença etérea ter sido incorporada em matéria disforme, cujo único propósito era suprir sua fome insaciável.

Acordei molhado de suor em uma cama de palha, clamando palavras das quais não faço ideia do que significam. Imaginando ser tudo aquilo apenas uma ilusão decorrente do efeito da droga, ignorei as visões e convenci os índios a conseguirem um guia para levar a mim e a minha equipe de filmagem até a floresta onde o lendário monstro foi avistado.

Tudo isso me lembrou daquela vez na qual gravamos um vídeo em um vilarejo no Egito, onde pesquisamos misteriosos relatos acerca de aparições e pessoas com pesadelos recorrentes, todas balbuciando um nome, o nome do que segundo eles era um antigo faraó, ou pregador religioso chamado de Nyarlathotep. Nossa pesquisa foi infrutífera e não conseguimos nada além dos relatos de alguns lunáticos citando uma enorme criatura sem olhos, e com uma cabeça alongada que se assemelhava a uma cauda.

Começamos ontem as filmagens aqui no meio da floresta do Bananal, e o Diogo parece bem esperançoso de encontrar alguma pista da criatura. Levamos o material para acampar, e depois de um dia inteiro de buscas em vão, montamos acampamento. Acordamos no meio da noite com o Diogo gritando e se contorcendo; foram precisos três homens para trazê-lo de volta à realidade. No dia seguinte, coisas mais estranhas começaram a acontecer. O Sérgio, o outro cameraman da equipe, desapareceu por volta do meio-dia. Rosana, nossa especialista em informática, afirmou ter visto crianças correndo pela mata. Quando decidimos fazer uma busca por nosso amigo, Diogo ficou agitado e começou a balbuciar estranhas palavras que não compreendemos.

No terceiro dia, achamos uma estranha caverna com as paredes manchadas de vermelho. Montamos nossas barracas ali perto, e durante a noite acordei e Diogo já não estava mais ali. Chamei o resto da equipe, pegamos uma lanterna e seguimos um rastro até a caverna, a qual emanava um estranho som semelhante a um rugido. Decidimos entrar juntos, todos atados a cordas para ninguém se perder. Lentamente descemos os níveis da caverna, marcando o caminho com faroletes. O som animalesco agora parecia vir de dentro da gruta, junto com um vento gelado. Foi quando avistamos uma criança correndo e a seguimos. Chegamos a uma grande abertura, onde o barulho era ensurdecedor. Quando iluminamos o local, uma dúzia de crianças apareceu, todas com os olhos leitosos como marfim. Elas começaram a entoar as mesmas palavras que Diogo dizia antes de desaparecer, o mesmo cântico do meu sonho!

Conforme o cântico aumentava, senti uma tontura inexplicável e desmaiei. Nada poderia me preparar para o que estava por vir. Quando acordei, vi apenas o corpo de Rosana com uma faca fincada em sua testa e linhas finas de sangue descendo por seu rosto, formando um mosaico grotesco. Desesperado, chamei pelos outros membros da equipe, mas não tive resposta. O único barulho era aquele cântico infernal que vinha de dentro da gruta. Não sei explicar o que deu em mim. Em situações extremas, dizem que o homem faz coisas impensadas, e ao invés de fugir eu peguei o revólver na minha mochila e segui caverna adentro, na direção daquele hino nefasto.

O caminho estava marcado com tochas, e a parede repleta de símbolos contando o que parecia ser a história de seres que haviam chegado do espaço e tinham feito contato com os povos que viviam ali.

Enfim cheguei ao fim do túnel de rocha, e a música agora era ensurdecedora. Quando meus olhos se acostumaram à escuridão, percebi que havia pessoas dançando em círculos — mulheres e crianças — conforme a luz da lua os iluminava. Pude ver ali Diogo e os outros colegas da equipe de filmagem, todos hipnotizados pela dança demoníaca.

No centro daquele espetáculo profano estava o coro de crianças, suas palavras esquecidas pelo tempo ressoando pelos ecos das estalactites e pedras manchadas de sangue.

iah shub-niggurath yog natjah n'g'ahhh yog sothoth!

De repente, ao meu lado surgiu Sérgio, nosso cameraman desaparecido.

"Ele está despertando", ele dizia, "o universo o trouxe aqui".

Naquela altura já não sabia mais onde a realidade terminava e a alucinação tinha início, o suor corria ininterrupto sobre meu corpo trêmulo, e senti uma presença maligna e poderosa. Gritei quando Sérgio desabotoou os botões de sua camisa e de seu abdômen saíram longos tentáculos viscosos, e no meio, uma boca circular cheia de dentes. Em pânico, corri enquanto ouvia o terrível monstro brotar de dentro de seu sarcófago de pedra ciclópica. As crianças o rodeavam enquanto ele emergia com todo seu volume abominável, a pele escamosa e os tentáculos que se estenderam até o teto da caverna.

"Você é predestinado», dizia Sérgio enquanto sentia as crianças pousarem seus olhos leitosos sobre mim, e o próprio monstro inominável, o qual os índios da tribo Angatu chamavam de Mapinguari, sem saber ao certo o que haviam batizado, voltou sua face sem olhos, tal qual a de seu mestre, Nyarlatothep, para mim. Eu corri cegamente sem saber para onde ia, queria apenas ir para longe daquela abominação. Ouvia, atrás de mim, as hostes hipnotizadas me seguindo, com suas almas tomadas por parasitas e seus pérfidos olhos brancos, cada vez mais próximos.

Agora estou aqui, encurralado nesta gruta sem saída. Sinto os olhos daquela coisa sobre mim, olhos que enxergam além da rocha e da própria existência. Toda vez que fecho os olhos tenho vislumbres tentaculares de um espaço entre os espaços, um lugar no qual repousam os deuses que outrora dominavam este planeta. E de algum modo sei que seu sono milenar está acabando. A criatura que testemunhei é apenas um presságio, o primeiro de muitos que virão. Súbito, vejo as crianças entrando pela gruta;

não me resta muito tempo até minha mente ser dominada. A você que estiver ouvindo esta fita cassete, abra os olhos e veja: ele está em todo lugar. No meio da floresta amazônica, ou atrás de você. O mundo precisa saber, e meu único desejo antes de partir para os braços da loucura é que a verdade não pereça comigo!"

A CARRUAGEM FANTASMA

Por Odon Bastos Dias

O trêm se aproximava da estação para o desembarque. Nuvens baixas e cinzentas anunciavam que o inverno seria prolongado. No banco à sua frente, sua irmã o fitava com ironia e sarcasmo:

— Não vai comemorar a chegada?

Na infância, esperava ansiosamente as férias para abandonar a capital e viajar ao interior do estado. A chegada ao destino era motivo para comemoração exaltada dentro do vagão até um dia perceber que sua euforia chamava a atenção dos outros passageiros. Ela olhou para a expressão dele em busca de uma resposta, mas a pergunta tornou-se retórica. Naquele instante, o céu fechado e a atmosfera opressiva, as nuvens próximas do solo, *status* com aspecto de nevoeiro, e uma chuva leve e irregular eram a combinação perfeita para os eventos que originaram a viagem: seu único tio havia desaparecido por uma semana, e depois fora encontrado morto. As circunstâncias misteriosas do fato não eram esclarecedoras. Durante o trajeto tentou disfarçar o pesar que sentia observando a passagem das estações da província diante de sua janela, as florestas e os campos que uma vez foram verdes, mas à medida que se aproximava do destino, pareciam ceder aos tons desolados da paisagem.

Quando desfazia as malas, já no seu destino, retomou a contabilidade dos seus pertences. Preocupou-se em incluir na bagagem os objetos mais significativos que poderia carregar facilmente, além das habituais peças de roupas indispensáveis. Um isqueiro de metal, caso fosse necessário providenciar fogo. Este foi o primeiro item que colocou no sobretudo pois o isqueiro servia como uma espécie de amuleto: seria um herege se não fosse hábil para acender a menor das fogueiras com alguns gravetos secos. A última parte da sentença era uma verdadeira convicção axiomática. Racionalizava a atitude de providenciar fogo como se houvesse uma necessidade imperiosa sob quaisquer circunstâncias. "Até os homens de eras mais remotas eram capazes de improvisar algumas chamas", ensaiou. Os demais objetos estavam associados a superstições e escolhas pessoais. Quando avistou a mala aberta, sua irmã perguntou:

— Está com medo de morrer de tédio? — Havia uma edição em tamanho compacto do primeiro volume de O Tronco do Ipê, o segundo romance regionalista de José de Alencar; um bloco sem pautas, com cerca de duzentas folhas, na qual mais da metade das páginas já estavam preenchidas com suas ilustrações, a maioria representando variações de criaturas imaginárias, constituídas por corpos esféricos e tamanho indefinido, como se houvessem evoluído a partir da ordem dos cefalópodes, todavia, possuíam asas de couro estilizadas no formato semelhante àquelas dos morcegos, entretanto tais apêndices demonstravam predominantes aspectos reptilianos ao modo dos antigos pterodáctilos pertencentes ao período situado entre a idade Tithoniana da época Jurássica Superior, e a idade Berriasiana da época Cretácea Inferior. Por outro lado, a parte central do corpo era recoberta por uma camada extremamente resistente de um tecido que lembra a textura da pele dos peixes teleóeteos, desprovidos de escamas, originários do período Triássico. Os desenhos eram inspirados nas únicas amostras de espécies remanescentes encontradas nos rios e açudes da região. A população local costumava chamá-los pelo nome indígena de "muçum", em alusão à característica pele lisa ao contato, na comparação com peixes escamosos. No bloco sem pautas também havia um pequeno número de anotações, resultado do esforço de planejamento de uma linguagem esteticamente inspirada na escrita hierática, embora no seu estágio atual os caracteres serviam apenas à função decorativa do fundo das ilustrações dessas criaturas, não possuindo um significado específico, embora fosse possível inferir algum. Ainda trazia em sua mala um conjunto de lápis para desenho. "Obviamente não poderiam faltar." E no último momento acrescentou também um canivete. Um apontador de lápis comum seria inútil em lugares nos quais precisasse cortar galhos secos das árvores e tampouco combinaria visualmente com o isqueiro.

"Quem carregaria um apontador e um isqueiro?", pensou.

Assim, todos os objetos de que necessitava nos próximos dias estavam reunidos em uma pequena coleção de itens que seu casaco comportaria carregar. Havia lido *O Tronco do Ipê* ao menos uma vez anteriormente, mas pretendia repetir a leitura do capítulo quinze, *"O Boqueirão"*.

— A luta de Mário para salvar Alice com a ajuda de Benedito? Outra vez? — perguntou sua irmã. Era fácil descobrir que aquela era a sua parte favorita. Deixou uma pista enorme em uma página ao sublinhar a frase que resumia a ação inteira: "A vítima era Alice; o herói, Mário; o instrumento, Benedito."

O motivo que despertava sua curiosidade naquele ponto da obra talvez fosse a forte impressão que a primeira leitura da obra lhe causara. Havia uma grande semelhança entre aquele cenário e a geografia do local onde passava suas férias, principalmente no que dizia respeito à presença da água: O Boqueirão! Ultimamente começava a acreditar que a descrição da cena na qual Mário tenta resgatar Alice era muito longa. Se o episódio ocorresse fora do universo ficcional, não tomaria tanto tempo quanto a leitura do capítulo sugere. Seus amigos leitores nem sempre concordavam ou entendiam o porquê de suas restrições àquela passagem, mas insistia que a ação parecia se prolongar além do que seria esperado. Lembrou destes detalhes enquanto retirava a edição da sua bagagem. Não morreria de tédio nas férias. Não nestas férias, ao menos. Assim imaginou. Todavia, percebia mudanças estranhas no seu próprio comportamento. A sua paixão por visitar o Boqueirão era antiga, mas inusitadamente havia começado há pouco tempo a desenhar as ilustrações das criaturas aladas, ou também a planejar uma escrita hierática baseada em glifos simplificados. Talvez não tenha sido capaz de perceber a ocorrência de uma coincidência cósmica de tal magnitude antes, mas agora começava a imaginar a possibilidade de que os eventos atuais — o desaparecimento de seu tio, a criação dos desenhos das criaturas aladas e a linguagem de glifos — estivessem sincronizados no tempo, apesar de suas manifestações serem localizadas em espaços distintos. Foi com este espírito que chegou ao seu destino:

"Alguém com um grande casaco sobretudo, um chapéu fedora cinza, os bolsos abarrotados com um livro, e um bloco de duzentas páginas que a cada dia recebia metodicamente mais e mais esboços e ilustrações", entretanto, o pensamento quase o afastou do detalhe mais importante de todos: na casa ao lado morava uma amiga que conheceu na infância.

Ela era um ano mais velha que ele. Em invernos passados, quando ainda eram crianças, ele fazia figuração à mesa que ela preparava. Acompanhado por bonecas vitorianas que preenchiam as cadeiras vazias, eles tomavam chá com biscoitos. Às vezes os biscoitos eram substituídos por pão torrado. Mais importante, a geleia de abóbora caseira, receita de autoria da mãe dela, o maior incentivo para ele entrar na ambientação da cena. Seus encontros assumiam ares de representação teatral. Se ele se concentrava demais na geleia sobre o pão torrado, ela o trazia de volta para o texto da peça com uma deixa improvisada de forma pontual:

— Então me conte sobre suas investigações, detetive. A julgar por este mapa que acabou de desenhar, devo acreditar que logo irá partir em busca de evidências enterradas profundamente em camadas antigas do subsolo?

— Sinceramente, minha cara, são apenas desenhos figurativos e ornamentais que fiz para completar o espaço vazio da página. Nada mais que isso.

— Verdade? Pois acredito tratar-se de um mapa de uma expedição secreta muito bem disfarçado. O que está a esconder agora, senhor detetive?

Lembrou do tom dos diálogos daqueles episódios logo que a avistou novamente. Assim como ele, também estava um tanto diferente, muito diferente na aparência. Sua descrição remeteria a uma das personagens femininas saídas dos contos de Edgar Allan Poe: "Morella", "Ligeia", ou "Lady Madeline", ao menos a julgar pela forma de se vestir. A vida ao ar livre nas grandes propriedades da região talvez tenha preservado os grandes olhos vivos e carregados de eletricidade estática que reconheceu de imediato dos tempos de infância, mas preferiu acentuar as diferenças:

— Você mudou bastante, não?
— E você está mais alto. Bonito casaco.
— Gosto do espaço dos bolsos dele. Posso acomodar um pequeno livro aqui.
— O Boqueirão? Você ainda tem o mapa?— Ela riu.

Ele mostrou o bloco de ilustrações e o esboço do local. Ela assumiu um ar extremamente sério:

— Lamento a morte de seu tio. Ele não parecia bem. Nos dias anteriores ao seu desaparecimento falava sem parar a respeito de criaturas com asas de morcegos. Da última vez que o encontrei, estava obcecado por uma ideia... repetia que alguma coisa muito antiga estava enterrada em um sarcófago, no fundo do abismo das águas do lugar que você chama de Boqueirão.

— Vou precisar fazer estacas de madeira? Tenho um isqueiro e um canivete, mas não trouxe nenhum crucifixo ou água benta — brincou.

— Você pode improvisar um crucifixo, mas acredito que isto será de pouca utilidade contra o que quer que ele tenha encontrado lá. O caixão do seu tio estava lacrado.

— Cheguei tarde demais para o enterro.

— As pessoas da região contam histórias sobre uma Carruagem Fantasma que aparece à meia-noite no intuito de vigiar um tesouro escondido no fundo das águas.

— Eu acho que não conheço essa — respondeu.

— São histórias locais, dizem que é uma caleche do tempo do Império em forma espectral, outros falam de uma carroça fantasmagórica, ou um carro de bois assombrado. A maioria das pessoas acabam fascinadas ao imaginarem localizar a fortuna. Gostaria de investigar, senhor detetive?

Havia esquecido a velocidade que ela passava das formas etéreas de "Ligeia" ou "Lady Madeline" ao pragmatismo de uma "Adélia", a Senhora de José de Alencar. A surpresa não o faria perder a chance de aventurar-se:

— Podemos sair às 23:30 horas. Antes da meia-noite estaremos lá.

No horário estabelecido, as brumas e a névoa encobriam as propriedades da região. No frio daquela noite de inverno conduziu a figura esvoaçante da sua amiga a caminho do Boqueirão. Durante o trajeto discutiam como seria possível quaisquer tipo de carro de bois transitar por aquele terreno, o solo constantemente umedecido pelas chuvas. Concluíram que somente manifestações de natureza ectoplásmica realizariam tal intento. Aproximaram-se do "Boqueirão" faltando cinco minutos para a meia-noite. A adrenalina e o suspense da expectativa fez o tempo parecer uma eternidade. Em segundos surgiu um estranho brilho azulado de luz difusa que a atmosfera não era capaz de decidir entre absorver ou refletir, seguido do inquietante ruído das asas de couro. As criaturas aladas apareciam de todas as direções, o vôo dos seus corpos esféricos emitia um som que provocava desorientação espacial e causava perda do equilíbrio.

Quando recobrou consciência da situação, percebeu que afastou-se apenas vinte metros do ponto original. Olhou naquela direção, a silhueta de sua acompanhante estava paralisada e imóvel diante da luz. Correu para ajudá-la. Ela parecia em choque, as pupilas dilatadas e sem expressão facial. Não parava de repetir palavras sem sentido, em um estado de transe motivado por excitação do sistema nervoso. Foi necessário carregá-la, movido muito mais por puro desespero e pavor, tentando escapar da visão inominável e disforme que se materializou.

Ao realizar a fuga, por duas vezes constatou que não estava com ela nos braços, e foi necessário voltar para localizá-la. Na metade final do trajeto, suas forças já haviam se esgotado e imaginou que nunca seria capaz de retornar ao ponto de partida. Com a chegada da manhã que se aproximava no céu, ela recuperou parte dos sentidos e conseguiu voltar a andar, embora sem entender sua condição ou sequer lembrar dos eventos anteriores. Neste momento, os dois finalmente avistaram a casa onde ela morava.

O Sr. Antenor

Por Kleber da Silva Vieira

Naqueles dias eu morava com os meus pais e o meu irmão na zona rural de Cajazeiras, uma cidadezinha do interior da Paraíba. O lugar onde vivíamos era calmo, para não dizer tedioso. Havia muita vegetação no entorno e pouquíssima gente costumava passar por ali. Exceto pelos poucos parentes que nos visitavam em datas comemorativas, o restante do tempo era somente nós, as plantas e os animais. Embora a nossa casa ficasse a uns nove quilômetros do centro da cidade, era indispensável irmos à escola nas manhãs letivas. Fazíamos isso caminhando por horas pelas estradas desertas ou, algumas vezes, de bicicleta... ao menos quando o meu pai não dependesse dela para chegar ao local de trabalho, que ficava a léguas de distância. Geralmente acordávamos cedinho para nos aprontar. O café costumava ser preparado por volta das quatro da madrugada e quase sempre saíamos ainda no escuro... Duas crianças... Sozinhas ao relento pelas estradas, vigiadas pelo pálido luar.

Nossos pais tinham muitos afazeres. Trabalhavam duro e mantinham tudo em ordem. Em contrapartida, procurávamos não arrumar encrenca. O que era algo complicado, afinal de contas, éramos crianças.

Eu tinha dez anos e o meu irmão treze e meio. Juntos, explorávamos sozinhos as redondezas. Caçávamos, pescávamos e, claro, íamos à escola. As coisas não eram como nos tempos de hoje, no qual ninguém é mais confiável. Quando éramos crianças não tínhamos medo de nada. Pelo menos, nada que fosse desse mundo.

Estudávamos os dois no turno da manhã. O que parecia algo prático para nossos pais, pois enquanto na escola, não precisavam se preocupar conosco. Sabiam que estaríamos seguros nas mãos de pessoas responsáveis... Como falei antes, eram outros tempos...

Não tínhamos muitos amigos. Não que fôssemos insociáveis. O problema era a distância entre as residências. Cerca de uns trinta minutos de caminhada a passos largos mais ou menos. Com isso, nossos amigos se restringiam aos da escola, e somente uns dois ou três eram mais chegados. Estes costumavam ir e voltar conosco até certo ponto da estrada... Creio que um deles, Damião, ia com a gente só até as velhas terras do Sr. Antenor.

O Sr. Antenor era um homem baixo e atarracado. Tinha uns cinquenta anos na época. Amante inveterado do fumo, das raparigas e da bebida. Paixões a que se entregava sem culpa ou pudor na primeira quinzena de cada mês. Geralmente aos sábados, dia em que costumava ir até a cidade fazer feira, jogar sinuca e prosear um pouco.

Diziam por lá que o Sr. Antenor tinha parte com o cangaço; que era filho de cangaceiro. Segundo os mais velhos, seu pai violara uma cabocla na época em que o município fora saqueado por homens de Sabino Gomes. Mas tudo era um grande mistério. Mais uma das lendas a seu respeito, que servia somente para aumentar ainda mais o nosso fascínio sobre sua pessoa.

Na maior parte do tempo, Sr. Antenor era um sujeito quieto. Vivia sozinho em sua humilde residência de três aposentos, na propriedade de cem ares confinada entre quatro aclives pediplanares de escarpas agredidas e rochas nuas.

Até onde sabemos, jamais se casou ou foi pai. De acordo com alguns, julgava demasiado levar os dias se envolvendo com problemas domésticos ou envolvendo outros em suas perturbações. Tarefa essa muito difícil de cumprir. Naquelas redondezas era somente ele e Sansão, um cachorro pé-duro de cor mourisca que não fazia jus ao nome e que de forte só tinha mesmo o ladrido. Apesar de magro, o animal tinha boa aparência, mas o péssimo hábito de cheirar e mordiscar o calcanhar das pessoas que por ali passavam. Uma coisa desagradável e bem irritante. Quando íamos ou voltávamos da cidade, era comum ver o homem sentado no alpendre da casa, na cadeira de balanço de fios trançados, quase sempre fumando um velho e rústico cachimbo de mofumbo com o desconfiado cachorro deitado aos seus pés. Se cumprimentado, em resposta levantava somente um dos braços, muitas vezes o que segurava o cachimbo.

Todas essas amenidades acabaram no inverno de 1983, a contar do mês de março, quando o Sr. Antenor passou a sofrer gravemente dos nervos, vindo a padecer de severa enfermidade que o levou à loucura em seus últimos meses de vida.

O homem tornara-se errático. Falava sozinho através de frases desconexas e sem sentido. Urrava repentinamente e os seus movimentos eram assustadores e antinaturais. Descuidara do corpo e da lavoura. O próprio cachorro um dia sumiu e ninguém mais tornou a vê-lo. Contam que o animal nem tinha a aparência de bicho quando desapareceu... mas isso é somente outro boato de tantos... Coisas que ninguém pode confirmar... só o que posso dar certeza na verdade é sobre as coisas que eu mesmo vi e ouvi naqueles três meses...

 Depois de sua morte — ao menos é assim que costumamos tratar o fato — quase nada voltou a brotar nas terras do Sr. Antenor. O que cresceu nos anos seguintes foi uma vegetação raquítica e estranha, de péssima aparência. Passou a haver também um bodum insuportável naquele lugar, que sempre me pareceu associado aos eflúvios miasmáticos que de lá se erguiam ao cair da noite.

 Eu mesmo tive a vaga impressão, ainda no mês em que o Sr. Antenor fora acometido da estranha enfermidade, de que os bichos começaram a evitar aquelas terras... Só se ouvia o farfalhar das árvores... que misteriosamente secaram e tombaram... uma após a outra... sem qualquer explicação plausível. Nenhum pássaro cantava. Nenhum inseto zumbia. Só havia silêncio e uma forte opressão esquisita na alma a nos fazer ansiar estar longe dali o mais rápido possível.

 Ao saberem da estranha doença de Sr. Antenor, ninguém jamais voltou à propriedade. Para dizer a verdade, todos passaram a evitá-la se pudessem. Principalmente depois que homens importantes do governo e os militares vieram e fecharam a estrada de acesso, proibindo qualquer um de ir lá sob pena de severas sanções. Não deram muitas explicações! Mas o jornal local noticiou que a área inteira estava em quarentena devido à contaminação por uma substância tóxica, resultante da oxidação de dissulfetos ferrosos e filões quartzosos de galena, cujos compostos derivavam de líquidos corrosivos e gases sufocantes e mortais. Isso foi o que os geoquímicos da universidade federal disseram em seu relatório. Ao ponderar sobre aqueles estranhos dias, hoje já tão distantes, meu ceticismo até admite, em parte, a nota oficial como justificativa razoável para tudo o que aconteceu, pois explica a morte das plantas. O sumiço dos animais... até mesmo a doença do Sr. Antenor a ela parece se ajustar bem, ainda que sua certidão de óbito jamais tenha sido vista ou sequer se saiba onde fora sepultado. Para falar a verdade não existe ninguém que conheça o hospital em que ele deu entrada, e todos que de alguma maneira tiveram contato físico com ele morreram igualmente de uma doença esquisita.

Dois policiais foram até a sua propriedade na noite do dia 16 de junho após uma denúncia anônima. Segundo contam moradores, os homens lutaram contra uma besta. Saíram pressurosos e horas depois desenvolveram manchas avermelhadas muito dolorosas que pareciam se mover pelo corpo, formando desenhos esquisitos. Parentes também mencionaram alucinações terríveis e uma febre que não baixava por mais que se administrassem antipiréticos fortíssimos. Disseram que eles, quando em seus delírios, murmuravam algo como "aquilo está vindo" ou "está chegando" numa expressão aterradora.

Falam ainda que ambos foram levados às pressas para a capital do Estado e de lá encaminhados para São Paulo numa aeronave do exército. Entretanto, familiares e amigos jamais voltaram a vê-los, o que aumenta o mistério e torna mais suspeita a explicação oficial.

Vizinhos relataram que não tardou até que a família dos dois policiais sofresse intimidações e ameaças por causa de denúncias feitas na imprensa. Antes mesmo do mês de outubro daquele ano já não morava nenhum parente em Cajazeiras e ninguém mais soube deles desde então. Quanto ao pessoal que diziam ser do governo, eles vieram numa madrugada do mês de junho, quatorze dias após os policiais serem levados para a capital. Chegaram em comboio. Havia três grandes caminhões do exército cobertos em lona e mais cinco carros pretos pequenos e sem placas, cujos vidros eram todos escuros. Os moradores locais informaram que o esforço deles foi aplicado de maneira bastante eficiente e rápida, principalmente se consideradas as condições ali encontradas, durante somente umas poucas horas.

Enquanto estiveram lá, ouviu-se muitos tiros e sons horrivelmente abomináveis e irreconhecíveis. Homens encapuzados e "vestindo roupas daquelas que só se vê em filme" puseram fogo em tudo quanto podiam. Por fim, um helicóptero sobrevoou a área jogando barris que explodiam no ar, espalhando um líquido branco que em contato com o solo e as plantas produzia um pó cristalino acinzentado, que depois não reagia à água ou se movia com o vento.

Assim que a força-tarefa deixou o local, cercaram a área e impediram a passagem de civis em cerca de dois quilômetros. Qualquer um que desobedecesse aos avisos corria o risco de "levar tiro". Depois disso fomos forçados a pegar um caminho bem mais longo até a cidade. A rotina da comunidade inteira foi brutalmente alterada. Todos começaram a falar somente das "terras do Sr. Antenor".

Quando o "governo" finalmente se foi, soldados permaneceram nas mediações em frequência continuada até agosto de 1984. Costumavam ser substituídos periodicamente, como viemos a saber depois. Entretanto, o seu número decaiu de maneira gradual até não restar mais nenhum quando o Presidente Figueiredo deixou o poder em 1985. Não que não houvesse mais nada no lugar que não merecesse atenção e monitoramento, mas acredito que a queda do regime militar tenha a ver com o fim das operações.

De qualquer maneira, muitas outras coisas esquisitas continuaram ocorrendo. Coisas que, como tudo o mais, passaram a ser cinicamente ignoradas pela imprensa e pelas autoridades; coisas que igualmente não se adequavam na explicação oficial.

As poucas pessoas que vez por outra eram forçadas a andar perto daquelas terras sempre trouxeram histórias de eventos terríveis que ali passaram a acontecer. Como "barulhos medonhos", "bestas-feras", "o mato que parecia se mover como bicho" ou "sombras e luzes que ganhavam forma ou vida"...

Vários dos que presenciaram os eventos acima descritos já morreram ou há muito deixaram a região. De modo que os poucos que ainda se lembram desconversam, permanecem mudos ou se retiram. Como se o tempo não houvesse passado e o medo cultivado em suas mentes permanecesse com o mesmo frescor e robustez de antes, julgavam que "faz mal falar do inimigo" em alusão ao "diabo que ali vive". Porém, o que nem eu, nem o meu irmão ou mesmo Damião jamais contamos a ninguém até agora foi algo ocorrido há 36 anos, poucos dias antes de tudo acontecer... Num final de tarde, ao cair da noite... Quando voltávamos tranquilamente da escola pela velha estrada, vimos uma esfera luminosa branco-azulada por sobre o baixio detrás da casa de Sr. Antenor.

Por ser de noitinha, a esfera emitia uma forte luz contrastante. Ainda que pulsasse e se deslocasse vagarosamente, dela não se ouvia som algum. Outra coisa que nos chamou a atenção foi que, embora ofuscante, nada ao seu redor parecia se iluminar ou emitir sombras. Era como se aquilo, mesmo estando lá ao mesmo tempo não estivesse. Ela tinha tamanho indefinido e realizou sutis convoluções antes de se desfazer em halos leitosos que se precipitaram pela propriedade na forma de uma "chuva de outro mundo". Foi assustador!

Há alguns anos, quando visitei o local de minha infância decidi, não sei por qual motivo, ir até a velha estrada. Ali, sozinho e em meio ao silêncio, senti-me um tanto aflito. Fiquei pensando por um breve momento que a estranha esfera, ou talvez a "chuva de luz", de alguma maneira tenha tirado do Sr. Antenor outra coisa além de sua saúde e sua vida...

Hatorek em duas dimensões

Por Renato Felix Lanza

Hatorek era um jovem indígena de uma das aldeias de Heidrok, pequena cidade da nação dos Kob'Shas, povo orgulhoso por sua sabedoria e justiça, que viviam nas imponentes florestas do atual estado do Mato Grosso do Sul, antes da invasão portuguesa e espanhola das Américas. Ele vê-se profundamente abalado por forte sentimento de solidão em meio ao seu círculo de amizades. Já estava com a idade certa para passar pela iniciação e tornar-se um guerreiro junto aos demais homens. Ninguém o julgava apto e ele ainda era tratado com desprezo por não ser forte como os outros. De pele negra, estatura baixa e cabelos curtos, andava sempre descalço, descamisado e com um velho calção cinza-claro. Seus colares e pulseiras, feitos com sementes de plantas da região, completavam o Tekoha (jeito de ser) daquele jovem tímido e solitário.

Em uma noite de forte tempestade, após mais uma vez não ter sido convidado pelos amigos para uma caçada, Hatorek caminhava sozinho pelas trilhas escuras da mata, sem ouvir e nem ver nenhum sinal de pessoas, quando percebeu uma luminosidade vinda de uma das grutas sagradas. Instigado pela curiosidade e por um forte desejo de ir contra as regras, o jovem adentrou o subsolo proibido. As paredes estavam cheias de musgos e, nos locais onde a água não escorria em abundância, teias de aranhas completavam o quadro assustador. Bem ao fundo da gruta, Hatorek percebeu uma forte luz vinda de um objeto: um velho espelho com bordas de madeira trabalhadas com antigos detalhes. Sem entender o que é aquele objeto nunca antes visto por ele, aproximou-se e acabou focando seus olhos profundamente em seu reflexo.

Quando percebeu, já tinha sido sugado para dentro do espelho. Entendeu rapidamente que ele estava em outro mundo. E lá no espelho, no lugar de onde viera, ele percebeu que havia um segundo Hatorek, algum tipo de cópia sua, tomando seu lugar, em seu mundo!

— Socorro! Quero sair daqui! — gritava desesperado. Mas estava preso...

— Obrigado por me libertar daqui. Não sei o que aconteceu e o porquê de você se parecer comigo... Só sei que consegui sair daí. Não aguentava mais! — falou a imagem que assumia o lugar de Hatorek no mundo deste.

— O que é você? Digo... Você se parece comigo...

— Pelo que parece, sou você. Mas de outro lugar e outro tempo. Por algum motivo trocamos de lado. Tenho que sair daqui antes que destroquemos. Antes que eu seja sugado de volta.

— Volte aqui! Quero sair! Tire-me daqui! Quero voltar para meu mundo — gritava Hatorek enquanto sua imagem ia saindo do campo visual do espelho.

— Seu mundo agora é aí! Vá até o resto da tribo e conte sobre a passagem do espelho — respondeu o outro Hatorek antes de sair da gruta.

— Não!!!

Hatorek desesperou-se ao ver sua imagem ir embora. Estava só e em outra realidade. Parecia ser a mesma região de sua aldeia, a mesma gruta. Entretanto, as coisas seriam muito diferentes.

☠

O jovem, passado seu desespero inicial e ao perceber que não conseguiria mais retornar pelo espelho, percebeu sua curiosidade finalmente vencer e decidiu subir de volta pelos trajetos daquela caverna. Iria averiguar se também existia uma cópia de sua aldeia e de seus amigos naquela realidade.

Depois de andar por várias trilhas sinistras, dessa vez sem chuva, começou a achar que algo de muito ruim estava acontecendo, já que não via sinais de vida. Quase correndo e gritando para tentar encontrar alguém, desesperava-se e começava a chorar... E correr... Correr muito...

— Alguém! Socorro!

Gritava e chorava tanto que nem viu o momento em que alguém pulou sobre ele e o derrubou no chão.

— Quieto! Quer morrer, meu amigo Hatorek?

O jovem, ao mesmo tempo assustado e feliz por encontrar alguém, e ainda mais por esse alguém ser uma conhecida, abraçou apertadamente a jovem Ha'Ima.

— Que bom eu ter encontrado alguém! Mesmo sabendo que você não gosta muito de mim, não é?

Há'Ima, jovem indígena de idade aproximada à de Hatorek, por quem todos os outros garotos da aldeia morriam de amores, e que na realidade de onde vinha o jovem, nunca demonstrou um sinal de compaixão por ele, sem entender aquele abraço e nem aquelas palavras, logo falou:

— O que é isso? Nunca vi você abraçar ninguém! Que história é essa de não gostarmos de você? E por que você estava gritando tanto? Sabe que não podemos fazer barulho. Eles podem nos ouvir.

Hatorek, também sem entender, recompôs-se.

— Desculpe-me, Há'Ima. Não sei o que deu em mim...

— Desculpar-se? O que realmente deu em você? Nunca vi você pedir desculpas... Está bem? Sabe de algo? Não temos saída, não é? Vamos morrer?

O jovem começou a olhar todos que estavam ao seu redor e viu que os rostos eram todos conhecidos em seu mundo. Porém, neste novo mundo, todos o olhavam de um jeito muito diferente. Não eram olhares de desprezo. Após alguns segundos de estranhamentos gerais, Há'Ima voltou a falar:

— O que você viu lá embaixo? Conte-nos a verdade! Encontrou uma saída?

Hatorek finalmente entendeu que aquelas pessoas estavam pensando que falavam com aquela imagem que fugiu pelo espelho e tomou seu lugar. Só não entendia os motivos de ela ter fugido daquele mundo onde era respeitado e tinha amigos aparentemente leais e fraternos. Decidiu interpretar o Hatorek daquele lugar.

— Não encontrei nada.

— Que droga! O que faremos então? — disse a moça.

— Por que estamos fugindo? — perguntou Hatorek.

— O quê? — perguntaram todos ao mesmo tempo.

— Digo... Pergunto isso pra refazermos nossa tática — arriscou Hatorek.
— Você está muito estranho... Mas deve ser parte de uma de suas grandes ideias. Vamos lá então: desde a grande invasão que ocorreu depois das luzes no céu, estamos tentando encontrar uma saída segura daqui. Todos que tentaram não voltaram para nos avisar de nada... E os que ficaram aqui estão sumindo aos poucos.
— E o que são? O que está nos atacando?
— Hatorek, não sei o que está tramando, mas todos sabem o mesmo: não se sabe o que são. Ninguém os vê. Só sumimos após as luzes e os gritos de terror e dor. Talvez deva ser o fim do mundo previsto pelos anciãos. Os deuses devem ter cansado da ausência de nossas rezas e das mudanças que fizemos nos rituais. Ou talvez estamos sendo atacados pelas aldeias dos povos distantes com algum tipo de magia.

Hatorek, nesse momento, percebeu o porquê de sua imagem querer ter saído daquele local.

— O que faremos, Hatorek?
— Talvez eu saiba um caminho... Mas não sei ao certo como atravessá-lo...
— Mostre-nos! Precisamos sair daqui! Acreditamos que não temos muito tempo. Poucos de nós sobrevivemos.
— Em quantos estamos?
— Hatorek, pare com isso! Somos oito.
— E eu sou seu líder?
— Claro! Vamos! Leve-nos até lá!

Os jovens, após quase meia hora de descanso solicitada pelo jovem extremamente cansado e ainda abalado com o novo mundo, seguiram Hatorek pelas trilhas da mata. Porém, as luzes voltaram a aparecer.

Enquanto isso, do outro lado do espelho, o outro Hatorek, arrogante e orgulhoso, julgava-se livre das perseguições das luzes. Entretanto, sentia-se mal, já que nenhuma das pessoas daquele local queria tratá-lo com o respeito que tinha em seu mundo. Tratavam-no com desprezo. Era humilhado por onde passava. Sentia-se só. Depressivo. Mas o que fazer? Viver livre e desprezado ou perseguido e amado?

— O que eu fiz? Abandonei meus amigos para morrer. Fui covarde, preciso voltar!

Em meio à angustia gerada pelo choque de sentimentos, ele voltou correndo para a gruta. No mundo dentro do espelho, os jovens também rumavam nessa direção, perseguidos pelas luzes.

— Corram! É logo ali! — gritava Hatorek enquanto os últimos do grupo iam sendo sugados pelas luzes.

Muitos gritos de pânico e dor. Hatorek pegou Há'Ima pela mão e correu desesperado gruta adentro. O grupo já estava reduzido a quatro.

— Bloqueiem a entrada com aquelas madeiras! — gritou Há'Ima enquanto a última moça estava passando pela acesso estreito da gruta. Entretanto, antes de a madeira ser colocada no lugar, uma mão toda enrugada bloqueou a ação e pegou a moça pelo pescoço.

O desespero aumentou enquanto a garota era arrastada para fora da caverna. As luzes entravam e preenchiam o local. Hatorek, em frente ao espelho, via sua imagem chegar do outro lado também. Há'Ima, sem entender, ficou um pouco mais ao lado.

— Quero trocar! Venha, pode vir! Olhe em meus olhos profundamente — disse a imagem.

Enquanto isso, na gruta dentro do espelho, as luzes invadiam totalmente o local e pegavam o terceiro jovem. Só sobravam Há'Ima e Hatorek. Este, percebendo que ia ser sugado de volta para seu mundo, segurou a mão daquela. Em segundos já estava de volta em sua realidade, trazendo consigo a jovem.

O Hatorek arrogante agora voltava para seu mundo. Porém, o que via era terrível: estava cercado por criaturas medonhas e por uma luz indescritível. Nunca tinha visto os seres estranhos que traziam consigo a luz da morte. Suas crenças se desfizeram. Os mitos e lendas de seu povo não podiam exprimir o horror que estava prestes a devorá-lo. Foi então que ele entendeu que em realidades mais sombrias — como de onde vinham aquelas criaturas — até o tempo podia morrer.

O VIGIA NOTURNO

Por Lucas Josijuan Abreu Bacurau

Não sei como sobrevivi para contar. Para ser sincero, às vezes eu nem consigo acreditar que aquilo realmente aconteceu. Eu passo dias rememorando os fatos daquele fatídico 07 de março de 2010, sem saber se realmente vivi ou se imaginei aquela situação.

Eu imagino que você deva estar pensando "do que diabos esse cara está falando?" ou algo similar. Sabe de uma coisa, você tem razão. Eu não me apresentei e estou divagando sem contar nada de concreto. Pois bem, eu tenho uma história, e salvo alguma lacuna de memória, posso te garantir que ela aconteceu mesmo.

Na época eu trabalhava como vigilante noturno de um prédio comercial que ficava localizado no centro. Já atuava nesse ofício há mais de dois anos, sem muitos problemas. Era um trabalho tranquilo e sem muitos sobressaltos.

Eu entrava às oito da noite e saía às sete da manhã, dia sim, dia não. Durante esse tempo, ia nos dez andares do prédio para verificar se todas as salas tinham sido fechadas, se as luzes tinham sido desligadas e se não havia nenhum sinal de arrombamento ou incêndio. Mesmo com dois elevadores no prédio, preferia acessar cada andar pelas escadas, tanto na subida quanto na descida.

Você pode me perguntar qual a vantagem disso e eu lhe responderia que não havia nenhuma. Mas para ser sincero, haviam dois motivos que me levavam a essa conduta. O primeiro era o fato de eu ter claustrofobia desde os meus sete anos. Sei marcar bem a data do início dessa fobia, pois ela começou depois de eu ter sido trancado por um primo mais velho em um armário por três horas seguidas.

Sabe, eu até consigo entrar em lugares fechados, mas não me sinto confortável e evito sempre que possível. Sendo assim, como eu tinha onze horas de serviço, aproveitava para verificar cada sala com calma e tranquilidade.

O segundo motivo era de ordem profissional. Muitas vezes o sono batia e eu fazia de tudo para não ceder a essa tentação. Como vigia, sua função é estar alerta para o menor incidente. Não tem como você estar realmente alerta durante um cochilo. O sono é ruim, e consequentemente o trabalho também. Por isso, buscava me movimentar o tempo todo.

Como já disse antes, era um trabalho bem tranquilo. Durante muito tempo não tive problema com nenhum dos inquilinos dos escritórios. Na verdade eu não cheguei a ter problema com nenhum dos inquilinos durante o período em que trabalhei nesse prédio. É estranho falar isso, mas eu saí desse emprego não por causa de uma pessoa, mas sim por causa de uma sala e do que havia dentro dela.

A sala 607 ficava no final do corredor do sexto andar. Nessa sala ficava instalado um laboratório de uma empresa farmacêutica. Era um espaço que exalava cheiros de produtos estranhos, com certeza químicos. Esses odores davam uma sensação de náusea, como se estivesse com o vômito preso na garganta. O andar ficava praticamente vazio, uma vez que as demais salas desse andar estavam todas vazias. Imagino que o efeito desse laboratório contribuía para a manutenção dessa situação.

Você pode imaginar o meu desassossego ao ter que inspecionar o referido andar. Eu tinha que tapar as narinas e tentava conferir o andar para ver se não encontrava nada suspeito, que demandasse uma verificação mais apurada da situação do lugar.

Essa minha estratégia tinha dado certo até o fatídico dia 07 de março. Antes disso, eu e o referido laboratório tínhamos uma relação — se é que posso chamar isso de relação — do tipo "eu não mexo contigo e você não mexe comigo". Como você pode ver pela minha fala, essa sala tinha uma presença, uma imposição muito similar ao de um ser vivo. Um ser maligno e envolvente.

Pois bem. O dia 07 de março tinha começado como qualquer outro dia comum. Tinha acordado, me alimentado, me preparado e ido para o serviço. Parecia o típico dia esquecível.

Ao chegar ao trabalho, bati o ponto e comecei a minha jornada. Creio que foi lá pelas onze da noite quando decidi começar a checar os andares. Primeiro andar, tudo certo. Segundo, terceiro e quarto também não apresentaram problemas. O quinto andar em si não parecia ter sofrido nenhum tipo de variação. Mesmo assim, algo estranho tinha acontecido. O odor do sexto andar estava tão forte que tinha impregnado todo o quinto andar.

Enquanto rumava para as escadas em direção ao próximo e desafiador andar, eu ficava me perguntando o que será que tinha acontecido e, também, se realmente tinha acontecido alguma coisa. Nada mais comum. Era um laboratório e provavelmente estaria com a porta fechada. O máximo que precisaria fazer seria incluir essa informação no meu relatório. Vida que segue. Ou assim eu pensava.

    A porta da sala 607 estava escancarada. Eu, profissionalmente obrigado, tive que seguir adiante. Minha coragem tinha me abandonado desde que chegara ao andar. Passo a passo, tinha alcançado a sala. A primeira coisa que pude observar era que a fechadura tinha sido arrebentada por dentro. A madeira envolta na fechadura estava toda lascada, como se alguém tivesse chutado até a porta ceder. A situação não estava a meu favor.

    Dentro, a sala parecia ter passado por uma explosão. Havia papéis e manchas por todo o lugar. Móveis partidos em pedaços. As paredes pingavam e escorriam em cores estranhas. Talvez fosse efeito da iluminação. Talvez eu tivesse sido intoxicado e estivesse delirando com o cheiro exalado pelas diversas substâncias que deviam coexistir dentro de um laboratório farmacêutico. Não sei. Só sei que a partir daqui vou tentar explicar algo que, por mais que tenha vivido, não consigo acreditar, por mais que sejam minhas palavras. Quem sabe você acredite.

    Essa sala possuía um compartimento interno, o qual eu fui em direção. Ao entrar nele, liguei o interruptor e não acreditei em meus olhos. O que eu percebia lá era um ser. Não consigo definir de que natureza, apenas posso definir como um ser antropoforme, mas com traços similares a canídeos e a plantas leguminosas. Era imponente e apesar de se encontrar agachado, demonstrava musculatura avantajada e olhos... Sim, tinha olhos. Olhos luminosos que tinham voltado a sua atenção para mim, o vigia, na hora errada e no lugar errado.

    A boca do ser apresentava uma coloração vermelha. Ele estava se alimentando de alguma coisa. Eu podia ver algo em suas patas. O que era? Tentei olhar de mais perto. Não pude acreditar no que vi. A criatura se alimentava de outra, igual a ela, só um pouco menor! Enquanto observava essa cena, recebi seu olhar e meu corpo se imobilizou. Em menos de alguns segundos tinha passado do papel de espectador para o de refeição principal. Meu corpo se desfazia naquele banquete improvisado. Eu já não conseguia enxergar, nem respirar. Desmaiei no ato.

Acordei uma semana depois numa cama de hospital. Não sabia e nem me lembrava de nada do que tinha acontecido. O enfermeiro de plantão contou-me que eu tinha sido demitido por justa causa do meu emprego com a acusação de ter feito espionagem industrial e sabotagem.

Em resumo, a empresa farmacêutica tinha alegado que eu tinha invadido a sala e destruído toda a pesquisa que estava sendo desenvolvida pelos cientistas da mesma. Nada mais longe da verdade. Confesso que tentei reverter a demissão por justa causa na justiça trabalhista, mas nenhum advogado que se preze quis acreditar na minha história, muito menos um juiz.

Tempo passou e eu estou aqui contando esta história. Desde o ocorrido, confesso que a minha vida melhorou. Tornei-me um leitor voraz e passei a captar e reter todas as informações que antes não conseguia entender.

Comecei a entender de assuntos que me eram estranhos, consegui até passar no vestibular da federal sem grandes dificuldades. De alguma forma, esse incidente meu deu um grande ganho de QI. Também tive mudanças nos meus hábitos alimentares e de sono. Hoje, praticamente só me alimento com carne. Carne crua, às vezes. O meu sono reduziu drasticamente. Se antes dormia sete ou oito horas, agora me bastam duas ou três.

Confesso que o meu físico mudou igualmente. Ganhei musculatura sem muito esforço. Meu cabelo era castanho e passou a ser totalmente branco num período de dois meses. Um branco brilhante, diga-se de passagem. Não só meus cabelos, mas também os meus olhos, unhas e dentes adquiriram um brilho que deram uma maior vivacidade ao meu perfil. Curiosamente, do mesmo modo que comecei a brilhar, também passei a sentir uma necessidade maior de tomar banhos regulares de sol, como se eu ganhasse algum tipo de energia a partir desses banhos.

Minha vida mudou muito. Hoje possuo uma empresa bem-sucedida, esposa, família e respeito social que não tinha naquela época. Sei que não devia reclamar, mas mesmo estando em um caminho melhor, às vezes não me sinto a mesma pessoa. Às vezes me sinto como se eu não fosse aquele vigilante de anos atrás.

Às vezes, eu acho que só tenho as memórias dele.

QUIETA NON MOVERE

Por Nathalia Scotuzzi

Este é um relato de como liguei os pontos.

Nascida em Americana, interior do estado de São Paulo, mudei-me com minha família para uma cidade próxima, chamada Rio Claro, quando era adolescente. Rio Claro é uma cidade pacata, plana e com muitos idosos. A população, quando me mudei, era de cerca de 180 mil habitantes. Hoje, há 10 anos que moro aqui, esse número continua o mesmo. Rio Claro tem indústrias, seria um bom ponto de partida para fazer a cidade crescer, mas ela não cresce. As pessoas da cidade culpam a maçonaria por isso.

Viver no Brasil nunca foi muito instigante para mim. As histórias que eu lia em livros se passavam sempre na nebulosa

Londres, na remota Arkham ou em Nova Orleans. Achava curioso como Anne Rice conseguia criar todo um contexto para dar à luz a seus vampiros fantásticos. E acreditava que uma cidade comum do interior brasileiro nunca poderia oferecer um plano de fundo para uma história de terror.

Rio Claro tem alguns pontos turísticos interessantes, como o Horto Florestal. Fundado pelo ministro da agricultura Edmundo Navarro de Andrade, no início do século XX, é até hoje um patrimônio da cidade; possui um belo lago e também museus. O horto fizera parte de um projeto de Edmundo, que implantou reservas desse tipo em várias outras cidades do estado de São Paulo. A intenção primária desses hortos era o abastecimento de madeira nas construções ferroviárias do estado, e assim o eucalipto foi trazido para suprir essa demanda. O prefeito ficaria orgulhoso de mim com a quantidade de informação que sei sobre esse local. Ou não. Acontece que Navarro de Andrade passou grande parte de sua vida em seu casarão aqui em Rio Claro, gastando boa parte de seu tempo no estudo e plantio do eucalipto. Mas não *todo* o seu tempo. Algumas casas do horto são abertas à visitação, outras estão caindo aos pedaços e há ainda algumas que fazem parte apenas de lendas locais, como a de que uma bruxa habitaria uma delas, atraindo pessoas para lá — pessoas que nunca mais voltam a aparecer.

De qualquer forma, sempre segui minha vida nessa cidade sem grandes ambições, acompanhando novidades na medida do possível. Aos domingos frequentava a igreja da Matriz, aos sábados ia à piscina e às festas do clube de campo, e depois de todo esse tempo, estava bastante habituada com a pacata vida rio-clarense.

Certo dia, ouvi uma história que despertou minha curiosidade. Sob as ruas de Rio Claro há túneis que percorrem quilômetros, se entrecruzam e possuem entradas em diversos prédios da cidade como a própria igreja da Matriz, algumas escolas e monumentos nas praças do centro da cidade. Há diversas especulações sobre sua origem e uso, entre elas a de que seriam locais para escravos se esconderem, serem traficados, sacrifícios feitos pela maçonaria e até esconderijo para Hitler após sua suposta fuga da Alemanha. Acontece que ninguém tem fontes para descobrir a verdade sobre estes túneis e por isso sempre ficaram nesse nível de mistério para os rio-clarenses pouco curiosos. Mas eu não sou rio-clarense. E eu sou curiosa.

Contando com a ajuda de um amigo meu e vereador da cidade, chamado João Waldmann Neto, tive acesso a arquivos e plantas da cidade, com os quais passei a semana trancafiada em meu quarto. Apesar de haver dicas sobre os túneis, não encontrei nada de efetivo sobre sua construção, nem planta alguma. Apesar de estar disposto a me ajudar, Neto não me ofereceu grandes esperanças de realmente descobrir alguma coisa. A única pista que eu tinha era uma casa localizada no centro da cidade, que estava abandonada. Pelas janelas estilhaçadas é possível ver uma entrada para algum desses túneis, porém a casa está sempre fechada e nunca é posta à venda. Mesmo assim persuadi Neto para que conseguisse alguma chave na prefeitura, já que a casa aparentemente não tem dono.

Em um domingo pacato e com a chave em mãos, eu e Neto (que demonstra um pouco mais de curiosidade de que seus conterrâneos) fomos àquela casa que se apresenta como apenas mais uma casa abandonada e deteriorada. Era de manhã e a luz do sol iluminava bem seu interior pelas janelas quebradas. Logo na primeira sala encontramos a entrada, que nada mais era do que um buraco no chão. Tinha cerca de 1 metro de diâmetro e tudo que conseguíamos ver era o preto da escuridão. Obviamente havíamos levado lanternas e também uma escada para poder descer naquele antro de enigmas. Retiramos mais algumas tábuas para alargar a abertura e com nossas lanternas conseguimos enxergar uma espécie de sala subterrânea, toda feita de tijolos e vazia. Apesar de parecer abandonada, ela não parecia suja e também não pude ver teias de aranha. A escada que levamos, por sorte, tinha o tamanho exato para que pudéssemos descer e assim o fizemos. Com cerca de vinte e cinco metros de área, esse cômodo interligava dois túneis estreitos, possíveis de passarmos lado a lado sem muita folga. Apesar de parecer assustador, decidimos seguir pelo túnel que ia para o lado direito da sala. Andamos durante alguns poucos minutos e então o túnel se alargou consideravelmente, tornando-se amplo e mais fundo. Apesar da escuridão, novamente consegui ver que tudo era irritantemente limpo. Ouvia apenas algumas goteiras que pingavam aleatoriamente e uma leve brisa inexplicável. Após andarmos cerca de quinze minutos nesse túnel desolado nos deparamos com uma grande porta de metal. Trancada. Era uma porta cheia de detalhes e completamente impenetrável. Só nos restou então retornar pelo caminho que viemos e planejar algo novo.

Qual o motivo de uma porta tão grossa e misteriosa no meio daquele túnel? E mais importante, como iríamos atravessá-la? Por sorte, o João tinha um tio que era chaveiro e assim conseguimos emprestadas algumas chaves-mestras de portas antigas, expostas em sua loja. Além de chaveiro, possuia um pequeno museu de antiguidades. Não custava tentar. Partimos novamente para aquele túnel escuro e inquietante. Eu nunca fui uma pessoa de ter muita sorte, mas foi ridiculamente fácil a forma com que logo uma das primeiras chaves testadas conseguiu abrir aquela porta. Minhas palpitações atingiram uma altura preocupante. Eu estava realmente muito ansiosa para ver o que havia ali.

Acontece que o mistério não seria resolvido tão fácil. Por detrás daquela porta havia novamente túneis: oito túneis. Levavam a todas as direções e sem dica alguma do destino de cada uma. Foi ao mesmo tempo decepcionante, mas instigador.

Utilizando então um pequeno caderno que eu levara comigo, fiz um esboço dos túneis para que pudéssemos explorá-los um pouco a cada dia. Os primeiros dois túneis eram curtos e nos direcionaram a simples salas vazias, salvo algumas prateleiras. O terceiro túnel era mais longo e mais sufocante à medida que a cada passo que dávamos parecia que o chão descia de nível. Ao final de dez minutos de caminhada, chegamos a uma grade de ferro que separava o túnel de uma espécie de pequena caverna. O chão desta caverna estava todo coberto por um lago, e por isso não entramos. Além disso, o cheiro exalado dele era estranho, embora não fosse ruim.

O quarto, quinto e sexto túnel levavam a outras salas, menores ou maiores, mas sempre vagas e com prateleiras vazias. A sétima sala estaria nas mesmas condições se não fosse por um baú que encontrei por acaso atrás de uma prateleira. Estava vazio, porém entre ele e a parede havia uma espécie de livro ou caderno que parecia ter sido escondido. Guardei-o em minha mochila e nos dirigimos ao último túnel. É notável comentar também que a maioria dos túneis possuíam "portas" no teto, parecidas com a que utilizamos para entrar na sala principal. Essas portas com certeza correspondem às entradas que fazem parte das lendas sobre os túneis.

Apesar de meu amigo, João não era muito de conversar, mas era sempre educado e prestativo. Eu não sabia muito de sua família, apenas que estava em Rio Claro há algumas gerações, sendo uma família muito tradicional e importante na história da cidade. Os Waldmann já haviam levado seu nome à política quando seu avô fora prefeito, às ciências quando um de seus tios-avôs havia trabalhado no cultivo do eucalipto junto de Navarro de Andrade, e uma de suas tias distantes havia alcançado interessantes avanços na botânica. Agora, novamente, o sobrenome Waldmann estava na política. Em seu trabalho João se dedicava especialmente às causas ambientais da cidade, criando projetos para preservação do horto, combate à poluição do ar e dos rios e lagos da cidade. Em questões pessoais, João era solteiro e não parecia demonstrar muito interesse em arranjar algum relacionamento; entre nós nunca houve nada. Mas retomando minha história, parei para dar essa explicação pois ao entrarmos na sala a que ele levava João, teve uma reação muito estranha. Ele estava na frente, e ao dar o primeiro passo ele se tornou alarmado e irritado. Entrando logo depois não pude identificar nada que pudesse ter causado aquela reação. Sua explicação foi de que se dera conta que, se alguém descobrisse que estávamos nessa empreitada, ele poderia colocar o nome de sua família em jogo. Não achei muito convincente, mas mesmo assim deixei para lá e fomos embora.

No final de uma semana havíamos explorado todos aqueles túneis e não havíamos encontrado nada. Nada além daquele caderno, que era a mesma coisa que nada. Isso porque ele continha apenas figuras estranhas e sem sentido, que eu simplesmente não conseguia compreender. Decidimos dar um tempo em nossas aventuras, tanto para descansar quanto para não levantar suspeitas. João ficou com o caderno para tentar decifrar mais alguma coisa, mas não teve grandes avanços. Estagnados e frustrados, deixamos para remarcar nossos encontros dali a algumas semanas.

Após três semanas de vida pacata eu estava ficando ansiosa para voltarmos aos túneis. Acontece que o João andava meio evasivo e se dizia sempre ocupado. Impaciente, decidi seguir sozinha. Com medo, mas fui.

O túnel do lado esquerdo daquela sala subterrânea era estreito como o outro e mais longo. Dessa vez não me deparei com porta alguma, e nem ramificações de túneis. O que encontrei foi um grande salão de tijolos com suportes para velas nas paredes, algumas mesas e cadeiras, e portas distribuídas por todos os lados. Sem grande surpresa, descobri que todas essas portas estavam trancadas. Trancadas, mas intrigantemente com cara de que não estavam abandonadas. Havia uma sensação no ar de que aquele lugar não estava tão em desuso assim.

Decidi retornar no dia seguinte com as chaves-mestras, porém tive um imprevisto e acabei indo em um horário mais tarde que o comum. Ao entrar novamente no corredor esquerdo, todos os pelos do meu corpo se arrepiaram, pois eu ouvi um som vindo da direção do salão. Parecia uma música, ainda que estranha e dissonante. Ao chegar cada vez mais perto, percebi haver luz no salão e desliguei minha lanterna, assustada. Apenas a alguns metros daquele local, escondida pelas trevas do corredor, percebi que havia gente. Três pessoas para ser exata. As três figuras vestiam capas inteiramente pretas e com capuz. Uma delas estava sentada em uma das mesas e anotava algo em um caderno. Uma das outras figuras estava à sua frente, como que aguardando. Após alguns instantes, a figura sentada retirou uma chave de uma gaveta da mesa e a entregou para o outro. Recebendo-a, a pessoa se dirigiu a uma das portas, destrancou e adentrou o recinto, fechando-a novamente. O mesmo aconteceu com a outra figura encapuzada, que se dirigiu para o interior insólito de uma das outras portas.

Aquele que estava sentado continuava a escrever em seu caderno quando outra figura encapuzada surgiu. Mas de onde?

Pelo que eu tinha observado no outro dia, o túnel em que eu estava era o único caminho para aquele salão. Bem, aparentemente não. Eu não tinha reparado, mas havia uma parede falsa no fundo da sala, que logicamente dava entrada para outro túnel ou porta. Durante o tempo que fiquei ali observando, mais 4 figuras apareceram e, assim como as outras, se fecharam em cada uma das salas. Aquela música que eu havia escutado no início voltara a tocar e agora percebi que vinha detrás de uma das portas. Outro som, esse irritante e estridente, vinha por detrás de outra. Decidi não arriscar mais tempo ali e voltei para minha casa.

Por fim, parecia que Rio Claro escondia algum segredo. E pensar que eu achava que nunca teria alguma aventura em minha vida. Animada, liguei para João e pedi que nos encontrássemos para que eu contasse as novidades. Marcamos um café e nos encontramos. Assim que contei o que havia visto, João ficou extremamente alarmado, olhando de um lado para outro como se eu tivesse contado um segredo seu. Disse que eu não tinha noção da gravidade do que eu estava falando e que deveríamos conversar em algum local onde ninguém mais pudesse nos ouvir. Assim, fomos ao horto.

Adentramos um dos casarões abertos à visitação, pois era uma tarde de terça-feira e dificilmente alguém estaria por ali. João me disse que apesar de as histórias dos túneis serem lendas para os cidadãos rio-clarenses, se realmente houvesse algo ali, era algum segredo guardado a sete chaves e, sendo assim, se alguém desconfiasse do que eu havia feito, as consequências seriam inimagináveis. Pelo visto, enquanto me acompanhara pelos túneis ele não nutrira esperança de que acharíamos alguma coisa. Talvez seja por isso que tenha desistido. E talvez seja por isso que agora ele parecia tão chocado.

Enquanto eu pensava no que iria fazer a partir daquele momento, me levantei e comecei a andar pela sala, distraída e observando levianamente a decoração. João se levantou para me acompanhar e, mudando de assunto, passamos a andar pela casa como visitantes. Foi quando eu vi aquela entrada. Embaixo da escada que levava ao segundo andar do casarão havia, quase imperceptível, uma porta igual a todas aquelas portas que eu vira nos túneis! Acontece que o horto fica muito distante do centro da cidade e, caso aquela porta desse realmente em algum túnel, isso significaria que as proporções daquilo tudo tinha um tamanho inigualável! E sim, ela dava em um túnel. Perplexa, olhei para João que, com um olhar malicioso me disse para entrar.

Parecia o mesmo lugar. Um túnel que levava a um salão cheio de portas trancadas. Mas dessa vez o João tinha a chave. João tinha a chave e sabia de tudo:

— Sabe, quando você sugeriu fazer essa busca pelos túneis eu não discordei. Eu sabia para que lado ir sem encontrar nada — ele começou. — Ao ver sua reação de decepção achei que logo iria desistir da busca e esquecer tudo aquilo. Mas você não desistiu. Pior, você encontrou.

A essa altura eu estava parada e surpresa no meio daquela sala, apenas ouvindo o que meu amigo tinha a me dizer.

— Não há lenda que alcance a realidade do que há aqui. Há quase um século, desde que o horto foi criado e os mestres descobertos, nós somos seus guardiões. Entenda, Navarro de Andrade tinha as melhores das intenções com seus eucaliptos e paixão pelo avanço do país. Só que fundo na terra desse lugar já havia algo, havia algo que por acidente se tornou maravilhoso. Navarro, junto de meu tio-avô, Franz Waldmann, fundou uma sociedade para manter tudo aquilo escondido. Assim nasceu a Ordem do Lodo.

Vendo minha expressão — de quem não entendera nada —, João virou os olhos e continuou:

— Olha, existem coisas no mundo que as pessoas não acreditam que existam. Quando começamos a revirar o solo dessa região para a construção dos casarões, descobrimos um segredo que não deveria ter sido descoberto. Em alguns pontos dessa região existem portais, portais que nós abrimos por acaso. Desses portais vieram criaturas que não são terrestres. Eu não sei como, mas os portais foram fechados, mas não antes que uma boa quantidade dele houvesse penetrado a nossa dimensão. O que conseguimos fazer foi guardá-los atrás dessas portas e túneis que foram construídos árdua e rapidamente, com muito suor e sangue derramado. Os túneis nos quais andei com você hoje não têm mais uso. Tudo que resta são as câmaras e a ordem. Nós então os mantemos atrás dessas portas, em um ambiente que lhes agrada e lhes é suficiente. Com o tempo, sua vitalidade parece diminuir. Então nós as alimentamos.

Sem entender, contestei:

— Por que vocês alimentariam algo que mantêm preso? Por que não os deixam morrer?

— Morrer?! Como matar algo que é lindo, algo que dá razão ao nosso viver? Nós aprendemos que quando mexemos onde não se deve, podemos encontrar Deus, mas isso não é para todos. Você não conhece o lema da cidade, *Quieta non movere?* Acontece que tendo descoberto essas exímias criaturas, a nossa existência agora tem mais sentido. O mundo não é o que parece e por que deveríamos destruir aquilo que nos põe em contato com o fenomenal? Lodosos, é assim que os chamamos. Sim, nossos lindos Lodosos com suas canções esplêndidas e seus ensinamentos sobre a arte da inércia. Venha ver por si mesma.

Então João abriu uma daquelas portas. E eu os vi. Em uma sala negra onde parecia não haver tempo ou espaço, estavam dois Lodosos, sem cor, levemente translúcidos, ainda que relativamente antropomórficos. Não tinham pele, mas um líquido viscoso que lembra o lodo parecia constantemente escorrer e subir novamente por seu corpo. Encontrei seus olhos e então entendi. Ouvi a música que emana de seus poros e me senti como nunca antes; ainda não há palavras para descrever o que passou por meu corpo e mente naquele momento.

Acordei de meu torpor ao ouvir alguém conversando com João e vi que essa pessoa puxava um jovem confuso por uma corda amarrada em suas mãos. Dizendo algo que não entendi, o jovem foi empurrado em direção aos Lodosos que, ao estender as mãos em sua direção, o paralisaram e sugaram algo de dentro de seu ser. O rapaz saiu de lá ainda vivo, mas apático como tantas pessoas que conheço nessa cidade.

É assim, portanto, que a cidade se divide: membros da ordem, vítimas que nunca saberão por que sua vida é tão descartável e cidadãos comuns, que nunca desconfiarão do que há nessa cidade. Agora encontrei uma razão para viver. A energia que recebo desses seres é suficiente para encher minha vida de propósito e, desde que meu tornei um membro da Ordem do Lodo, compreendo tudo o que João quis dizer. Continuo com minha vida normal. Uma vez por mês recebo minha dose de inspiração, quando levo uma nova vítima para meus mestres. Cidade quieta, parada. Cidade misteriosa e sublime. Oh, Rio Claro, cidade maravilhosa por ter descoberto tamanha soberania. *Quieta non movere.*

Estranho Livro

Por Idevarte José

Doutor, escrevo este e-mail pois talvez não tenha oportunidade de encontrá-lo pessoalmente como combinamos antes. Estou evitando sair de casa, a comida acabou na quinta-feira, mas água não me falta.

Prometo tentar resumir de forma mais concisa possível o ocorrido. Ele se chamava Pedro, nos conhecemos no dia da matrícula do curso de História na Universidade Federal do Rio de janeiro, estávamos lado a lado sentados esperando sermos chamados, e então começamos a conversar, já que seríamos da mesma turma. Descobri que ele era de São Paulo e ainda não tinha onde morar; como eu também estava procurando um local para alugar, resolvemos alugar juntos e criar a nossa república.

Desde o primeiro dia na Universidade, passou mais horas na biblioteca do que nas aulas, mas ultimamente até isso ele mudou. Pediu um livro emprestado e o renovou várias e várias vezes. Agora o leva para todos os lados do campus; mesmo com o calor carioca beirando os quarenta graus, lá está ele embaixo de uma árvore lendo seu livro de capa preta. Qualquer passante ao observá-lo julgaria que lê a Bíblia. Apenas quem o conhece bem saberia que tal pensamento, se dito em voz alta, com certeza o encheria de fúria.

Eu ouvia vozes no quarto dele, de madrugada, porém não havia mais ninguém em casa. Comecei a não me sentir seguro fora do meu quarto; por mais claro que fosse o dia, os cantos da casa sempre pareciam sombrios. Eu abria as janelas, as portas, mas sempre me sentia imerso na penumbra. Com o tempo até meu quarto ficou assim, e à noite eu imaginava contornos nas sombras, contornos que nunca tinha notado em qualquer outro lugar que morei.

Pedro ficava cada vez mais pálido, não se alimentava e evitava pessoas. Aos poucos deixou de ir às aulas, o que não era natural, uma vez que sempre fora aplicado. Porém, toda vez trazia consigo aquele livro.

Um dia eu não resisti e decidi entrar em seu quarto para finalmente saber que livro era esse que tanto consumia seus dias. Ele não sabia que eu tinha uma cópia da chave, mas mesmo assim havia escondido o livro. Imaginei que estaria em cima da cama, onde ele sempre lia antes de passar a trancar a porta.

Levei mais de trinta minutos até encontrar aquele maldito livro. Estava debaixo de uma tábua solta sob uma cômoda. Só o encontrei porque fui atingido por um breve brilho, e após isto notei uma imperfeição nas tábuas que juraria não estar lá momentos antes.

Arrastei a cômoda para longe e levantei a tábua, e lá estava ele. De perto não era nada de mais, um livro que poderia facilmente ser confundido com uma agenda, não fosse pelo forte amarelado nas páginas e capa preta desgastada de um material que não consegui identificar.

Abri a capa e notei a primeira diferença. Deveria conter um carimbo da universidade ali, no entanto nem ali nem nas páginas posteriores havia nada que o ligasse à instituição.

Comecei a ler. Era claramente um livro de história, não achei o título, mas segui a leitura. Só podia ser uma história de ficção, nada escrito ali fazia sentido cronológico ou científico, foi então que o grito ecoou em minha mente e desmaiei... Ou melhor, pensei ter desmaiado, mas na verdade devo ter continuado a leitura em estado de transe, pois o conhecimento ali contido me preenche agora como nada que eu senti antes.

Não terminei a leitura, lembro de um único pensamento: o de ler sem parar e ter a impressão de que o livro não avançava. Aparentemente eu poderia passar a vida inteira lendo ele sem chegar perto do final.

Esqueci de parte do que li, isso é certo, são fragmentos que só retornam em forma de pesadelos quando estou acordado. Comecei a não saber quando estava ou não sonhando, e este foi um dos motivos de minha expulsão da Universidade.

Eu devo ter deixado rastros. Com certeza deixei, pois Pedro tinha certeza de que eu havia entrado em seu quarto; ele tinha ainda mais certeza do motivo e de alguma forma sabia que eu havia encontrado e lido parte de seu livro.

Ele estava transtornado, disse que ia se mudar, que era impossível viver perto de outros seres sujos como eu. Parecia em transe... De repente percebi o que ele iria fazer: ele iria tirar o livro de perto de mim para sempre! Doutor, o senhor deve imaginar o quanto essa revelação doeu em mim, foi um profundo desgosto e só assim posso justificar o ato hediondo que cometi.

Eu não planejei, doutor, eu apenas senti que era o certo. Enquanto ele estava ali, pálido e trêmulo, gritando próximo a mim, de súbito movi as pernas de forma a ficar rapidamente de pé. Com os braços segurei meu notebook e fiquei pronto para agir quando vi a compreensão do que faria em seus olhos... Então rapidamente acertei sua cabeça com toda a força que pude reunir. Seu corpo desabou no chão com um barulho quase úmido; ele ainda conseguiu olhar mais uma vez para mim e juro, doutor, naquele olhar havia um agradecimento. Nessa hora golpeei novamente sua cabeça e dessa vez, um pouco acima da nuca.

Seu corpo convulsionou violentamente. Tudo parecia terminado, mas seus braços e pernas ainda tremeram algumas vezes. Até que, por fim, eu estava novamente sozinho no quarto, apenas na companhia inanimada de um livro e um cadáver. Senti paz.

Eu não sei se tenho dormido, não tenho lembranças de ir dormir ou de acordar, me vejo cada vez mais pálido no espelho e nos poucos momentos em que não estou lendo o livro, imagino-o pulsar na minha visão periférica, pedindo para ser lido novamente.

Doutor, o conteúdo do livro era absurdo e lindo ao mesmo tempo, tudo o que pensamos saber sobre História e Ciências está errado, fomos crianças brincando no quintal dos pais por todos esses milênios de pesquisas.

O livro mostra civilizações humanas há muito perdidas, constelações desconhecidas, descreve dialetos impossíveis e vidas animais que não fazem sentido. Um deles não sai da minha cabeça, um animal parecido com um cavalo, porém no local da cabeça existem labaredas, e daquele fogo eu vi a humanidade surgir, doutor.

Nossa vida é uma piada de mau-gosto e nossa existência um azar entre as possibilidades. Fomos apenas permitidos que continuássemos existindo... descobri tudo com o livro. Não sei quem é seu autor, mas tenho certeza que não é humano, um de nós jamais conseguiria ver tão longe.

Eu não consigo mais tirar os olhos das páginas viciantes, cada palavra parece que tira meu ar. Eu tenho só vinte e cinco anos, doutor, mas hoje acordei me sentindo um idoso, não tenho mais as forças que tinha e até digitar essa mensagem causa dor em minhas mãos, estou agora com problemas de audição, escuto sons parecidos com cascos o tempo inteiro e tomo vários banhos ao dia. Mesmo com ar condicionado sinto muito calor.

Doutor, por favor, venha logo, o barulho dos cascos já está ensurdecedor!

💀

Relato encontrado no computador da vítima, arquivo liberado para a imprensa após o fim das investigações. Peritos afirmam que é um relato de uma pessoa esquizofrênica, porém dúvidas seguem sem respostas. O corpo, cujo assassinato foi descrito, nunca foi encontrado, assim como o livro presente no relato. A polícia não descobriu nenhuma evidência que explique como o idoso de oitenta e cinco anos foi queimado até os ossos enquanto todo o local ao redor permaneceu intocado. Mais informações no noticiário das 21horas.

Insanidade Letárgica

Por Tauã Lima Verdam Rangel

Acordei com a respiração ofegante mais uma vez. Confesso que os pesadelos têm se tornado meus companheiros por madrugadas a fio. A sensação é sempre tão vívida, tão real, tão palpável. Mesmo acordada, a sensação de que ainda estou no pesadelo comumente não passa. Continuo pensando que estou num mundo surreal, cujos fatos e acontecimentos estão fora de controle.

Meu nome é Graziela e estou no terceiro ano do doutorado em Saúde Mental. É uma ironia! Uma psiquiatra que é incapaz de se conter ou de se controlar. O último ano do doutorado tem sido o pior, exigindo-me demais. Muita pesquisa, muita leitura, muita produção e pouco descanso. Nenhuma convivência com a família.

A pesquisa que desenvolvo na instituição psiquiátrica do meu estado tem me afetado cada vez mais. Trabalhar com a insanidade é perigoso. Por vezes, ela contamina o pesquisador. Pensar como pensam abusadores sexuais, entender o seu universo e se ver dentro deste mundo traz uma série de consequências com as quais não tenho conseguido trabalhar.

Não bastava isso! A minha família anda um tanto quanto destruída. A minha irmã mais nova, Juliana, cometeu suicídio há cinco meses, em razão do término de um relacionamento abusivo e da dependência emocional que possuía em relação ao noivo. Minha mãe nunca conseguiu superar e se encontra em uma depressão profunda. Meu pai continua em seu mundo paralelo, indiferente a tudo e a todos.

Tomo meus remédios novamente. Uma dose mais forte de ansiolíticos talvez seja capaz de me ajudar a dormir. A prescrição médica tem sido incapaz de produzir efeito. Logo, dobrar a dose deve ser uma resposta. Olho em direção à janela, cai uma chuva fina e os relâmpagos projetam sombras demoníacas na minha parede. Acabo pegando no sono...

Abro novamente os meus olhos. Não estou no meu quarto. A respiração ofegante apenas aumenta. Há um medo que me invade por completo e transborda pelos poros da minha pele. Algo que foge do controle da minha mente. Tento me encontrar neste novo espaço, mas não tenho êxito.

"Onde eu estou?", questiono-me. Contudo, nenhuma resposta é apresentada. Tento controlar minha respiração, mas não consigo e sinto o suor escorrer pelo meu rosto e molhar minhas mãos. "Será que estou dentro de outro pesadelo? Não é possível... é real demais. Sinto um cheiro pútrido e impactante em meus pulmões. Consigo sentir a superfície dos objetos que eu toco... é tudo muito vívido."

Levanto-me do local em que estou deitada. É um chão sujo. Tento limpar minha calça, mas há uma substância preta e pegajosa... Parece óleo. Instintivamente, dou alguns passos à frente até que escuto um barulho. Parece um grito. Na verdade, é um pedido de socorro. O meu corpo resiste ao impulso de correr, mas a curiosidade e a necessidade de ajudar são maiores que o medo que tenho em mim.

Saindo do armazém em que estou, dou alguns passos para fora. Os meus olhos não conseguem acreditar no que estão vendo. O céu está vermelho... Um vermelho sangue. Não são nuvens que cobrem o céu. O próprio céu está vermelho. Não bastasse isso, há três luas cheias, uma avassaladoramente grande e outras duas, médias e sobrepostas.

"Grazi, isso é um sonho! É a única explicação", tento me convencer. Dou dois tapas no meu rosto, tento acordar... Tudo em vão. Eu continuo naquele lugar. Avanço mais alguns passos. Cada passo é dado com imenso cuidado, pois não conheço aquele lugar. Já sonhei com locais estranhos antes, mas desta vez estou em um local incomum, até para meus pesadelos. Um local totalmente diferente. Avanço em direção a um outro galpão que identifico. Ele deve estar cerca de quinhentos metros à frente, mas consigo ainda ouvir aqueles gritos.

"O que está acontecendo aqui!", exclamo em pensamentos, tentando trazer um pouco de sanidade para mim. Ainda assim, sou incapaz de explicar racionalmente tudo o que os meus olhos veem. Cruzando o galpão do qual saio, os meus olhos viram de relance para um campo aberto. Sim! Há um campo aberto entre o galpão do qual eu venho e para o qual eu vou. Novamente, meu corpo para em choque. O instinto primitivo do meu corpo me faz parar. Como médica, sei que é apenas uma reação primitiva e o temor pelo desconhecido.

Apesar das três luas que eu vejo no céu, a luminosidade delas é turva, escura e não consegue aclarar muito. Minha respiração volta a ficar ofegante. No campo, há algumas estacas de madeira muito altas. Parece que algo se move. Eu, mesmo com o corpo receando avançar, desvio do meu caminho em direção ao galpão e fui em direção àquelas estacas de madeira. Quando olho para a primeira, encontro corpo de uma mulher. Achei que estivesse morta, porém, com um grito ela começa a pedir ajuda. Estou aterrorizada! Enquanto eu me aproximo, percebo que o rosto dela tem uma série de pregos ou algo similar, além de uma coroa de espinhos sobre a sua cabeça. A mulher está com o colo desnudo e há uma marca em fogo, um símbolo que eu não consigo identificar em um primeiro momento.

"Ei! Ei, você mesmo", ouço uma voz baixinha me chamando.

Eu só posso estar ficando louca. Olho de relance em busca da voz que me chama. "Oi! Onde você está?", questiono.

"Eu estou aqui", responde-me aquela voz.

Não sei mensurar a cena surreal que os meus olhos veem. Aquela mulher numa estaca de madeira com o rosto coberto de pregos e gritando de dor. A mente não conseguia processar tudo aquilo

"Eu estou aqui", diz a voz, novamente.

Um pouco impaciente, eu questiono onde está meu interlocutor e peço que apareça. O meu corpo, em mais um instinto primitivo, me diz que é outra péssima escolha. Arrastando-se de maneira cambaleante, uma criatura sai das sombras que emergem o campo. Parece um ser híbrido. Vejo na criatura que está diante de meus olhos uma feição humana, mas o corpo é estranho, em nada se assemelha a uma pessoa. A criatura que se arrasta diante de mim lembra um ser larval, obesa e com meia dúzia de patas que se projetam da região do abdômen. Olhando-a bem, sua estatura era pequena, algo em torno de um metro e trinta centímetros de altura.

A criatura tinha quatro braços. Dois normais, semelhantes aos meus, apesar de extremamente magros, e os outros dois eram pequenos, parecendo atrofiados. Dela, emana um cheiro estranho, oleoso, adocicado e enjoativo, e uma longa trilha de algo que parece uma secreção brilhante propicia o deslizar da mesma. A face, mesmo tendo alguns contornos humanos, possuia uma boca mirrada e olhos demasiadamente grandes. Uma fina e espalhada camada de pelos cobria todo o dorso da criatura e, quando ela rasteja à minha frente, posso constatar que há duas pequenas asas.

"Não se espante comigo. Tenha certeza de que eu sou a coisa mais comum que você verá esta noite", diz-me a criatura diante do claro espanto que o meu rosto revela.

"Desculpe. Não quis ser ofensiva!", respondo, tentando desfazer toda a primeira impressão. Tudo é muito estranho e a realidade parece ter se perdido naquele lugar. Continuo a falar: "Quem é você? Onde fica este lugar".

A criatura, com um sorriso cínico no rosto, diz que se chama Albion e que também não sabe onde fica aquele lugar. Só sabe que está ali há muito tempo. Apontando em direção à mulher que gritava de dor, Albion diz: "Também não se espante com Dóris. Ela é apenas uma das muitas oferendas ao senhor deste local. Vamos encontrar muitas outras espalhadas pelo campo de oferendas em que você está".

"Oferenda? Campo de oferendas? Como assim? O que significa isso?", disparo uma série de perguntas a Albion.

"Sim, estamos no domínio de Lord Alfeu. Essas terras e tudo que nelas há pertencem a ele. Lord Alfeu é uma força descomunal que a tudo suplanta. Essas mulheres são apenas oferendas dadas em expiação por algum pedido ou algum pecado. De tempos em tempos, elas aparecem por aqui. Às vezes, meio perdidas e desencontradas; outras vezes, sabedoras de sua sina", afirma a criatura com aquele sorriso cínico.

Apontando em direção ao campo, continuamos a caminhar. Percebo que não há apenas uma mulher. Há várias dispostas no campo de oferendas. Algumas são jovens, formosas... outras, já mais velhas e parecendo viver aquele sofrimento por um milênio! Talvez a própria morte tivesse morrido naquele campo. Ouvir os gritos de desespero de todas aquelas mulheres, bem como olhar aquela criatura rastejante diante mim só aumenta a certeza de que aquilo tudo não é real, não pode ser real... é tudo muito estranho.

À medida que a criatura rasteja pelo campo de oferendas, nos afastamos do caminho central. Cheguei a questionar se não gostaria de continuar por aquela trilha, quando a criatura me diz: "Grazi! Esse é o melhor caminho a seguir. Preciso te mostrar uma coisa. Depois, podemos voltar para o caminho principal para que você alcance o galpão".

Caminhamos cerca de dez minutos até que o campo de oferendas ficasse imerso novamente em uma escuridão sem fim. Tomamos uma pequena trilha de pedras antiga, cobertas de folhas secas e musgo. Um vento frio começou a soprar por nós. Chego a reclamar com Albion e dizer que estou cansada. Seria mais prudente que eu voltasse para o local de onde saíra, pois alguém podia estar à minha procura.

"Procurando você?", questionou-me Albion. "Não se engane, Grazi, ninguém chega a este lugar se Lord Alfeu não permitir a sua entrada. Ninguém virá te encontrar se ele não permitir", disparou a criatura.

Eu posso sentir a felicidade daquele ser ao pronunciar cada palavra. De repente a criatura para de rastejar. Paramos próximos a uma árvore velha, contorcida e de galhos secos. Causa-me estranheza que apenas uma maçã especialmente vermelha pendesse de um de seus galhos. Na verdade, era a única forma com beleza que eu via até o momento.

Estendo minha mão em direção à fruta, mas Albion me repreende, dizendo que as frutas daquele lugar eram de Lord Alfeu e que não posso comê-las. Mesmo achando um excesso de zelo, resolvo não criar um desgaste desnecessário por uma simples maçã. Avançamos em uma trilha e encontramos uma piscina cheia de sangue. Sim! A piscina estava repleta de sangue. Dentro dela havia uma outra criatura. Quando percebeu nossa presença, a voz estrondosa manda que nos aproximemos.

Em reverência, Albion curva-se e diz que eu era a nova visitante. Ao se erguer da piscina de sangue, vejo a criatura diante de mim. Seu tamanho era descomunal. Passando dos dois metros de altura. No seu peito havia uma queimadura com o mesmo símbolo que estava nos peitos das mulheres do campo de oferenda. Dois chifres se erguiam de sua cabeça e se enrolavam. Os olhos eram vermelhos como o céu daquele lugar. Nas costas havia uma série de entalhos e tatuagens. Presumi que aquele fosse Lord Alfeu.

Em uma saudação reverencial, a criatura se apresenta como o senhor daquele lugar e, agradecendo a Albion, o dispensa. Ficamos ali, eu e Lord Alfeu, que me chama para retornar ao campo das oferendas. Presenciar tudo aquilo novamente seria muito cansativo e eu não quero passar por tudo novamente, mas, antes que pudesse falar qualquer coisa, ele questiona se eu não tenho intenção de ir ao galpão. A minha curiosidade fala mais alto e acabo aceitando o convite daquele estranho ser.

Cruzamos o campo das oferendas e não se ouvia nenhum grito das mulheres. Estavam todas em silêncio. O único grito vinha do galpão. Mal espero Lord Alfeu me acompanhar e vejo um homem ainda mais alto, tal como um carrasco, com a cabeça coberta por uma touca e uma grande foice em suas mãos. Há uma mulher ali também, com a cabeça abaixada e gritando insanamente. Quando a mulher levanta a cabeça, explode todo meu desespero: a mulher era eu. E estava sendo preparada... Eu era a mais nova oferenda!

 Acordei. Enfim, os meus olhos abriram. Tudo não passara de um sonho; melhor, de um pesadelo. Estava livre! Sim. Era tudo fruto da minha mente cansada. Tentei me mover, mas estava amarrada. Naquele momento, se eu era uma das oferendas no campo de Alfeu, ou se apenas havia perdido a sanidade, não conseguiria dizer!

O MACHADO CÓSMICO

Por Vinícius Coutinho Marques

Era véspera da véspera de Natal. Eu vinha de uma semana cansativa, pois estava esgotado de esticar dezenas de horas na agência, mas queria muito passar o feriado com toda a minha família. Temos uma casa próxima ao quilômetro quinze no bairro de Aldeia. É um ótimo lugar para quem quer sossego, pois está longe do grande centro e deixa tanto eu, quanto as crianças em contato com a natureza. Coisa que amávamos bastante.

Apesar de eu não gostar de planos, estava tudo conforme planejado. Malas prontas, carro organizado, meus três filhos esperando no banco de trás e minha esposa terminando de guardar alguns mantimentos para passarmos quatro dias relaxando no campo, junto aos meus pais e meus dois irmãos. Lembro-me exatamente do meu último momento antes de sair da minha casa em Recife. Tomei meus comprimidos para ansiedade e depressão, entrei no veículo, perguntei se todos estavam prontos e fomos embora para encontrar o resto da família. Passamos pelo quilômetro 14 e nós cinco estávamos cantando músicas infantis enquanto eu dirigia. Em segundos de distração, atropelei um cachorro de pelo marrom, enorme e com olhos vermelhos e agonizantes. A força da batida foi tanta que o cachorro parou de respirar antes que eu o tocasse. Senti que era preciso enterrá-lo. Acalmei as crianças, disse que o cão iria para o céu descansar e que eu iria fazer o funeral dele. Cheguei na minha casa de campo e meus pais e meus irmãos já estavam me esperando. Chamei papai e Roberto, meu irmão mais velho, para me ajudar com o cão morto que estava enrolado em uma lona no porta-malas do carro, junto de algumas outras. Os dois falaram que por trás da casa tinha uma estrada e um espaço que as pessoas usam para enterrar animais mortos, pois há muitos casos de atropelamento na estrada de Aldeia. Pegamos uma pá com minhas iniciais no cabo, pois sempre marco tudo com medo de ser furtado e fomos nós três caminhando por cerca de uns 4 quilômetros pela mata. Achamos um lugar em forma de círculo com pedras ao redor e um pequeno barraco abandonado no canto direito. Cavei um grande buraco enquanto conversávamos e joguei o corpo do cão morto, que já começava a feder. Enquanto eu tapava o buraco, o tempo fechou e começou a chover muito forte, com trovões explodindo nos céus. Corremos imediatamente para o barraco abandonado.

Entrando nele, o essencial era se livrar da chuva, das teias de aranha e tomar cuidado, pois poderia haver cobras e escorpiões no lugar. Nesse momento percebi que o espaço não estava totalmente abandonado assim, pois tinha um altar com velas recém-apagadas e alguns livros em uma pequena prateleira empoeirada. Fiquei curioso e comecei a mexer nessas coisas, apesar dos pedidos do meu pai e meu irmão para deixar tudo no lugar.

Encontrei um livro de capa dura com uma imagem de São Cipriano na capa e algumas colagens com trechos de contos do H. P. Lovecraft. Nada de mais, além da última página que tinha um juramento sobre fendas cósmicas que abrem passagens de um mundo horripilante para o nosso.

Li sorrindo, meus familiares me chamaram de bobo. A chuva parou, coloquei o artefato no local e em seguida voltamos andando para casa. Depois de guardar tudo, jantar, brincar com as crianças e conversar um pouco com todos no quintal da casa, fomos dormir, pois foi um dia bastante cansativo. Naquela madrugada aconteceu o primeiro sinal inusitado da minha maldição. Acordei com um enorme clarão verde nos céus. Era tão forte que meus olhos doíam. Minha esposa continuava dormindo e pelo visto os outros também. O clarão apagou como num piscar de olhos e o silêncio da madrugada reinou mais uma vez. Resolvi não me apegar ao acontecimento, mas demorei algumas horas para pegar no sono novamente.

Já era véspera de Natal. A árvore estava enfeitada, as crianças corriam pela grama, meu pai e meus irmãos faziam churrasco, minha mãe e minha esposa conversavam sobre minha infância, e eu não parava de pensar naquele clarão verde da noite anterior e nos encantamentos do livro que encontrei no barraco abandonado. Resolvi não contar para ninguém, pois seria no mínimo ridicularizado ou achariam que eu estava com problemas de alucinação mais uma vez.

O dia passou e foi tudo tranquilo, estava chegando a hora da ceia: mamãe organizava a mesa junto com papai, meus irmãos contavam histórias de terror para meus filhos, e eu e minha esposa estávamos comemorando em segredo a notícia da chegada do nosso quarto filho. Sim, Maria estava grávida. Depois nos reunimos na sala para beber, comer e celebrar a chegada de mais um Natal em família. Todos com sorrisos nos rostos e olhos brilhantes de felicidade. Era realmente um dia especial para mim, que estava buscando tanto esse recanto para descansar.

Além da uma da manhã, cada um foi para o seu quarto. Eu deitei e dormi profundamente, e foi aí que tudo começou.

Acordei na escuridão da madrugada com gritos ecoando pela casa, virei para o lado e minha esposa não estava na cama. Comecei a ficar nervoso e suar frio. Saí do quarto descalço e desesperado. Todos os quartos estavam com portas abertas. Eu gritava pelo nome dos meus filhos, meus pais, minha mulher, e ninguém respondia. Foi aí que ao descer as escadas escorreguei em uma poça de sangue e saí deslizando pelo corredor. Ao bater em uma quina próxima da cozinha, avistei uma criatura de um metro e sessenta de altura com grandes esporas nos calcanhares, pele verde escamosa, dentes afiados, chifres e olhos vermelhos como grandes chamas de sangue do inferno. O ser bizarro me olhou e correu em minha direção. Saí correndo mais rápido que ele e entrei na garagem procurando algo para me defender, e então encontrei o meu machado de cortar lenha.

Fiquei próximo à porta da garagem empunhando o machado quando a criatura entrou gritando loucamente e olhando para mim. Meu instinto foi certeiro e acertei a criatura, decepando seu braço e em seguida passei o machado com toda minha força no pescoço dele. Pude vê-lo cair no chão, tremendo e espirrando um sangue ácido. Não quis ficar para ver o resto do bicho agonizar e corri para procurar a minha família.

Voltei para casa e vi que no quintal tinha mais duas criaturas, só que dessa vez menores. Não tive dúvida: corri para cima delas, acertei uma com o machado e a cabeça voou longe. Quanto à outra, decepei seus braços e pernas. Morreram chorando, mas com cara de raiva. Para onde esses seres teriam levado minha família?

A quarta criatura saiu de dentro do carro dos meus pais e tentou tomar o meu machado e me morder, mas em um combate violento consegui atingir a lâmina do machado bem na sua mandíbula. Menos um monstro no meu mundo.

Voltei para casa, vasculhei tudo novamente e escutei um barulho vindo do armário. A porta rangia e eu, assustado, já sabia do que se tratava, mas também poderia ser um de meus filhos. Não abri a porta, só gritei para quem quer que estivesse ali saísse, pois estava tudo bem. Foi aí que me arrependi, outro bicho correu para cima de mim e me derrubou, ao passo que meu machado foi parar longe. Fui me arrastando e ele me puxando pela calça; consegui me soltar dele e quando ele continuou atrás de mim, esbarrou bem na quina de uma escrivaninha, a qual possuía um espaço livre até a parede.

Esmaguei a cabeça da criatura com o móvel sem pena nenhuma. Quantos mais eu teria que matar para encontrar a minha paz e a minha família? E de onde tantos seres abomináveis estavam vindo? Foi aí que o céu, mais uma vez, ficou verde e automaticamente lembrei de tudo. Da noite anterior, do cemitério de animais, do barraco abandonado e do livro. Isso explicava tudo o que já estava na minha mente. Eu tinha aberto o portal de outra dimensão para cá. Resolvi correr até lá, pois era o começo de tudo e achava que as criaturas poderiam ter levado meus parentes para o local do começo da jornada. Corri, corri e mesmo cansado, não parei. Quando eu estava próximo, um ser pulou das árvores e arranhou minhas costas; só senti o sangue escorrendo. Ele estava com um pedaço de madeira e tentou me atingir, achei que seria devorado ali, naquele momento. Mas quando chegou a hora do monstro me finalizar, ele hesitou, parou o que ia fazer e ficou me olhando como se estivesse com pena. Não hesitei: peguei minha arma — o dito machado que me ajudou em todos os momentos — e saí rasgando o corpo dele de baixo para cima. Espirrou sangue por todo meu rosto.

Continuei minha jornada com o céu transformado em um clarão verde, e foi aí que avistei o cemitério e o barraco. Quando coloquei os pés no círculo, o chão começou a tremer e estrelas cadentes começaram a passar pelo céu. No mesmo momento, grandes cães mortos-vivos começaram a sair do chão. Eram cachorros com ódio nos olhos e grandes dentes. Inclusive o que eu tinha atropelado. Eu não tinha mais o que fazer. Era a minha derrota. Quando tudo estava perdido, olhei para o barraco e enxerguei uma luz amarela de esperança; corri driblando os ataques dos cães zumbis. Quando entrei no recinto, mais duas criaturas verdes sentadas no chão, uma maior e outra com aspecto de criança. As duas estavam mastigando algo que me levou a crer que fosse um pedaço de um dos meus filhos. Foi aí que, com toda a minha ira, matei o pequeno e depois comecei a dar machadadas na outra. Cada vez que ela se debatia, eu atacava mais forte. Ela já estava morta, mas eu continuei golpeando, pois eu já estava entregue, não via sentido em fugir com toda a minha família morta. Tinha aceitado a derrota e já sabia que ficaria ali até morrer sob as garras dos cachorros. Golpeei, cinco, dez, quinze vezes e ainda estava vivo, mas fui ficando fraco e desmaiei.

Quando acordei, estava amarrado em um hospital psiquiátrico. Dois policiais entraram no quarto em que eu estava e disseram que toda minha família estava morta. Foram todos assassinados a golpes de machado! Expliquei a eles o que aconteceu e falei do barraco abandonado, mas eles disseram que o local informado não tinha nenhum barraco. Só minha esposa e minha filha caçula, mortas, juntamente com o cadáver de um cachorro atropelado. Perguntei como tinha ido parar ali e disseram que um cara me encontrou alucinando na estrada de Aldeia com um machado na mão. A polícia foi chamada e agora estou aqui, sem saber se matei minha família ou se foram as criaturas de outra dimensão. Enquanto isso, o céu recebia um feroz trovão anunciando a chegada de mais uma noite de tempestade.

O CASTELO

Por Washington M. Costa

Eram meados dos anos 1970. Havia acabado de terminar a faculdade de medicina, e seguindo um profundo desejo de compreender a vastidão de mistérios que é a mente humana, escolhi me especializar em psiquiatria.

A partir de recomendações de um professor, comecei procurando pelo Doutor Hélio Pontes, um renomado psiquiatra. Descobri que ele estava administrando um manicômio numa cidade chamada Monte Divino, no interior de Minas Gerais, onde realizava pesquisas sobre psicopatologias transmorfas. Entrei em contato com seu assistente, que só exigiu uma amostra do meu sangue e concedeu-me um breve estágio no Sanatório Castelo Branco, também conhecido como: "O Castelo".

Embarquei em um trem de passageiros para o meu destino. Era uma manhã de sábado, caía uma chuva leve e o céu cinzento parecia despejar lágrimas. O trem rangeu, apitou lugubremente, soltou uma pálida coluna de fumaça e saiu serpenteando pelas montanhas, entoando uma mecânica e estranha canção.

Dividia minha cabine com uma senhora idosa, trajando vestido preto e véu de luto, sempre agarrada ao seu rosário. Tentei estabelecer um diálogo cordial com ela, comentando que iria trabalhar no Castelo. Imediatamente após o comentário, a senhora apertou o rosário com tamanha força que achei ter visto sangue brotando de suas frágeis mãos. Tentei ajudá-la, porém ela me repeliu aterrorizada, proferindo as seguintes palavras:

— Creio em Deus-Pai, Todo Poderoso...crucificado, morto e sepultado... julgar os vivos e os mortos... ressurreição da carne!

Numa mórbida coincidência, junto do apito do trem ela proferiu esta última palavra com um grito lancinante e desmaiou. Prestei os primeiros socorros e logo em seguida os camareiros do trem surgiram, levando-a. Após esse incidente obtive informações de que essa senhora era esposa do Doutor Hugo Pontes.

A viagem durou algumas horas, tentei dormir, mas quando não era tomado por sonhos estranhos, era acordado por gritos ao longe. Imaginei serem ainda ecos da minha produção onírica. No entanto estes gritos ficaram mais frequentes. Tomei a decisão de sair do conforto da minha cabine e investigar o que ocorria. Atravessei os corredores do trem, eram vagões antigos, verdadeiras relíquias sobre trilhos, e como já era noite os lampiões produziam um verdadeiro espetáculo de luzes bruxuleantes. Ao chegar no penúltimo vagão, a monótona sinfonia das rodas de aço em contato com os trilhos foi quebrada por um estridente grito:

— Arrrrghhhhhhhh!!!

Com o peito imerso em ansiedade e medo, por uma pequena janela do vagão observei uma imagem que me deixou estupefato: uma pálida mulher de olhos incendiários e longos cabelos negros. Ela estava usando uma camisa de força ensanguentada, provavelmente a infeliz tentou arrancar sua prisão de tecido com os próprios dentes.

Comovido com aquela situação desumana, tentei estabelecer alguma comunicação com ela:

— Olá! Meu nome é Edgar. Qual seu nome?

Neste momento ela estava agachada no chão do vagão. Levantou-se lentamente e ergueu o olhar em minha direção; escaparam-lhe algumas lágrimas que atravessaram seu rosto marcado por sangue e sujeira. Então me respondeu com a fala acelerada:

— Malditos! Eles estão estuprando nossos sonhos... e roubando nosso sangue para abrir a porta para lugar nenhum!

— Acalme-se, senhorita, quero lhe ajudar. Você precisa de ajuda médica.

— Não! Eles levam nossos sonhos... roubam nosso pensamento...

Neste instante entraram dentro do vagão dois enfermeiros, e com pouca gentileza imobilizaram a mulher, sedando-a em seguida. Antes de perder a consciência, ela direcionou estas palavras a mim:

— Sou Serena — disse ela antes de cair em sono profundo.

Um dos enfermeiros se virou para mim e perguntou:

— Você é o novo médico que vai trabalhar no Castelo?

— Sou eu, sim! — respondi aprumando a postura.

— Está chegando em boa hora. Seja bem-vindo. Espero que não tenha se assustado com Serena — falou com um sorriso no canto da boca e continuou —, ela fugiu do Castelo há uma semana, é uma das internas mais graves. É piromaníaca, seu cérebro já virou tutu de tanto choque que levou na cabeça. Não se preocupe, o doutor vai cuidar dela.

Com um misto de indignação e resignação, fiz um gesto de concordância e voltei para minha cabine. Onde macambúzio, desfrutei de um sono nada revigorante.

Ao chegar na estação do Castelo, fomos recepcionados por uma chuva torrencial, ventos fortes que uivavam por entre as árvores e raios que cortavam o firmamento num espectral balé elétrico.

O trem parou na estação com agonizantes ruídos metálicos. Os poucos passageiros desceram. Eram na maioria novos internos ou internos fugidos, que foram colocados em uma velha caminhonete com cobertura de lona. Vislumbrei novamente Serena, a mulher com quem travei brevíssimo diálogo, mas que mexeu comigo de uma forma enigmática, como se tivéssemos estabelecido uma conexão.

Fui levado ao Castelo numa Ford Rural, somente um carro com tração forte para conseguir vencer o rio de lama em que se transformou a estrada. Pelo caminho, uma procissão de envelhecidas árvores tortas nos acompanhou, típica vegetação do cerrado. Observei, entediado.

Depois de muita lama e curvas sinuosas de estradas íngremes, vislumbrei no alto da montanha o imponente portão do Castelo, todo em ferro fundido com os seguintes dizeres em latim: *"Corvus Oculum Corvi Non Eruit"*[3].

O portão rangeu sobre seu próprio peso. Adentramos um enorme pátio com um pequeno espelho d'água triangular e uma fonte com formato de uma donzela no seu centro. O prédio era um enorme edifício de três pavimentos, com janelas altas e fachada acinzentada gasta pelo transcorrer do tempo.

---

[3] Expressão em latim que significa: "um corvo não arranca o olho de outro corvo"

Fui recebido pelo assistente pessoal do Doutor. Ele segurou-me pelos ombros, observou-me dos pés à cabeça e disse em tom bonachão "Seja bem-vindo ao Castelo da Loucura!".

Após esta peculiar recepção, fui conduzido aos meus aposentos. Um quarto simples, a janela permitia-me ver o espelho d'água e a fonte, que ao entardecer reluziam de forma harmoniosa. Cansado da viagem e com o pensamento vagando por lugares estranhos, logo as pálpebras pesaram e adormeci num sono profundo.

Acordei com um calafrio gélido, podia sentir minha respiração formando uma coluna de vapor à minha frente. Abri a janela para respirar o ar da noite e tentar acalmar meu coração, que batia em ritmo acelerado. Porém me deparei com uma escuridão opressiva que deixou até mesmo o ar pesado. Só via um pequeno ponto de luz ao longe. Fixei minha visão neste ponto e, perplexo, comecei a perceber que ele gradativamente aumentava de tamanho. Percebi um enfermeiro atravessando o pátio frontal em direção à mata ressequida, local em que o ponto de luz se encontrava. Neste momento o ponto já configurava um expressivo facho de luz. Não conseguia retirar o olhar da cena, e a esta altura o frio gélido do quarto dera lugar a um calor infernal. Para minha total incredulidade, a luz estava do tamanho de um grande farol, mas agora movimentava-se rapidamente pela mata. O suor escorria pela minha face. A fonte de luz passou célere por uma clareira. Que visão aterradora! Era um pálido espectro envolto numa aura incandescente, soltando enormes chispas de fogo no lugar em que deveria estar a cabeça. Não vi mais a figura do enfermeiro, que se embrenhou na mata. De repente, ocorreu uma explosão de luz, ouvi dois gritos aterrorizantes, um grito de agonia e outro de desespero. Fiquei por uns instantes cego pela claridade. Ao recuperar a visão, não notei sinal nem da criatura luminosa, nem do enfermeiro.

O pavor tomou conta do meu ser. Meu coração disparou numa taquicardia que só conhecia pelos manuais psiquiátricos. "Estaria tendo um ataque cardíaco?" Pensei comigo mesmo. Tentei gritar por socorro, mas minha voz emudeceu. Quanto mais tentava gritar, mais o desespero fazia morada em meu peito.

As trevas tomaram conta do quarto, ouvi uma batida surda, e tomado pelo pânico, vislumbrei um enorme tentáculo batendo na janela. Seguiu-se uma segunda batida e os vidros estilhaçaram-se. O mórbido tentáculo esgueirou-se pelo quarto, encontrou-me quase catatônico ao lado da cama e agarrou-me pelo pescoço. Sentia aquela coisa viscosa e fétida me estrangulando lentamente. Então quedei-me imerso numa espiral de pavor e dor.

Até hoje não sei ao certo quanto tempo fiquei inconsciente. Acordei extremamente confuso, com uma dor excruciante no pescoço e a mente dilacerada pela lembrança assustadora da criatura que me enforcou. Ao tentar descer da cama na qual acordei, escorreguei em algo viscoso espalhado pelo chão; não consegui ver o que era, pois o local estava imerso em escuridão. Me apoiei na cama ao lado. De repente as luzes começaram a acender e piscar de forma intermitente. Nesse momento revelou-se a mim uma visão aterradora: era Serena, a mulher que conheci no trem a caminho do Castelo. Ela estava morta na cama em que me apoiava. Apresentava toda pele do corpo necrosada, até os belos e longos cabelos negros caíram por completo. Seu rosto congelou no tempo com um semblante de pânico e súplica. Suspirei melancolicamente diante daquela visão brutalmente triste e da desdita sina da pobre criatura.

Tentei refazer-me do choque e encontrar lógica em toda loucura na qual me via envolto. A energia elétrica voltou por completo e quase escorreguei novamente no chão viscoso. Olhei para baixo e, com espanto, vislumbrei uma enorme poça de sangue misturada a uma substância enegrecida. Além desse bizarro caldo, a luz me revelou uma prancheta com alguns documentos, caída ao chão. Peguei-a e comecei a ler em voz baixa e trêmula:

— Nome da Paciente: Serena dos Anjos. Data de nascimento 12-01-xx. Ouro Preto-MG. Psicopatologia: Piromania com alucinações cenestésicas. Psicopatologia transmorfa: piromania associada com CHE (combustão humana espontânea). História de vida: abusada sexualmente pelo padre da comunidade em que morava, engravidou dele, caiu em desgraça aos olhos da família e foi entregue à dona do prostíbulo local. Teve seguidas crises conversivas e de instabilidade emocional. Quando o filho nasceu, levou-o ao padre para ser batizado (o mesmo padre que a violentou) e ele se recusou a realizar o batismo. Serena teve um surto de despersonalização, afogou o filho na pia batismal e empurrou o padre, que caiu batendo a cabeça e falecendo em seguida. Ateou fogo em si mesma e em toda igreja. Inexplicavelmente, sobreviveu ao incêndio.

Não consigo expressar em palavras a revolta que me tomou. Que existência trágica a daquela mulher. Me sentia numa montanha russa de depressão, horror e mistério.

Comecei a perambular sem rumo pelos corredores, todos inundados pelo líquido sanguíneo, escuro e viscoso. Notei que o Castelo estava vazio e emudecido. O silêncio só era quebrado pelos trovões que ribombavam no exterior daquele imenso túmulo hospitalar.

Mesmo tateando e cambaleando pelas trevas do local, consegui chegar ao pátio, porém, fui recepcionado por uma visão aterradora. O Doutor Hélio Pontes estava no centro do espelho d'água, em frente à fonte da donzela. Percebi que a água estava repleta de sangue apodrecido. O doutor se aproximou de mim com um punhal na mão e, num movimento rápido, cravou-o na palma da minha mão. Caí de joelhos.

Ele voltou solenemente ao espelho d'água. Ergueu o punhal e entoou um cântico numa língua estranha:

— *Throdog ng mgepogor r'luhhor, mggoka fahf gn'th'bthnk goka ng nogephaii l' fahf shuggog* [4]

Mil raios singraram o negro firmamento. Pude ver então a silhueta de uma criatura monstruosa e colossal preencher o horizonte. Fui invadido por visões de um abissal mundo fantasmagórico, e minha mente pareceu abandonar o corpo. Antes de desmaiar, vislumbrei dezenas de tentáculos erguerem-se do espelho d'água e levar o doutor para as mórbidas profundezas de um mundo desconhecido.

💀

— Então, meu caro colega, por mais absurdos que sejam, estes foram os acontecimentos que vivenciei na minha última visita à Minas Gerais.

— Muito bem, Edgar. Você está progredindo nesta questão, conseguindo encarar seus medos mais profundos. Penso que logo poderá ter alta.

Sessão encerrada.

---

[4] Idioma R'Lyehian: "Grande deus antigo, pegue essa oferenda de sangue e retorne para este mundo!"

A MÚSICA PERDIDA

Por Tiago J. de Oliveira

Já está em tempo de eu colocar no papel tudo que ocorrera quando da minha quase loucura, que me levou a perder minha melhor composição. Talvez a única que viesse a fazer sucesso nestes tempos de rock progressivo...

Minhas aventuras no meio musical foram tão rápidas e trágicas quanto minhas desventuras no Bom Fim!

Colocando os pensamentos em ordem, primeiro conheci Rafael, o bonachão do Moinhos de Vento, bairro respeitado de Porto Alegre. Conheci o Rafa quando ele viera a Blumenau, curtir a Oktoberfest e quem sabe 'sair com uma loirinha'... Foram dias de farra, com certeza, mas logo após a Oktober ele me convidou para conhecer Porto Alegre. "Melhor lugar não há", disse... Então lá me fui para o desconhecido Rio Grande do Sul, terra dos charruas e outras tantas tribos, mas também terra de judeus! Muitos! Sempre fui curioso quanto à cultura judaica, e o Rafa, todo esotérico, meteu na cabeça que eu deveria conhecer a "loja" dele. Tipo maçonaria, sabe? Mas era uma 'maçonaria irregular', feita por e para judeus, palavras dele!

"Mas eu não sou judeu, Rafa!", tentei argumentar, sem sucesso. Nosso envolvimento já era grande demais; a saber, tínhamos feito amor um dia antes, ainda em Blumenau.

Então, lá fui com meu novo 'amor' e cheio de ideias novas para compor. Fui conhecer a tal 'loja'. Ela ficava no Bom Fim, tradicional bairro de presença judia em Porto Alegre.

Foi numa esquina qualquer que o bandido apareceu e fomos assaltados. Levaram nossos celulares, carteiras e sapatos. Descalços e desolados, foi como nós — dois amantes — chegamos à loja.

Fomos muito bem recebidos, embora em estado lamentável, a acolhida mostrara o quanto meu companheiro era bem-visto pela comunidade local.

"Trouxe um novo candidato? Que bom!", falara um dos membros.

Rapidamente nos deram sandálias e uma quantia em dinheiro para retorno ao Moinhos de Vento, depois iniciaram os 'trabalhos', uma palestra bem enfadonha sobre a importância do 'Uno' e como eram gratos pela vida... Como saudavam o 'Uno' e como pediam desesperadamente pela vinda de Bera e Birsa para intervir a favor deles. Não entendi muita coisa, mas fiquei intrigado com aqueles nomes. Finda a cerimônia, me deram um cartão com um horário e um endereço. Perguntei, já no apê do Rafa, sobre o cartão; segundo ele, cada um tem o seu cartão e não caberia a ele explicar o meu. Pensei em rir, mas a expressão dele estava muito séria.

Fui para o banho e, ao sair do banheiro, escuridão... Apaguei pela primeira vez.

☠

Que merda de lugar era aquele? Estava eu sonhando? E que cheiro horrível! A escuridão era total. Lembrava que havia saído do banheiro, me sentia ainda com o corpo limpo do pós-banho, mas ao tatear para trás, nada da porta, nem de parede. Ao menos não uma parede normal, o que sentia era uma textura grotesca como farelo de milho, áspera, e muito, muito fedida.

"Você procura respostas?" Uma voz gutural chegou em minha cabeça, direto em meus pensamentos. Definitivamente não havia ouvido, havia pensado aquilo. Então seria uma voz própria de meu subconsciente? "Não se trata de você, se trata de mim." Foi a resposta que senti.

Tomei coragem e iniciei um diálogo comigo mesmo? Não sei, foi mais ou menos assim:

— O quê significa isso? Onde estou? Que fedor é esse?

— O fedor é sua consciência. Você fede, Maurício!

— Como assim? Eu fedo?

— Fede! Fede de medo, de insegurança, loucura e fraqueza!

— Não sou fraco!

— Então o que é este medo todo? Não consegue ver quem eu sou?

— Não. Quem é você?

— Eu sou Bera! Você ouviu meu nome. Você pensou em mim. Você me trouxe para cá!

— Bera? Da exaltação da loja? Do Bera e Birsa?

— Sim! Sou Bera, braço direito de Anun. Graças à sua demência, posso adentrar seu mundo! Obrigado, Maurício! Obrigado por sua fraqueza!

💀

Acordo na cama de um hospital, com soro no braço e uma enfermeira sorrindo para mim.

— Tudo vai ficar bem — ela diz. Pergunto onde estou, ela fala que no Moinhos de Vento, o hospital! Pergunto pelo Rafa, e ela diz que o rapaz que me trouxe aqui não retornou nesses quinze dias.

— Quinze dias? Passei quinze dias internado?

— Sim — ela fala com um sorriso forçado. — Mas tudo ficará bem, descanse um pouco. — E sai do quarto.

"Descanse um pouco? Descansar? Só pode ser sacanagem! Estou descansando metade de um mês já! Quero é sair deste lugar, encontrar o Rafa e procurar entender. O que é isso? Quinze dias... É muito tempo. Meu trabalho! Minha banda! Minha música!"

Apago pela segunda vez.

💀

— Você demorou!

— O quê? De novo isso? Bera? É você?

— Não, sou o coelho da páscoa!

— Não tem graça! O que significa isso tudo? Quinze dias! Fiquei quinze dias em coma?

— O tempo é relativo, Maurício, ele se passa de forma diferente aqui e lá.

— Aqui? O que é aqui?

— Aqui tem muitos nomes, uns chamam subconsciente, outros chamam inferno, sheol, outro mundo, Hades... Tantos nomes quanto as línguas humanas possam produzir... mas isso não é o importante. O importante é que você me libertou, Maurício, você me libertou e quero te recompensar.

— Recompensa?

— Sim. Recompensa, seu corpo agora será um templo vivo para Anun.

💀

A luz é intensa e arde em meus olhos. São médicos? O que acontece? "A operação foi um sucesso!" Ouço dizerem. Durmo.

Quando acordo, Letícia está ao meu lado. A pequena Letícia, minha sobrinha. Ela sorri e diz "Tio Maurício! Acordou! Que bom! Vou chamar o papai".

Faz um tempo que não vejo meu irmão.

— Mas que bela merda você fez... hein, Maurício?

— Não entendo. Estou confuso.

— Confuso? Tentar assaltar um banco!? Matar oito pessoas e bater um caminhão em fuga não foi o suficientemente confuso para você?

Essas informações são chocantes. Eu, assaltante!? Assassino!? Como?

Meu irmão explica que uns três meses atrás eu dera alta do Moinhos de Vento e que roubara um caminhão de uma transportadora de valores. Havia entrado num banco da capital gaúcha e atirei em várias pessoas. Oito morreram e durante a fuga, capotei o caminhão, um carro forte na verdade, e fiquei preso nas ferragens; fiquei desacordado por mais de noventa dias e ontem tive minhas pernas amputadas. Os médicos não puderam salvá-las!

É difícil absorver tudo isso. Choro muito tentando entender. Estou num hospital prisional aguardando julgamento e sem pernas. É totalmente antinatural isso tudo. Não consigo acreditar!

Alguns dias se passam...

Sou levado a um tribunal para ser julgado por meus crimes. Não consigo acreditar em nada daquilo. No meio do julgamento presencio algo aterrador e impossível de acontecer: o chão se parte. Sangue jorra das fendas abertas. Criaturas horrendas como cães, porém com feições de crustáceos, saltam de todos os lados e dilaceram os presentes.

Minha pobre Letícia é partida em duas. Uma criatura se aproxima de mim e se contenta em apenas cheirar meu corpo. A dor que sinto na cabeça é insuportável. Apago.

☠

Quando acordo sinto apenas o gosto característico de sangue na boca. Estou caído numa poça de sangue e tripas, olho para o lado e só vejo morte. Arrasto-me para uma janela próxima e a visão do lado de fora do prédio é ainda pior.

Vejo a cidade toda em chamas. Criaturas aladas horrendas dando rasantes e abatendo alguns sobreviventes. Tentáculos enormes se debatendo entre os prédios, derrubando-os como se fossem feitos de papel.

Gritos. Muitos gritos desesperadores. Não consigo digerir as cenas... Perdi a noção de tempo. Os céus estão encobertos por uma fuligem fétida! Desespero-me e penso em me arrastar até cair pela janela, quando um ser metade homem, metade molusco — ou crustáceo — se aproxima e paira alguns metros entre mim e janela.

Ele ri. Não uma risada comum, mas uma risada que entra direto em minha cabeça.

— Contemple, ó libertador! Contemple a glória dos Dias de Anun!

— Anun? Quem é Anun?

— Você não sabe, Libertador? VOCÊ NÃO SABE!?

Sinto tanta dor de cabeça que apago...

☠

Houve uma bela canção no início de tudo, uma canção de criação! Ela era tão sublime e tão bela que tudo o que existe foi por ela criado. "Essa canção deve ser guardada. Protegida para todo o sempre. Está entendendo, Maurício?"

Olho para o homem sentado à minha frente, ele sorve um copo de whisky e fuma um cigarro. Tento ordenar meus pensamentos.

— Onde estou? — pergunto.

— Como assim onde está? — ele responde. — Estamos em meio à sua entrevista, a entrevista para saber se você entrará para a loja; você foi quem nos procurou! O Rafael o trouxe até nós.

— Rafael! Onde está o Rafael? Que porra é essa? — eu grito.

— Calma! Ele está lá fora te aguardando.

— Me aguardando? Mas e o fim do mundo? E Anun? E Bera e Birsa? E... minhas pernas? — Reparo que estou sentado com meio copo de whisky à minha frente e que minhas pernas estão no devido lugar

Salto da cadeira e fico de pé.

Estou em pé! Em pé! Começo a chorar. Foi tudo uma ilusão. Eu estou em pé. Em pé... Foi tudo um sonho? O mundo não acabou, eu estou em pé, em pé!

— Chega! Você definitivamente não serve. — O homem toma o restante do seu whisky e apaga o cigarro no copo. Levanta e sai zangado porta afora.

Dois minutos se passam e o Rafa entra, cara de assustado. Eu estou chorando de alegria. Corro para beijá-lo. Ele me afasta e pergunta o que diabos deu em mim e por que eu não havia sido aprovado na entrevista.

Conto tudo para ele. Tudo o que aconteceu... desde o banheiro até Anun e o fim do mundo. Ele fica pensativo por um tempo, suspira e diz:

— Vamos para casa. Amanhã você começa a se consultar com minha psicóloga.

Estou tão feliz que nem questiono a ideia de consultar a psicóloga dele.

Só sei que estou muito feliz!

Pesadelo Holandês

Por Gabriel José da Silva Cavalcante

Era madrugada. Maurícia estava soturna e sinistra. Era uma noite de lua, porém nuvens negras cobriam a cidade de trevas. Andei por várias ruas e sentia uma presença nojenta a me perseguir. Corri esbaforido e desesperado. Sentia a cada momento a presença do ser me alcançando. Já sem forças, nem fôlego, cheguei às margens do rio Capibaribe. Não havia mais saída. Porém, avistei um barco e fui para lá. A presença vinha gosmenta e se aproximava lentamente de mim. Foi quando senti o ser quase me tocar e a frieza da sua pele já me envolvia.

Então entrei no barco e comecei a remar aliviado. Mas de repente, comecei a escutar pancadas embaixo da embarcação. Pancadas que começaram leves e surdas. Todavia passaram a ser pancadas fortes e firmes. E assim emergiu da água, em um lapso inesperado de tempo, o horror. Com tentáculos enormes e uma horripilante boca no meio, um monstro surgiu engolindo o barco e tudo que havia ao redor. Senti as dores de ser engolido. E de repente, na gosmenta garganta tenebrosa do bicho, escutei as batidas mais uma vez. Então acordei.

Despertei do sono. As batidas continuavam na porta. Era cedo ainda. Uma manhã bela e pujante, característica das terras do novo mundo e que contrastava totalmente dos terrores e pesadelos noturnos. Pássaros cantavam e uma brisa suave e fria soprava pela janela. Belas árvores adornavam a floresta.

As batidas na porta continuaram. Eu já desperto, porém deitado ainda, escutava o bater com preguiça para levantar-me.

Em um lado da cama havia cinzas de velas e candeeiros apagados, e no outro lado havia uma taça, garrafa de vinho vazia e um prato com restos de comida da janta. Na terceira leva de batidas ainda mais potentes e insistentes, consenti que entrasse. Ato logo realizado.

Então entrou um homem forte e imponente, com farda bem engomada de um oficial marinheiro holandês e com uma empáfia de quem tinha posto de valor e autoridade.

Estava bem ali, na minha frente, e não o avistava há muito. Era o Almirante Jan Lichthart. Foi logo sentando-se. Acomodou-se em uma das cadeiras, alocada em algum lugar do simples casebre, que era feito de barro e madeira, construído pelos nativos e escravos como habitação transitória.

Eu e Lichthart havíamos lutado juntos na batalha de invasão da Paraíba pela Companhia das Índias Ocidentais.

— Estaremos prontos para partir em breve, como já determinado, mas o General Sigismund quer falar com você para deixar claro quais são as últimas ordens e orientações — disse-me.

— O que ele quer comigo? — perguntei enquanto colocava o traje de oficial. — Pensei que já estivesse tudo resolvido e que também o comando da missão seria exclusivo meu — continuei. Mas ele não respondeu e ficou calado a me esperar.

Completamente arrumado, saímos. Logo que nos retiramos, observei uma certa agitação no povoado já naquela hora do dia. Índios e escravos corriam para o coração da floresta, onde havia o templo das Senhoras Lolardas, que sussurrava invocações, fazendo do seu templo o lugar de maior proteção que existia naquelas circunstâncias calamitosas.

Enquanto isso, os soldados empunhavam as armas em mãos de alerta e sobreaviso, olhando para um canto da floresta no qual se via um gigantesco monstro voador de tentáculos enormes pairando no ar, em uma altura elevada, muito acima das árvores.

Desde que havíamos chegados à nova terra descoberta pelos portugueses, fomos tomados por uma surpresa saltitante e desesperadora logo após alguns embates sangrentos com os residentes da terra. O lugar, que foi nosso por pouco tempo, foi tomado e povoado por monstruosas criaturas advindas dos céus, que dilaceraram e dizimaram exércitos inteiros tanto de resistentes brasileiros, espanhóis e portugueses. Como também dizimaram as muitas levas de marinheiros e soldados holandeses que eram enviadas pelas Companhia Neerlandesa das Índias Ocidentais para posse do Brasil.

Não houve mais sossego para nenhuma vida humana nestas terras descobertas. Os mesmos que travaram disputas mortais por cada pedaço de chão do novo mundo, agora esqueciam suas diferenças e lutavam suas batalhas unidos contra um invasor desconhecido e assombroso.

As criaturas desciam dos ares, gigantes e tentaculares, e dizimavam vilas inteiras. Nas pinturas e mapas feitos em nossas terras da Europa, havia sinais de monstros assim. Estes sinais nos avisavam dos perigos que nos esperavam além dos mares, mas achávamos que apenas no mar poderíamos encontrar com estes seres. Ledo engano.

As batalhas foram intensas. Nossas armas quase nada faziam.

E agora estava ali, bem próxima de nós, uma daquelas criaturas: a nos observar, como se fosse um ser mais racional que nós e que por algum motivo não nos destruía. Então deixamos os soldados alertas naquela posição e fomos à busca de ordens sobre o que fazer.

Entramos na cabana do General Sigismund. Havia uma extensa carta na mesa. Tinha sido escrita e possuía desenhos feitos pelo artista Frans J. Post para enviar a Casa de Orange - Nassau. Era um pedido de socorro às autoridades holandesas. Relatos do que se passava no novo mundo e que davam conta da necessidade de ajuda militar.

A discussão, no entanto, começou. Estavam ali reunidos os melhores estrategistas militares, incluindo até um soldado português de muito valor. Cada qual esboçando sua opinião:

Alguém falou: "Isso é loucura, talvez até eles já tenham sido destruídos», ao que outro retrucou: «Não saberemos se não tentarmos".

— Já vencemos o pior que foram os mares — disse Lichthart. Ao que complementei:

— Vencemos também uns aos outros em nossas batalhas por esta terra. Precisamos enfrentar nossos temores. O fato é que estamos encurralados nesta floresta e sem saída. Precisamos partir e enfrentar o desconhecido e tenebroso.

No entanto, havia recostado na cabeceira da mesa um antigo militar holandês, com vastas experiências em vários combates. Diziam que ele havia lutado ao lado de Hendrick Lonck na captura da frota espanhola da prata[5]. Até então ele ouvira tudo calado e sem palpitar um minuto. Até que, então, vagarosamente começou a deslanchar sua fala grave:

— Vocês não sabem o que é estar lá. Longe desta proteção daqui. Pelo menos aqui o templo das Lolardas nos protege. O sussurro delas expulsa as criaturas. Mas lá é outra história. Eu estive no meio do encontro das tropas que confrontaram os monstros em Olinda, Pernambuco: foi enlouquecedor. Vi soldados virarem as armas contra seus amigos e contra seus próprios peitos. Quando a noite caía era pior. O enxame deles cobria a densa noite. Muitas pessoas não dormiam e endoidavam, enlouqueciam de pavor. Parece até que eles nos faziam de brinquedos, pois alguns eram mortos logo, mas outros ficavam vivos a penar lentamente.

— Como você sobreviveu? — perguntou o General Sigismund.

— As Lolardas! Vocês não sabem o segredo que essas mulheres carregam.

As Lolardas era um grupo estranho de senhoras que viviam eternamente em silêncio, apenas sussurrando invocações em eterna deprecação. Apareceram do nada, como um cortejo insólito em meio a toda essa agonia estarrecedora. Sua origem era desconhecida e seu futuro mais misterioso. Estavam no meio de nós. E os monstros não apareciam, e se apareciam não nos viam com nitidez. Era o que alguns desconfiavam ocorrer.

— Eu estava prestes a ser destruído por uma gosmenta criatura — continuou o velho — que saiu como cria em forma de vômito de um dos bichos tentaculares. Mas em meio ao turbilhão tenebroso de gritos horrorosos, homens se debatendo em tremores horrendos no chão e corpos estraçalhados e degolados,

---

[5] A Frota da Prata foi um transporte marítimo anual de vários metais (ouro e prata) e outros produtos das colônias espanholas à Espanha.

eu vi uma Lolarda. Ela caminhava plácida e tranquila. De branco e cabeça baixa no meio dos urros e monturos. Não olhou para mim nem um minuto. Mas se aproximou...

— Foi mesmo? Mas precisamos partir — interrompeu o Almirante Lichthart.

Um dos soldados que acampava fora veio noticiar que os monstros tentaculares se aproximavam e pareciam cada vez mais nos ver — não se sabia se pelo tato ou por olhos invisíveis. A busca da ajuda não era apenas necessária, agora era urgente. Não sabíamos por quanto tempo iríamos aguentar.

— Partirão já! — ordenou o general.

— Antes de ir, venham comigo ver algo que irá nos proteger — tornou a falar o velho marinheiro.

Saímos todos apressados e já impacientes, e andamos até uma cabana escondida em uma parte inóspita do acampamento. Dentro dela havia um balde vermelho repleto de um líquido branco.

— São lágrimas de Lolardas. Isso é um elixir indestrutível. O balde é um depositário de sussurros e invocações milenares. Irá nos proteger na jornada por terra ou mar.

Olhamo-nos com olhares de descrédito e desprezo. Não era possível que estávamos ouvindo aqueles disparates vindos de um homem tão experiente. Todos, em tom de desrespeito, viraram as costas. A partida urgia e era necessário ir. Não havia mais o que dialogar.

Aprontamos os cavalos e dezenas de soldados se prepararam. O marinheiro velho, sendo insuportável desta vez, ainda protestou:

— Não! É suicídio! Não podemos partir com tanta gente. O balde só protegerá aqueles que agarrarem firmemente em seu aro ou suas bordas. Apenas três pessoas são necessárias para essa missão. — Tais protestos motivaram risadas e galhofadas de todos. O general então decretou:

— Cale-se, velho! Estamos fartos. Se quiser, leve o balde você. Os monstros vão conhecer o valor das armas holandesas. Não há o que temer! Partam já!

Todos a postos, galoparam floresta adentro. Na saída, dei uma leve olhada para trás: as Lolardas formavam uma espiral estranha no meio da floresta e os nativos e negros se amotinavam para ver a partida. Atrás, em uma carruagem vagarosa, vinha o velho, dois soldados e o balde.

À medida que nos afastávamos do acampamento, o dia esvaía-se. A ausência da luz do Sol começava a escurecer o novo mundo. Um dia pujante tornava-se noite. O ar à nossa volta ia ficando pesado e raro, enquanto a paisagem e o cenário ao nosso redor começava a mudar de cor. De repente pensei estar mergulhado em uma garrafa de licor vermelho, respirando sôfrego e com dificuldade. Os pulmões resfolegados e o coração saltitante. Os que estavam comigo, porém, não sei se eram invadidos pelas mesmas impressões e tremores que eu, no entanto mantinham-se firmes e galopantes em seus cavalos corajosos, e deixavam um rastro de poeira negra na estrada.

Mas lá trás, algo vinha tranquilo e paciente, como se fosse a águia que ronda os destroços de uma guerra sangrenta e passeia com mansidão e alheia às imundícias do mundo tenebroso. Era a carruagem do velho.

Continuamos a caminhar e galopar corajosamente, rompendo toda a pasmaceira à nossa frente. De repente, um rugido estridente estourou. O bramido de um monstro tenebroso eclodiu. Acabara de passar por nossas cabeças e pusera-se lado a lado conosco, no galopar frenético dos cavalos, uma criatura medonha e macabra. E sem que tivéssemos tempo de puxar as nossas armas, seus tentáculos sujos e gomosos começaram investidas firmes e cruéis, destroçando a tropa por inteiro. Ouviam-se urros agoniados e estridentes. Gritos de pavores mortais.

Desequilibrei-me do cavalo com uma bordoada. Enquanto caía e me embolava pelo chão na sequência, via homens perfurados por patas em forma de agulhas que pendiam da criatura anômala. E outros eram sugados como poeira em um redemoinho por um buraco similar a uma boca, no centro da criatura, entre os tentáculos.

De repente os céus encheram-se de hordas infames. E milhares desses terríveis seres mergulharam sobre nós. E antes que centenas de tentáculos se aninhassem sobre meu corpo, curti, por um ínfimo lapso de tempo, o passear vagante e quieto de uma águia velha e lendária.

Molambudos

Por Marcelo Dias de Carvalho Filho

Na reestruturação do cemitério Manicômio, na rua Professor Pires de Moraes, Barbacena, a exumação num dos jazigos sem nome revela uma estranha descoberta que causa curiosidade e angústia: junto às ossadas do cadáver exumado é encontrado um antigo diário com capa de couro. Ao pegar o diário, cai uma fotografia antiga de uma criança desnutrida e cadavérica, tendo no verso um escrito: paciente 1.260. Ao ver a fotografia, o coveiro, no relento e sentindo o prenúncio de uma forte tempestade, não se contém e senta-se ao lado da ossada. Põe-se a ler o diário.

☠

BARBACENA 13 DE SETEMBRO DE 1979

Paciente: Joaquim Antônio Correia (n.1260), 10 anos de idade, com saúde aparentemente perfeita, mas sofre de delírios constantes, transformando a etérea face da cativante criança em violento agressor capaz de matar com as próprias mãos um homem do dobro de seu tamanho; seus delírios já o fizeram cometer assassinatos de algumas pessoas, motivos dos quais o levaram, ainda criança, a ser internado aqui em Barbacena no Hospital psiquiátrico Colônia.

Aceitei o cargo de psiquiatra no hospital Colônia como um desafio à minha carreira. Dos inúmeros pacientes que acompanho, Joaquim tem sido o maior desafio, pois além de ser acometido por delírios, ele parece ser possuído por uma força sobre-humana que o torna incontrolável; tive 3 encontros com Joaquim no tempo em que assumi o cargo, e destes, poucas informações consegui extrair dele. Devido ao seu quadro violento, vive sedado, preso em um quarto, impossibilitado de se socializar com os demais pacientes e equipe. No internamento cometeu dois homicídios macabros, e os justifica apenas dizendo que estava com fome e precisava se alimentar.

Confesso que em toda minha carreira de psiquiatra jamais havia tido contato com um paciente assim. O 1.260 é visivelmente um espectro de ser humano, e meu desafio com ele é descobrir onde encontrar essa humanidade escondida. Partindo desse princípio de inexistência de humanidade, agirei como adestrador de feras, e somente então usarei práticas padrões desses casos.

Retirei a sedação, o paciente ficará em sala isolada com observatório oculto, onde poderei me comunicar e observar suas reações.

15 DE SETEMBRO. PRIMEIRA CONSULTA MONITORADA DE JOAQUIM

Consegui extrair poucas informações sobre sua vida. Relatou que é nordestino, nascido no interior do Ceará, e que é o único sobrevivente de sua família. Nasceu em 1907 e seu pesadelo teve início em 1915, aos 8 (oito) anos de idade, devido à grande seca do Quinze, que devastava o Nordeste brasileiro; seus pais decidiram abandonar a pequena propriedade, um pedacinho de terra e uma casinha isoladas nas proximidades do devastado córrego que secara com a dura estiagem. Diante da fome, da sede e da falta de estímulo, seus pais juntaram-se a outros retirantes que seguiam o massacrante cortejo a caminho das cidades.

Ao lembrar-se desta história, pela primeira vez Joaquim deixou transparecer um rastro de humanidade. Continuamos a conversa e o paciente pareceu apavorado com as recordações. Vi pela primeira vez a criança devastada e aterrorizada com os horrores da realidade, a penosa caminhada pela morte, na qual a fome e a sede eram companheiras incansáveis. A crueldade do ser humano que minimizava a própria espécie e impedia que os retirantes entrassem nas cidades, deixando-os aglutinados em reservatórios de lixos humanos chamados de campos de concentração. Eram comumente chamados de Currais do governo (no Ceará).

Disse ainda que o pai havia planejado chegar ao destino, que ficava na região do sertão central. Joaquim ficou enfurecido ao lembrar disso. Deixou de falar e começou a se esmurrar violentamente. Tentei acalmá-lo com palavras consoladoras de apoio. Inútil. Diante disso, interrompi o diálogo para reiniciar no dia posterior.

DIA 16 DE SETEMBRO DE 1979

No dia seguinte continuamos, mas Joaquim fechou-se, introspectivo. Percebi que teríamos retrocessos no tratamento. Iniciei sem muito otimismo, porém fui surpreendido por um falante Joaquim, aberto às minhas perguntas. Voltou a falar do pai com certa tristeza, o que demonstrou resquícios de sentimento. Lembrou-se da morte do pai falando:

"Meu pai não suportou a devastadora jornada do retirante e morreu de desnutrição. Seu corpo nem mesmo foi enterrado, ficou largado no acostamento da estrada para ser comido por urubus. Nos deixou sem imaginar que ficaríamos aglomerados em condições impróprias de moradia, sem higiene e com condições precárias. Ficamos sem segurança nenhuma e sofremos até mesmo exploração sexual pelos próprios encarregados do socorro público. Conseguimos chegar com vida no reservatório conhecido como Açude da pista, que abastecia moradores da comunidade Engano, no distrito de Riacho Verde, em Quixadá, Sertão central do Ceará."

Joaquim lembra novamente, com um semblante triste, do nome Molambudos, pois era esse o nome dado aos mais de 8mil retirantes flagelados confinados no lugar, coagidos por soldados armados e dispostos a matar qualquer um que se arriscasse a sair do campo.

Após longo suspiro, Joaquim disse:

"O dia no sertão é escaldado pelo sol, e muitas foram as noites em que o campo ficava encoberto por um frio nevoeiro que cegava nossos olhos e assustava nossos ouvidos, pois sempre que ele aparecia vinha acompanhado do apavorante canto da Rasga Mortalha, um prenúncio certeiro de morte no lugar. O Dr. Conhece a história da Rasga Mortalha?"

"Não. Conte-me."

"Em regiões como o sertão nordestino, é comum acreditarmos em lendas, crenças e superstições, levando muito a sério várias delas, inclusive criando formas de se salvar do mal que essas possam nos fazer. A coruja agoureira Rasga Mortalha é uma coruja branca, única no Brasil. É fácil ser reconhecida pela sua cor nas regiões da cara (frontal) e peito (ventral). Ela tem seu rosto (disco facial) em forma de coração.

Em certa noite, no campo de concentração, eu, minha mãe e minha irmã estávamos atormentados, prestes a morrer de tanta fome. Nesse instante percebi minha baladeira (estilingue) jogada no chão, e imediatamente pensei: *Nesta noite, quando o nevoeiro chegar, eu vou sair pelo campo e caçar a Rasga Mortalha, matá-la com minha baladeira e trazer para mamãe torrar e comermos.*

O nevoeiro engoliu o campo e aguardei faminto o primeiro som da apavorante coruja do canto mortal. Segui na escuridão o som da ave, envolvido pelo nevoeiro denso, e sem enxergar com nitidez, caí num buraco e não consegui mais ouvir canto algum. Tentei reconhecer o local onde caí tateando à minha volta e constatei que caíra na vala na qual os soldados jogavam os corpos dos retirantes mortos. Ali, deitado sobre mortos, percebi que somos lixo! Foi a primeira vez que fiquei cara a cara com a morte e não tive outra reação além de chorar e esperar quieto a hora de parar de respirar e não sentir mais seu cheiro."

"Como você saiu do buraco?", perguntei.

"Eu continuei ali a olhar o céu e chorando, até que parei os olhos numa estrela que parecia ficar maior e mais perto, então pensei: *devo estar morrendo.* Fechei os olhos. Ao abri-los tive a visão mais apavorante de minha existência. Vi um monstro gigante com o corpo coberto de espinhos e grandes olhos amarelos, comendo de forma frenética os corpos que estavam na vala. Parecia não ligar para minha presença. O senhor não pode imaginar como é ver essa coisa mastigando as pessoas; o sangue e as vísceras respingando por todos os lados, e como um parasita comendo os restos que o monstro abandonava, estava a Rasga Mortalha, a coruja agoureira. Ainda com medo, levantei a cabeça e fui encarado por aqueles olhos amarelos brilhantes. Isso é tudo que lembro deste dia."

17 SETEMBRO 1979

"Sou um sobrevivente da seca de 1915 (seca do Quinze), e se hoje estou aqui nesse novo terror é graças ao fato de ter sido resgatado por um ser macabro que não me fez mal algum, e sim deu a esperança de um novo amanhecer."

"E sua mãe e irmã?", volto a questionar.

"Aquela noite foi a última vez que as vi, provavelmente estão mortas e viraram lanche."

Joaquim parecia mais tranquilo e pedia para falarmos pessoalmente.

As luzes se apagaram e a escuridão tomou conta do hospital psiquiátrico. Gritos propagaram-se nos corredores, então fez-se silêncio e, de repente, escutei a meu lado uma frenética respiração e congelei de pânico a tal ponto que fiquei imóvel, quase sem respirar por uns 60 segundos, fato que me deixou impossibilitado de usar a voz. Bruscamente, um novo apagão, e no escuro perturbador o som de objetos jogados contra a parede; o barulho parecia facas a me perfurar. Apavorado, comecei a gritar desesperado de medo e chorei como criança. Criei coragem, abri os olhos e vi à minha frente Joaquim, completamente irreconhecível: pálido, esguio e babando, com os olhos arregalados amarelos e brilhantes como um lobo raivoso em busca de carne.

Vi concretizado em minha frente todo o pesadelo que absorvi daquele paciente durante os dias que estive a ouvir sobre a apavorante Seca do Quinze e a real história do campo de Quixadá. Ali, indefeso, compreendi enfim como a humanidade de Joaquim foi consumida por esse terror e pelos anos que esteve internado. Ao chegar no hospital Colônia, a face inofensiva da criança devastada pela seca nordestina encontrou a atmosfera ideal para desenvolver-se e evoluir.

O cárcere de sua infância, mutilada no manicômio, eclodiu no ápice da loucura como hospedeiro da maldade.

Após o apagão, o corpo sem vida de Joaquim foi levado para autópsia. A morte do 1.260 foi um dos estopins que levou ao fim hospitais psiquiátricos como o Colônia, que chegou a ter 5 mil pacientes em espaço projetado originalmente para 200, com pátios abarrotados. O triste fim de Joaquim revela para mim que o medo é a mola mestre que sustenta a mente humana.

Durante o período no qual esteve em funcionamento, o hospital psiquiátrico Colônia, em Barbacena/MG, foi responsável pela morte de mais de 60 mil brasileiros. O perfeito lar para o maior de todos os monstros: o Homem.

💀

Uma forte ventania seguida de chuva e tempestade destroem as folhas do velho diário jogado no lixo pelo coveiro apavorado, deixando apenas a fotografia do paciente 1.260 e uma atormentada vida que desaparece na tempestade a correr. Joaquim renasce sempre que sua história é lembrada...

SAUDADES

Por Bruno Iochins Grisci

A escuridão da madrugada já acobertava a cidade fazia tempo quando ele caminhava pela rua a passos largos, a mão esquerda enfiada no bolso, no qual um grosso livro fazia volume, o rosto abaixado para se proteger do vento frio do inverno porto-alegrense. Havia se vestido o melhor que pôde para a ocasião, mas a noite o obrigara a colocar um sobretudo preto surrado por cima das roupas mais alegres e vivas que escolhera. Nas costas levava pendurada a antiga maleta para violão, fazendo sua envergadura parecer ainda maior que a habitual.

Afastou a manga e conferiu o relógio prateado e fosco preso ao pulso esquerdo, os ponteiros girando impacientemente. As palavras que lera quase por acaso quatro dias antes ressoavam em sua mente: três da manhã. Esse era o sinal pelo qual estava esperando. Descobrir esse horário especial da calada da noite, essa hora que era diferente de qualquer outra, justamente num dos antigos livros sem nome que ela havia deixado para trás foi um convite irrecusável. Para ele, a leitura do curioso texto em forma de poema em uma página que por pouco não se desgarrava das demais devido à idade do tomo — por mais estranhas que soassem algumas das palavras —, provocou a mesma sensação de encontrar os bilhetes carinhosos e insinuantes que ela escondia pela casa para que ele encontrasse.

As ruas por onde andava eram, em grande parte, desertas, mas restava algum movimento por ser sexta-feira. Passou em frente a um bar que ainda funcionava, apesar da hora avançada. Alguns jovens sentados falavam alto enquanto levantavam seus copos cheios de cerveja. Por um momento desejou sentar-se e beber ali com eles, deixar o álcool espantar o frio e trazer a coragem, mas sacudiu a cabeça e seguiu em frente com ímpeto. Sabia que de forma alguma poderia chegar no encontro embriagado, por menos que bebesse.

Além disso, não poderia dar-se ao luxo de se atrasar. Olhou para o relógio de pulso: vinte para as três da manhã. Em sua mente, o movimento dos ponteiros se misturava à lembrança da capa de couro escuro desgastada do velho livro que trazia consigo. Ainda estava em tempo. Mal acreditava que finalmente a veria novamente após o contato rompido de forma tão abrupta.

Na última vez que se falaram, nem puderam se despedir, e isso não estava certo. À medida que as semanas passaram, o peso de sua ausência só cresceu. O desespero causado pela saudade e o medo de não se reencontrarem o corroíam por dentro.

Isso até o fatídico dia em que descobriu o horário em que ela estaria disponível novamente. A partir de então soube que seria naquele momento que seus olhos veriam seu rosto, suas mãos envolveriam seu corpo e seus lábios se tocariam mais uma vez. Bastaria estar disposto a tanto. Passou os últimos dias planejando os detalhes desse reencontro. Estava nervoso, mas confiante de que apesar de tudo, ela ainda o receberia de braços abertos. Levou a mão esquerda às costas e sentiu a textura da maleta. Lembrou-se da sua voz, das músicas, das gargalhadas. Uma lágrima escorreu pelo seu rosto. Em breve cantariam juntos novamente.

    Olhou mais uma vez para o relógio. Faltava pouco agora. Um carro passou pela estrada de paralelepípedos fazendo barulho, as luzes dos faróis projetando as sombras das árvores nos dois lados da calçada. Pensou em como o seu trajeto seria mais fácil se estivesse atrás do volante, mas a ideia era absurda. Não poderia simplesmente aparecer num carro, aquele era um evento para o qual só poderia ir a pé. Sentiu uma dor no peito e os olhos marejaram, mas engoliu em seco.

    Estava agora diante dos grandes portões de ferro. No lado direito havia uma pequena lâmpada iluminando um interfone, mas sabia que não queriam que ele a visse. Teria que ser sorrateiro, como nas primeiras vezes em que saíram juntos e ele se esgueirava até a sua janela para que os pais dela não notassem a sua presença. Inspecionou a área, jogou a maleta por entre as grades e, se apoiando numa das árvores mais rentes ao muro, conseguiu saltar para dentro.

    Juntou suas coisas, removeu o sobretudo e começou a inspecionar o local. Estava muito escuro, mas sabia que não poderia usar uma lanterna sem chamar muita atenção. De qualquer modo, a localização não era um problema para ele, tinha certeza de que ela o estaria esperando no lugar marcado. Deteve-se um minuto para admirar a paisagem: aquele cenário natural era apropriado, ela amava parques.

    Enfim, chegou ao ponto de encontro e parou por um momento. Olhou ao redor: nenhum sinal de vida, fora sua respiração ofegante e o vento na copa das árvores. Suspirou e encarou uma última vez o relógio que recebera das mesmas mãos delicadas pelas quais agora aguardava. Os ponteiros não mentiam: três horas da manhã. A Hora Morta, como descobrira dias atrás no poema de página semi-solta que pendia do livro, bem como o ponteiro das horas agora pendia do dos minutos.

Olhou mais uma vez ao redor. Estava convencido de que ninguém viria. Apoiou o antigo livro, seu companheiro de aventura, numa das pedras que despontavam no jardim. À débil luz das estrelas, a capa parecia assumir a assombrosa feição tanto de horror quanto de satisfação de um rosto desfigurado que o observava. As marcas e dobras do couro sugeriam que tal obra lovecraftiana não deveria existir no mundo real. Seu dono não notou, ou fez que não notou. Largou a maleta para violão na grama já coberta pelo orvalho, a abriu e retirou de lá a pá que trazia consigo.

Começou a cavar.

ELES EXISTEM

Por Edvaldo Leite

"Não posso morrer aqui".

A afirmação era recorrente nos pensamentos de Suzana. Mesmo escondida por trás de um armário quase que coberto por teias de aranhas e um odor fétido, a jovem sabia que não podia vacilar, pois qualquer barulho revelaria onde ela se escondia.

A lágrima escorria como o fio d'água da fina chuva na janela. A pouca luz que permeava por uma das frestas do piso indicava que o poente rapidamente terminaria e ela ficaria com menor chance de escapar com vida daquele ambiente lúgubre.

O que a estava caçando não demoraria a descobrir seu esconderijo. O tempo corria contra e tudo que ela pensava era em como chegara àquela situação.

Enquanto o batimento cardíaco já voltava à normalidade por conta de não ouvir os assovios que lhe eriçavam os pelos do braço e nem o ranger das tábuas acima de sua cabeça, a jovem caloura de medicina notara rapidamente o cair da noite. Sair de sua toca não era opcional. Era obrigatório se quisesse continuar viva.

Esgueirou-se junto à parede procurando sair pela janela do porão, mas para isso teria que quebrar o vidro. Decerto que isso indicaria para as estranhas criaturas que, momentos antes, a perseguiam pela Rua Doutor Assis.

Antes de pensar nisso mais uma vez, socou com o cotovelo e estilhaçou o vitral, datado ainda do início do século passado. Ao mesmo tempo, os silvos ficaram mais intensos e as pisadas no assoalho derrubavam bastante pó. Tinha sido descoberta.

Quando começava a atravessar pelo único espaço no qual poderia passar, a porta de madeira que dava acesso ao porão foi derrubada e uma estranha ventania tomou conta do local.

Ela não conseguiu resistir, e com o canto dos olhos percebeu que era questão de segundos até ser alcançada pelas mãos daquela idosa que poderia ter a idade da sua avó, mas diferentemente da doce e gentil senhora com quem ela conversava aos finais de semana, aquela anciã tinha os olhos cobertos por uma fina película branca que remetia à cegueira. Vestia uma túnica preta parcialmente rasgada. Era uma bruxa de verdade, e estava a poucos metros de Suzana.

Em um rápido movimento, Suzana focou em seu objetivo: escapar.

Atrás dela, envolta agora por uma névoa, a figura decrépita se contorcia e gemia cada vez mais alto. Suas unhas compridas caíram ao chão, assim como os poucos fios de cabelo cor de ébano que possuía. Os globos oculares também rolaram pelo piso juntamente a secreções e sangue, de onde até então possuía aquele olhar lácteo. Das órbitas, agora ocas, brotaram dois olhos negros. Cada vez mais encurvada, quase ao ponto de ficar de cócoras, finas penas pretas rasgavam a pele enrugada, tal qual a barbatana de um tubarão surgindo velozmente sobre o mar. Os dedos encolheram-se e as falanges dos cinco dedos se fundiram em três unhas que pareciam garras. A transformação mais uma vez revelava a verdadeira face daquela velha amaldiçoada. Ela havia virado um enorme corvo.

A moça, que até então poderia ter ficado escondida torcendo para que a mulher não a encontrasse, já estava com mais da metade de seu corpo do lado de fora, gritando por socorro.

De nada adiantava. A escuridão já tinha tomado conta de mais uma estreita rua, localizada na Cidade Velha, bairro mais antigo de Belém do Pará, e repleto de inúmeros prédios e casarões com fachadas históricas ornamentadas com azulejos portugueses.

Utilizando toda a força que nem ela sabia ter, forçou a passagem mais um pouco até que sentiu algo perfurando seu calcanhar com tamanha violência que o grito foi mais alto que suas súplicas por sobrevivência. O grande pássaro negro havia cravado o bico enquanto segurava firmemente com as garras as pernas da mulher, agitando as asas para que sua presa não fugisse. Mesmo com a imensa dor que lhe corroía, Suzana não sabia se teria mais chances do lado de fora e buscava escapar.

Em mais um movimento com suas asas, o corvo derrubou a jovem e começou a lhe bicar as pernas, dilacerando-as furiosamente. Ela ainda tentou se desvencilhar, mas com o corpo todo perfurado, a moça já não tinha mais chances. Ainda se debatia quando deu o último suspiro, logo depois de receber mais uma bicada na cabeça. Dos buracos nos quais o animal tinha enfiado as garras, mais sangue. Engasgada com o próprio sangue que saía de sua boca, Suzana havia morrido.

A Matinta Perera existia e não era só uma velha cega. Agora havia várias destas bruxas-corvos sobrevoando o local e Suzana não demoraria para acordar em sua nova forma decrépita.

Em outras ruas do bairro, a cena se repetia. Estranhas criaturas perambulavam atrás de novas vítimas, agora, cada vez com mais escassez. Poucas pessoas se atreviam a procurar comida ou medicamento. Quando eram encontradas, quase sempre o mesmo fim: a morte.

O Complexo Feliz Lusitânia já não tinha nada que justificasse o nome. As folhas das árvores haviam caído e as copas pareciam emaranhadas, de forma que nem os pássaros a buscavam para o descanso. E ali pertinho, o Ver-O-Peso, um dos mais antigos mercados públicos do país, exalava, mais do que nunca, um cheiro de chorume que embrulharia o estômago até de um urubu.

Por todo canto, seja nos cruzamentos das ruas ou não, carros amontoados, decorrência de vários acidentes de quando tudo aconteceu, ou por conta de motoristas solitários ou com as famílias que buscaram fugir e que, quase sempre, não conseguiram.

Dessa região mais antiga da capital paraense, seguindo até o não mais tão nobre bairro de Batista Campos, o negrume era cortado pela luz de alguns postes, ou de luminárias de estabelecimentos comerciais ou das casas.

Horas antes, não muito longe dali, Jorge corria por um dos pisos do agora fantasmagórico shopping instalado no coração da cidade. Empoeirado e silencioso, os únicos seres que lembravam os humanos que frequentemente circulavam pelo local, muitas das vezes somente para passear, eram os manequins instalados em vitrines quebradas.

O empreendimento foi a primeira opção que ele teve ao ver uma das bestiais criaturas de pele negra correndo atrás dele.

Desesperado, subiu mais um lance de escadas, mas o sobrepeso por conta de sua dieta à base de lanches de franquias famosas e sua obsessão por refrigerante já não o deixava aguentar mais alguns metros.

Virou à esquerda, em frente ao local onde existia uma loja de confecções. Apoiando-se no parapeito, já sem fôlego, sabia que chegara ao fim. Foi quando surgiu um adolescente que, apesar de não possuir uma das pernas, portava um cachimbo na boca e um gorro vermelho. Era o Saci, e ele era real. O menino travesso de histórias outrora contadas estava bem ali em sua frente.

Do outro lado do corredor, um outro ser com as mesmas características: cútis preta, mas levemente coberta de pelos, como de um pequeno pinscher.

Ambos começaram a rir do corpulento homem. Pareciam zombar dele, o que causava mais angústia e a certeza de que seria estraçalhado.

Jorge fechou os olhos, aguardando os dentes pontiagudos — que se revelavam a cada risada macabra — lhe atravessarem a carne. Segundos passaram e nada.

Ao abrir os olhos, a poucos centímetros da fera, uma bafo-rada de pito o inebriou e o auxiliar administrativo de um escritório de contabilidade ficou atônito. Andou para trás, perdeu o equilíbrio e despencou do terceiro piso do shopping.

Além das gargalhadas estridentes dos dois Sacis que o acuaram, o outro som que se fez ouvir foi o baque seco do corpo daquele homem de 108 quilos atingindo o solo, resultando numa explosão de gordura e massa encefálica a alguns metros do local da queda.

Imediatamente, de dentro de várias lojas saíram outros garotos traquinas pulando em uma só perna, a única, e disputaram cada milímetro adiposo do corpo estatelado.

Ninguém sabia ao certo o que teria feito o mundo ficar de ponta-cabeça de uma hora para outra.

O que todos tinham certeza é que o caos havia tomado conta de todas as nações. Até mesmo o poderio militar norte-americano fora vencido. As armas pareciam não surtir efeito, mesmo em 2020. Telecomunicações? Cortadas. Os governos? Não mais existiam. O caos havia se instalado.

A principal via de entrada da capital paraense, a Avenida Almirante Barroso, era um cemitério de veículos de todos os tamanhos, sem contar os focos de incêndio que teimavam em aparecer por conta de curtos-circuitos nas fiações elétricas públicas. Parecia ter ocorrido uma guerra e ali fora a derradeira batalha.

Esse cenário apocalíptico, visto como um sinal de que a humanidade seria extinta em breve, começava a se repetir em milhares de outras cidades.

Em alguns vilarejos na Índia, por exemplo, famílias eram violentamente atacadas por hordas de Churels, espíritos de mulheres que morreram durante o parto e que carregam, infelizes, os bebês que geravam sobre os ombros. Com uma língua comprida e que se assemelhava a um chicote, as macambúzias a lançavam em direção aos pênis dos homens. Uma vez arrancados, enfiava-os nas gargantas de suas novas vítimas, quer fossem do sexo masculino ou não, sufocando-os até sucumbirem engasgados no próprio vômito.

Aos poucos, os sobreviventes descobriram que nem sempre as lendas eram contos de ficção.

As criaturas das quais as pessoas só conheciam de histórias de assombração e mitos tinham tomado conta do planeta. E elas não eram deste mundo. Sempre estiveram entre nós, mas somente pessoas com uma sensibilidade acima da média poderiam vê-las ou perceberam sua existência, como médiuns, pajés ou líderes religiosos.

Alguns ainda se tornaram contadores de história famosos.

Mas toda história, seja ela de um mito ou de uma notícia bizarra que você leu no jornal, é real.

Acredite! Eles existem.

O QUADRO NA PAREDE

Por Leandro Zapata

Samuel pendurou o quadro novo na parede, sobre sua cama. Era um quadro bonito que retratava uma bela floresta que margeava um lago sobre o qual havia uma ponte coberta. Dentro dessa ponte, olhando o lago, havia uma mulher de vestido. A única coisa que via com nitidez era seu cabelo loiro e curto. Entretanto, o quadro não era exatamente nítido, pois as pinceladas do artista, quando observadas de perto, apenas sugeriam formas, nada era muito nítido. E isso foi o que mais atraiu a atenção de Samuel. Além disso, quando viu o quadro na loja, de alguma forma ele sentiu que o quadro deveria ser comprado por ele, então o comprou.

Naquela noite ele sonhou com a mulher do quadro, ou ele deduziu que fosse, pois a mulher tinha o mesmo corte e cor de cabelo. No sonho eles estavam no quarto de Samuel, a mulher o seduzia, aos poucos tirando sua roupa e ele a dela. Fizeram amor durante a noite toda.

O sol estava no céu há algumas horas quando Samuel abriu os olhos. Ele estava nu, e a cama desarrumada, do mesmo jeito que estava no sonho. Mas a mulher não estava lá.

— Isso é estranho — disse a si mesmo —, eu me despi enquanto dormia?

Deu de ombros e levantou. Era um sábado quente de verão, em que ele e os amigos iam para a praia. Ele se vestiu, tomou café da manhã e saiu. Eles haviam marcado de se encontrar na casa de outro amigo próximo de onde Samuel morava. Tocou a campainha e Clara, a namorada de Júlio, que era o dono da casa onde se encontrariam, recebeu-o no portão.

— Olá — ele cumprimentou-a.

— Oi. Entra, o pessoal está lá dentro.

Ao entrar, Samuel notou que ainda faltavam dois amigos daqueles que haviam confirmado. Eles chegaram depois de alguns minutos e partiram para a praia.

O dia passou rapidamente. Samuel estava de volta à sua casa por volta da meia-noite. Ele tomou banho e dormiu. Naquela noite ele sonhou novamente com a mulher, mas o sonho foi diferente. Ela estava deitada na cama dele e dormia um sono tranquilo. E ele estava de pé, apenas observando-a. *Ela é linda*, pensou. No sonho, ele ficou a noite toda olhando para ela, sem mudar de posição, até que o sol surgiu pela janela e ele acordou assustado, ainda na mesma posição em que observava sua musa.

Aquilo era muito, muito estranho. Será que ele era sonâmbulo? Andou até a cama, que estava desarrumada, como se alguém estivesse dormido nela. O colchão estava marcado por conta do peso de alguém que deveria ter deitado nele, mas quando Samuel o tocou, estava gelado, extremamente gelado.

Não estava numa temperatura normal, mas sim gelado, como se o colchão tivesse passado a noite na geladeira.

Ele assistira episódios demais de *Supernatural* para deixar aquilo de lado. Dois sonhos estranhos dos quais ele acordou de maneiras igualmente peculiares, o colchão gelado exatamente no local em que a mulher havia dormido. Tudo isso logo após ele ter pendurado aquele quadro no quarto. Só havia uma explicação...

Samuel se trocou e ligou para Gabriel Griffin, seu amigo *nerd* e de figura arredondada, que era muito mais fissurado que ele em mitologias e coisas sobrenaturais. Apesar de Samuel zombar muito de Gabriel por causa de seu sobrenome, Griffin havia se tornado um grande nome na consulta sobre assuntos paranormais para séries e filmes ao redor do mundo. Gabriel ainda estava no ensino médio, mas já havia opinado em alguns filmes independentes graças à influência de seu pai. Samuel tinha a sensação de que ele nunca procuraria trabalho.

— Opa, eu mesmo. E aê, Samuca, beleza? — O garoto atendeu; pelo som de pessoas conversando e talheres batendo no fundo, ele devia estar na hora do almoço. Depois do cumprimento, Samuel resolveu ir direto ao assunto:

— Mano, deixa eu falar, você acha possível que espíritos possam controlar sonhos e pessoas durante a noite?

— Sim, tudo é possível quando se trata de fantasmas — ele explicou. — De fato, tenho certeza que um espírito me possuiu no final da semana passada, ou eu não teria bebido tanto. —Seu tom não deixou claro para Samuel se ele estava falando sério ou não.

— E eles podem ficar ligados em quadros? — Samuel hesitou em sua pergunta.

— Claro que sim!

— Você pode me mandar uma lista de quadros supostamente possuídos ou amaldiçoados?

— Você deu sorte, meu pai tem uma lista desses que usou em um filme para o qual fez consulta uns anos atrás. Qual seu e-mail? Samuel o informou, agradeceu e desligou. *Esse cara é muito nerd*, pensou. Entretanto, Samuel sabia que podia contar com ele, e que ele não falaria com ninguém sobre aquilo. Meia hora depois ele recebeu o e-mail com imagens de incontáveis quadros que, de acordo com crenças populares, estavam amaldiçoados e ligados a mortes de pessoas e, às vezes, até famílias inteiras.

Ele foi olhando um a um, passou horas na frente do computador vendo quadros de artistas que ele nunca ouvira falar e de alguns famosos, como Leonardo Da Vinci, Michelangelo e Cândido Portinari. Até que finalmente encontrou o quadro que estava pendurado em sua parede.

A artista que pintara o quadro chamava-se Margret Bernhard. Margret viveu na Alemanha de Hitler, ela tinha quinze anos quando a 2ª Guerra começou e nessa idade ela já pintava quadros; seu pai era um judeu que morava na Alemanha desde criança e sua mãe, alemã. As perseguições atingiram sua cidade quando ela tinha dezenove anos, seu pai foi preso, sua mãe e ela foram estupradas e mortas da frente do judeu. Margret havia terminado aquele quadro um dia antes da chegada dos nazistas.

A Ponte do Lago, ela batizara o quadro. Depois disso, o quadro fora pendurado em uma sala administrativa de Tuomas Osku, no Campo de Concentração de Klooga. Quando a Segunda Guerra finalmente terminou, ele desapareceu do mapa. Todavia, Samuel soube adivinhar onde o quadro esteve. O dono da loja onde ele o comprou era judeu; provavelmente o quadro fora roubado por algum sobrevivente, então fora passado de geração em geração dentro da família até ser vendido para Samuel.

O rapaz estava dividido, não sabia se acreditava ou não naquilo. Obviamente havia algo estranho nos sonhos, mas talvez não estivesse ligado ao quadro. Talvez ele fosse apenas sonâmbulo. De qualquer forma, ele descobriria naquela noite.

    De noite, Samuel estendeu um tapete no quarto. Pegou dois sacos de sal na despensa, fez um círculo em torno de si mesmo e sentou. Esperava que ter assistido todos aqueles episódios tivessem servido de alguma coisa.

    Quando o relógio deu meia-noite, a mulher saiu do quadro. Mas era diferente dos sonhos, ela estava meio transparente, ele podia ver através dela, enquanto nos sonhos ela era de carne e osso. Nas duas formas ela era muito linda: ele reparara agora que ela tinha olhos verdes e o cabelo loiro curto. Era mesmo a moça do quadro, que também era Margret.

    — Olá — ele disse. — Meu nome é Samuel.

    O fantasma não disse nada, apenas fitou os olhos de Samuel por alguns minutos. Ela não se aproximava dele, ficava na borda do círculo de sal. Ela não podia entrar. Talvez fosse por causa disso, ou talvez fosse pelo rosto tranquilo dela, mas Samuel não estava com medo. Ele meio que sentia que ela não queria machucá-lo.

    Ele se levantou, sem tirar os olhos dela, e saiu do círculo. Ela não fez nada, apenas olhou-o enquanto ele deitava na cama e dormia. Ele não viu ou sentiu, mas ela, na sua forma espectral, tocou os lábios nos dele; um beijo, e então desapareceu. Ela agora estava dentro dos sonhos dele.

    Naquele sonho eles apenas conversaram. Ela contou-lhe sobre sua curta vida, como morreu e como sua alma ficou presa naquele quadro.

    — Minha cidade era pequena e desde o princípio apoiou os ideais de Hitler e seu *Mein Kampf*. Exceto, é claro, pelos judeus.

    — Sua voz era suave, como a de uma cantora; contudo, enquanto narrava, sua voz possuía uma tristeza indescritível:

Quando o exército apareceu, eles derrubaram porta por porta, tirando os judeus e suas famílias de suas casas como se fossem gado. Eles eram liderados por um homem cujo nome ninguém jamais pronunciou, de puro medo que sentiam, mas todos o chamavam de Karmesin Vernivhtung, que na sua língua significa Destruição Carmesim. O apelido vinha por causa de uma mancha que ele tinha na face esquerda.

A Morte, contudo, não apareceu para mim como apareceu para outros. Eu era especial, capaz de ver e interferir nos sonhos das pessoas. O Karmesin Vernivhtung viu essa excepcionalidade e me levou para Klooga, onde eu seria subjugada a diversos testes e torturas.

Durante muito tempo eu não cedi, não dei para eles o que queriam — tudo que eu era capaz de fazer com os sonhos — até trazerem aquele a quem chamavam de Reininger, um especialista em tortura. Ele soube como quebrar e tirar tudo que eu sabia.

Em meu último dia, fui levada para o meio de uma floresta, em um lugar cujo nome não sei, mas que estava escrito no livro que o Karmesin Vernivhtung *possuía.*

"O Necronomicon." Lembro-me do nome do livro quando ele discutiu com o Brigadeiro Tuomas Osku, responsável pelo Campo de Klooga; por alguma razão, ele havia me levado para a sala de Osku. "Diz que é o nexo entre o Reino dos Vivos e dos Mortos. Aqui, o véu pode ser quebrado. E esta garota pode ser a chave."

O Brigadeiro argumentou contra, mas não havia como o Karmesin Vernivhtung *mudar de ideia.* Nós viajamos por dias a fio em estradas ruins e de terra. Quando as árvores se tornaram onipresentes e o sol não mais estava no céu, fui deitada sobre um altar por soldados.

Símbolos foram desenhados em meu corpo por bisturis afiados. Em poucos minutos eu estava deitada em meu próprio sangue. A voz grave, gutural e ancestral foi a última coisa que ouvi; as palavras eram desconhecidas. Minhas últimas forças foram usadas para ver que a voz vinha do Necronomicon. Eu aceitei de bom grado o abraço que a Morte me deu.

Entretanto, despertei. A lua ainda estava no céu e a voz ainda falava. Os símbolos, eu percebi, serviam para manter minha alma presa em meu corpo.

"Ela vive!" O Karmesin Vernivhtung gritou para seus companheiros, que comemoraram com urros de alegria. "E com ela, a imortalidade! O mundo será nosso!"

Ele me fez desenhar símbolos em todos os soldados usando uma navalha banhada em meu sangue. Mesmo que morressem, eles voltariam e continuariam a lutar. Projeto Fênix, era como me chamavam. E era um sucesso. Voltamos para Klooga, onde fui apresentada diretamente para Osku. Em sua sala, o Karmesin Vernivhtung forçou-me a fazer o mesmo com Osku.

Entretanto, ali estava minha pintura. A Ponte do Lago. Eu soube imediatamente o que precisava fazer. Com a navalha, feri Osku no pescoço — infelizmente, não fundo o bastante para matá-lo — e corri para o quadro. Usei meu sangue para desenhar o mesmo símbolo no quadro. Eles não contavam que o que me fazia especial também foi o que me salvou. Minha alma saltou para o quadro e ali permaneceu, assistindo a tudo que acontecia na sala.

— O que aconteceu com os soldados imortais? — Samuel interrompeu, sua curiosidade martelando.

— Alguém... Alguém os caçou. Ou pelo menos, foi o que Osku disse. — Percebi que tudo que ela sabia, havia visto naquela sala administrativa. — Eu também podia sentir cada um de meus compatriotas judeus que morreram naquele Campo de Concentração. — Ela chorava. — Por anos não consegui fazer nada além de ver, até agora. Até... você.

— Eu?

— Sim, você é especial como eu. Você também tem uma conexão com os sonhos.

Depois de escutar com atenção, chegou a vez dele. Ele contou sobre o mundo, a História e o futuro após o tempo dela.

Sobre o fim da guerra. Sobre o país onde ela estava, além de coisas sobre ele mesmo.

— O dia está amanhecendo. Tenho que voltar para o quadro, pois a noite é momento ideal dos sonhos. Se eu permanecer, poderá ser perigoso para nós dois.

— Tudo bem — ele confirmou, um tanto triste.

Depois que ela desapareceu, ele deitou e fechou os olhos. Um sono poderoso, incomum tomou conta de Samuel, que dormiu até meio-dia.

No decorrer do dia seguinte, ele pensou em como acostumara rápido com a moça, e com a ideia de ela estar morta, se é que de fato podia dizer que estava. Parecia até *familiar* para ele. Aquela segunda-feira era o aniversário de morte da mãe dele, e como todos os últimos quatro anos, ele levava flores para ela.

Andou pelo cemitério até chegar ao mausoléu de sua família. Notou uma estranha movimentação perto dele. Eles moviam um caixão para lá. Para *dentro* do mausoléu, que era apenas usado por sua família há gerações. Alguém de sua família havia morrido e ele não fora avisado? Não, isso é impossível. Andou mais rápido para a multidão que estava ali. Ele reconheceu todos os rostos que estavam lá, eram vários de seus parentes e amigos.

Como o caixão estava fechado, ele não sabia quem tinha morrido. Perguntou para as pessoas, mas ninguém respondeu, ou melhor, não o escutavam. Em fato, eles não o estavam vendo. O caixão foi colocado dentro de uma tumba e, enquanto eles lacravam com concreto, ele leu o nome na lápide: Samuel Hans, seu nome. A data em que nascera e em que morrera, o dia anterior.

— Não — disse para si mesmo. — Não, não, não... Isso é impossível!

Ele correu dali, correu o mais rápido que pôde até chegar a sua casa. Subiu ao quarto, e o quadro não estava lá. Ele não estava entendendo. Samuel precisava encontrar o quadro de qualquer forma, pois poderia ser a única forma de encontrar respostas. E só havia um lugar onde ele poderia estar.

Samuel entrou na loja, o balconista olhou assustado para a porta. Ele não olhava para Samuel, olhava para a porta, que se abriu sozinha e fechou. Ele correu por entre os corredores até encontrar o quadro. Estava no mesmo lugar onde ele encontrara originalmente. Ele tentou tocar o quadro, mas sua mão atravessou-o; entendeu então que não podia mais tocar coisas materiais, já que, aos poucos, ficara livre de seu corpo físico. Entrar na loja fora seu último ato corpóreo.

Ficou olhando o quadro até o sol se pôr, quando Margret saiu do quadro. Ela estava transparente, assim como o próprio Samuel.

— Eu estou morto, não estou? — ele disse.

— Sim, você está. Você morreu ontem enquanto conversávamos.

— Como assim, por quê? — Ele estava triste, mas por alguma razão não podia chorar.

— Quando você saiu daqui sexta, você sofreu um acidente de carro e entrou em coma no hospital.

— Então tudo aquilo foi um sonho. A praia, nossa conversa...

— Sim, como eu disse, você também tem uma conexão especial com os sonhos. Eu consegui nos unir através dos sonhos. — Ela fez uma pausa ao perceber a tristeza em seu rosto. — Mas isso não torna menos real. A única razão de você ainda estar aqui sou eu.

— Como assim?

— Quando eu vi você aqui, eu te chamei, mesmo não sabendo seu nome. Senti uma vontade imensa de estar com você.

Eu conectei você com o quadro, assim como fiz comigo mesma.
— Samuel estava sem palavras, atônito. Ele estava morto. Não podia acreditar. — Venha comigo — ela disse esticando a mão para ele com a palma para cima, em um gesto de convite.

— Para onde?

Ela olhou para o quadro. Samuel hesitou por um instante, mas pegou a mão dela. Os dois entraram no quadro, tornando-se um produto de tintas e pinceladas. O desenho, porém, tornou-se nítido como uma foto, e agora a mulher, Margret, estava lá olhando o lago e, ao lado dela — ou atrás, de acordo com a visão de quem olha o quadro de fora — havia um homem de terno sentado no corrimão da ponte, também olhando para o lago, Samuel.

Ambos sorriam.

A LUZ QUE ILUMINA MINHAS LEMBRANÇAS

Por Leonardo Meirelles Alves

Quando cheguei à certa idade, aquela em que as reflexões de nossos atos passados batem com mais força, cheguei a poucas conclusões, mas talvez a mais certeira tenha sido a de buscar a paz, primeiramente em mim, e depois para o mundo. Assim eu queria viver, e assim tentei viver. Mas agora estou com um capuz na cabeça e fui arrastado para dentro de uma carroça. Ouço o cavalgar frenético do cavalo. E, cada vez mais distantes, os gritos de algumas pessoas. Eu enxergava apenas uma leve claridade do sol, que ainda se mostrava um pouco acima da linha do horizonte e, do mais, o tecido daquele capuz me deixava cego. A cabeça doía bastante. Talvez eu tivesse levado uma pancada forte, pois não me lembro de muita coisa, nem de como me colocaram aqui. Cada vez que eu tentava recuperar a memória, a cabeça latejava e trazia a dor de volta para os segundos que eram contados com a marcha daquele animal que nos puxava. Eu ouvia, na carroça, três vozes diferentes, e ainda não havia reconhecido nenhuma. A dúvida existente no íntimo de meus pensamentos perpetuava, e a respiração sufocada trazia um pânico que me fazia desacreditar da conquista da minha tão sonhada paz. Quando tentei resmungar ou questionar algo, dois chutes fortes me convenceram de que o silêncio seria melhor naquele momento. O que estava acontecendo? O que eu fiz dessa vez?

As perguntas rodeavam minha mente. Aquele estado de normalidade, em que acreditei viver, criava ainda mais dúvidas. Era como um espelho refletindo outro espelho e isso seguia um caminho infinito. Um grito e em seguida nossa velocidade diminuindo e logo parando. Ouvi um "Chegamos!" e dessa vez eu tinha uma nova pergunta: "Onde?". Porém, fui esperto o suficiente para não pronunciar nenhuma palavra. Antes que eu pudesse novamente me esforçar para encontrar alguma resposta naquele poço de interrogações, fui simplesmente empurrado para fora daquela carroça. O chão era o limite, ainda bem, mas no mínimo umas três pedras que bateram em diferentes partes do meu corpo trouxeram novas dores. Erguido por um de meus carrascos, fui obrigado a ficar de pé e seguir adiante. Já não estava tão claro como antes, porém a dor na cabeça ainda continuava e, além dos passos daqueles homens, ouvi uma porta ranger. Além da porta, ouvi claramente, pois gritaram próximo de meu ouvido após um tapa forte na nuca:

— Entre, vagabundo! Chegou onde merece!

O tapa me causou uma leve tontura, mas aquelas palavras criaram uma nova intriga. O que eu fiz para merecer isso? Eu simplesmente não lembrava e não aceitava que as memórias tenham sido levadas por uma loucura repentina. O cheiro do lugar era uma mistura de carne podre e fezes de animais. Isso fazia com que eu me lembrasse de que, talvez, estivéssemos no velho frigorífico, perto de nossos pequenos e pobres sítios. Fomos proibidos de usar aqui por algumas leis, e por isso estava abandonado. Isso me levou a outra conclusão, e a mais terrível até então, de que se um grupo de homens irritados te levam para um lugar abandonado, com certeza eu estaria próximo de meus últimos suspiros. Minha mente ainda falhava e enquanto eu não encontrava resposta nenhuma, a confusão entre realidade e verdade me deixava em um estado de loucura. E eu chamava assim, pois era a primeira vez que vivenciava a sensação de momentos distorcidos e desordem contínua. Antes que eu pudesse raciocinar a próxima linha da minha insanidade, levei um novo empurrão, após ter sido conduzido por alguns metros, e caí novamente. Em seguida ouvi uma voz dizer:

— Espero que fique bem quieto aí, seu idiota!

Retiraram meu capuz e em seguida levei uma bofetada no lado direito da face. Antes que eu pudesse me recuperar do golpe e ver quem era meu malfeitor, uma velha porta de madeira se fechou e lá estava eu trancado numa sala, ou seria uma cela, que mais parecia um calabouço que vi em algum filme medieval.

Ainda massageando o rosto, levantei e olhei melhor o lugar, mas não havia muito o que se olhar. Um cubículo com paredes rachadas, uma janela de madeira numa altura inalcançável para alguém que tenha a minha estatura, e até mais um pouco, e aquela porta, que obviamente estava trancada. Antes de fechar, consegui observar a espessura da madeira e com certeza seria inútil tentar chutar com força bruta, pois não traria nem mesmo um novo arranhão. O máximo que minha mente inútil pensou em fazer foi continuar massageando o rosto e também a cabeça onde levei alguma pancada, e colar o ouvido na porta para tentar escutar alguma coisa.

Os três homens estavam terminando uma risada. Em seguida consegui ouvir a seguinte frase:

— Mas realmente, você acertou em cheio a cabeça dele! — mais uma gargalhada. — Não deu nem tempo do idiota ver de onde veio!

— Não sei como conseguem rir diante dessa situação. Ele desgraçou a vida de muitos aqui, inclusive de nós. Você mesmo está na merda depois de tudo o que ele fez mês passado! — disse uma das vozes, o que aparentemente me fez tentar recordar novamente o que eu havia feito para essa gente. Mas nada vinha à memória. Só confusão e o som daquelas vozes que embaralhavam ainda mais a loucura aparente em minha consciência.

Logo em seguida, pude ouvir uma batida agitada em alguma porta lá fora e, na sequência, um grito pedindo para abrirem. Alguém abriu aquela outra porta e logo disseram:

— O que você quer, moleque? Falamos para não continuar a nos seguir!

— Que pergunta idiota! Vocês sabem porque eu vim! É óbvio o porquê de eu estar aqui! — disse a voz daquele que acabara de chegar. Aquilo soou tão familiar na minha mente. Apesar do som abafado por aquela porta, eu conhecia aquela voz que logo continuou.

— Parem com isso! Soltem ele! Eu posso ajudar. Toda minha família quer ajudar! Nada vai acontecer novamente!

As palavras saíam mais desesperadas do que as minhas naquela carroça. Lógico que aquelas novas frases clarearam ainda mais minhas lembranças. Provavelmente a palavra "família" ajudou a reativar alguma parte do meu cérebro não afetado repentinamente pela pancada daquele homem que gostava de gargalhar. Meu filho estava ali, tentando me ajudar de alguma forma. Sim, era a voz dele, e o desespero estava com ele. Foi notável na batida daquela porta e nas palavras ditas. Aos poucos me lembro do dia de ontem. Estávamos no morro do Corvo sentados e observando o horizonte. Me lembro de ver confusão no rosto dele, e provavelmente ele não entendia o que estava por vir. Eu deveria imaginar, mas ele deve saber só agora que fui levado e estou trancado aqui. Me lembro de estarmos com uma arma, uma velha espingarda calibre 12. Era a primeira vez que ele iria atirar, eu precisava ensiná-lo mais cedo ou mais tarde. Nunca sabemos o que pode acontecer por essas terras. E era muito certo que eu havia trazido algum problema para a paz dessas terras, de famílias que davam duro na roça e sobreviviam na batalha diária. Ainda me lembro de dizer para ele várias vezes: "Assim que chegar o momento, meu filho, você vai saber o que fazer!".

Enquanto eu viajava em minhas poucas lembranças, uma batida na porta veio seguida de um grito:

— Pai! Vou te salvar, pai! Vou te ajudar a sair dessa!

Antes que eu pudesse responder algo, meus olhos arregalaram e fui tomado por certa raiva. Foi nítido que aqueles homens arrastaram meu filho de perto da porta e o expulsaram de lá. A última frase que ouvi do homem sério foi:

— Suma daqui, moleque! Se tentar voltar, vai para o mesmo lugar que seu pai!

Logo, o homem que sempre gargalhava disse:

— Quem de nós merece a viúva depois? — novamente fiquei irritado ao ouvir isso. Eles não poderiam fazer isso com ela. Eu já tinha naquele momento a lembrança de toda a minha família. Ouvir meu filho fez bem para tirar aquela loucura de dentro de mim. Aos poucos tudo começava a fazer sentido. Para piorar, o homem que parecia só andar para lá e para cá disse:

— Eu mereço provar a viúva. Eu sou o mais bonito aqui! — novas gargalhadas surgiram.

— Pare com isso! Não sei porque estão preocupados com a viúva. A filhinha logo vai crescer e, quem sabe, por estar carente sem o papai dela, não queira a atenção de um cara charmoso como eu? — disse o homem que até então parecia ser o único sério.

— E tem mais! Temos que ser recompensados pelo que perdemos. Vamos tomar parte das terras dele, o gado e tudo! É o mais justo!

Eu ouvia aquilo tudo sem poder fazer nada. Trancafiado e esperando meu abate naquele frigorífico abandonado. A loucura agora era por saber que tudo que construí estava prestes a ruir. Que não só minha vida, mas minha família e minhas terras seriam sucumbidas por uma vingança daqueles homens e de todo o vilarejo. Como, após anos de convivência, poderiam querer nos destruir assim? Eu não era uma pessoa má, eu não poderia ter feito nada de tão ruim para acender a obsessão dos meus executores e todos aqueles que gritavam enquanto a carroça partia. Minha esposa e filha ainda se tornariam vítimas daqueles nojentos que continuavam a gargalhar na sala ao lado. Eu estava ofegante e dava dois passos para um lado e dois passos para o outro, era como eu conseguia andar ansioso no meu calabouço. Enquanto pisava mais uma vez naquele chão fedorento, me questionei o que eles estavam esperando para acabar com minha vida e seguirem adiante com a justiça deles. Isso me fez parar e querer ouvir novamente o que eles falavam. Dessa vez estava silêncio, que logo foi quebrado por uma discussão de quem seria o responsável pelo golpe final. Aqueles homens combinavam não só quem iria tentar segurar a mão de minha esposa e da minha filha, mas também quem traria meu último suspiro desesperado para esse mundo. Parecia uma disputa entre eles, que provavelmente seria resolvida com a justificativa daquele que mais sofreu os males que eu devo ter cometido. E algo me levava a crer que o homem sério seria o ganhador.

Antes mesmo que eles pudessem resolver, um barulho me assustou dentro daquele espaço em que eu estava espremido. Inclusive alguns pedaços de madeira daquela janela me acertaram enquanto fiquei encolhido em um dos cantos. Meu Deus, por qual motivo aquela janela explodiu daquela forma! E quão inútil aquilo seria, já que eu nunca a alcançaria para fugir mesmo. Logo ouvi uma voz vinda do lado de fora. Era o meu filho gritando:

— Pai! Você disse que eu saberia quando usar a arma! Eu usei! Agora dê um jeito de olhar para o céu!

Como é bom ver a loucura passear na sua frente como uma neblina no auge da madrugada! A realidade se revela de forma avassaladora e tudo passa a fazer sentido. Eu sabia que o tiro não era para ser dessa maneira. Ele aprendeu a atirar, isso era uma verdade, porém não era para a situação que eu o havia ensinado. Ao mesmo tempo que eu sabia que o tiro não veio para mim, como deveria ser, eu sabia das intenções daqueles homens e de toda a vila. E, naquele momento, a minha família era mais importante do que a minha busca pela paz! Eu levantei daquele canto e fiz o que meu filho mandou. No vazio daquela parede, onde antes estava aquela janela podre, eu via o céu daquela noite! E nele eu contemplava aquela imensa lua cheia! Meus olhos arregalados se fixavam intensamente aquela luz que iluminava a escuridão de cada noite. Aquela sensação estava de volta e minha maldição se tornava minha salvação!

As lembranças das terras obscuras de Keilurk Sür inundavam minha memória. As tribos ferozes das nove luas, que há tempos me deixaram aqui, de certa forma não partiram, estavam revivendo em mim, como uma fagulha no imenso universo.

Minha humanidade se perdia. Toda vez que acontece, eu consigo ver meus braços tomarem uma forma animalesca e os pelos tomarem conta do meu corpo. Meus dentes estavam afiados e uma raiva incontrolável habitava em mim! Eu poderia uivar clamando pelo retorno das bestas que me batizaram, mas ainda havia uma raiva interior querendo explodir!

Aquele barulho no calabouço fez o homem das risadas abrir a porta. O que ele viu fez com que ele fosse tomado por um pavor extremo! Seus olhos esbugalhados e um berro que ecoou em meus ouvidos junto das lembranças daquelas gargalhadas. Logo eu via, mesmo que distorcidas, as faces dos outros homens esperando a visita da besta que eu havia me tornado naquela noite de lua cheia e eu não poderia perder a oportunidade de deixar uma última lembrança por essas terras antes de seguir um novo caminho...

O LADO OCULTO

Por Sandro Muniz

omes arrumou numa determinada posição seus equipamentos de radiofrequência. Olhando para a câmera de filmagem, o jornalista fazia diversas perguntas.

Gomes, astrônomo amador, suava pela careca e explicava todos os detalhes de como tinha captado um sinal estranho vindo de dentro de nossa galáxia.

Tudo começou quando os chineses visitaram o lado oculto da lua. Naquele mesmo dia começamos a receber um sinal estranho. Achamos, a princípio, que fossem sinais vindos da missão chinesa.

O telefone do astrônomo e de seus companheiros, todos vestidos de preto como se fizessem parte de uma congregação, tocavam sem parar. O jornalista ficou irritado, pediu que desligassem os celulares. Pediu também para ligarem o ar condicionado.

"Não usamos ar condicionado aqui. Nossos sensores podem sofrer uma interferência eletromagnética oriunda do condensador de ar", disse um dos parceiros de Gomes.

A entrevista foi retomada.

Entramos em contato com um grupo amador chinês de astrônomos e observadores do espaço. Eles não detectaram nada de anormal. Os sinais se iniciaram quando ocorreu a germinação da planta de algodão. O sinal sumiu quando a planta morreu. Por 8 dias recebemos os sinais. A NASA só veio até aqui após nosso companheiro Fontes se jogar pela janela e morrer. Ele ouviu algo estranho, não quis dizer, tremia e suava. Ficou estranho como se estivesse vendo algo fantasmagórico. Tinho o olhar distante e amedrontado. Disparou pelo corredor e se jogou lá embaixo.

Gomes apontou para a janela. Dava para ver que havia um vale profundo. A construção naquele local da Serra da Mantiqueira era a mais alta possível para o grupo e com pouca poluição luminosa. Florestas por todos os lados.

A NASA levou uma cópia de todas as gravações. Exigiram que levassem os originais e todo o material possível, sem cópias para a gente. Estavam com uma equipe do governo brasileiro e com uns de patente da Aeronáutica brasileira. Depois de uma discussão, mandei esses caras para a puta que pariu.

Nessa hora, o jornalista disse que ia editar tudo e que podia ficar à vontade.

Mandei tomar no cu, foi isso. Meus amigos aqui me acalmaram. Imagina, nem perguntaram do Fontes, que se matou. Ao fim, demos uma cópia de tudo, dizendo que era original. No dia seguinte, conseguimos apoio de um russo, doutor em criptografia, e desvendamos o sinal vindo do espaço, de um povo distante.

O jornalista o interrompeu, perguntando o que os sinais diziam.

Era uma comunicação banal entre seres alienígenas. Isso mesmo. ETs... deuses... Talvez sejam mais do que isso... Podem ser os donos desta região do espaço. Eu não sei. Seja o que for, me deixou com muito medo. Assustado.

Novamente o jornalista o interrompeu.

"O que dizia?"

O russo disse que o broto de algodão pode ter influenciado na energia do lado oculto da lua, e isso fez com que a comunicação extraterrestre fosse captada por nossa brilhante equipe.

Acenou para seus amigos ao redor. Por enquanto só deciframos isso. Pegou uma anotação no bolso esquerdo da camisa e leu.

"O que vamos comer hoje?"

"Vamos comer em casa mesmo."

A Quarta Regra de Santa Seni

Por Geean MR

Em meados dos anos 80, havia em uma vila típica do interior do estado, muitas mentiras, disputas pelo poder, um chefe de família e um pacto.

💀

A vila se chamava Santa Seni, ficava no meio do interior, rodeada por florestas, plantações de milho e alguns animais domésticos. O centro desse lugar era pequeno, uma única rua central com suas casinhas de madeira que a acompanhavam até seu fim, na curva que seguia para uma das casas mais grandes de lá. A população era de 233 habitantes pacatos, trabalhadores e alguns... orgulhosos. Dentre todas essas casas e moradores, havia algumas regras que as crianças tinham medo de quebrar e que os adultos seguiam à risca, mas que se espalhavam para todos que ali visitavam.

Regra 1: após as nove da noite de terça-feira, ninguém põe o pé para fora de casa, pois o Seu Timóteo sempre passa com seus bois violentos de volta para sua casa e você pode ser pisoteado.

Regra 2: você nunca deve recusar os doces da velha Lourdes; sempre tratá-la com educação, pois a velha que mora sobre o morro íngreme do outro lado da vila, é conhecida por fazer feitiçaria, mesmo adorando crianças e indo à igreja em todos os domingos. Porém, depois que ela sair, jogue tudo que ganhar fora e peça a bênção do padre, pois ninguém sabe o que esses doces podem fazer realmente.

Regra 3: ninguém pode falar mal do Coronel Datilba, nem pensar, a menos que queira levar um tiro no meio da cabeça por intermédio de um dos seus dois filhos, que vivem ao seu lado.

Se as pessoas seguissem essas regras viveriam bem. Porém, as coisas começaram a mudar quando num determinado dia, a família Bosakhi chegou na região comprando a fazenda do Seu Cecílio e mais três fazendas ao redor. Eles estavam desrespeitando e amedrontando o poder do Coronel Datilba. Ninguém mais dormiu bem naquela vila pacata, o coronel tentava não demonstrar, mas estava incomodado com o crescimento repentino de uma família que surgiu do nada e, que agora, ganhava o respeito de todas as outras daquele lugar.

Naquele domingo de culto, ele vestiu seu traje mais formal: o terno cinza com a camisa branca, o coldre marrom preso na cinta, sua típica bota escura e seu chapéu preto. Ao entrar na igreja, o coronel foi fitado por todos os olhos que poderiam existir ali, todas as bocas começaram a sussurrar, e se não fosse o respeito que ele queria, ele já teria dado um tiro pra cima para que se calassem, mas o que ele fez foi pedir perdão a Deus por entrar armado em Sua Casa. Ele se sentou no primeiro banco do lugar quando o dono da fazenda Bosakhi apareceu com sua esposa, seus dois filhos mais velhos, uma garota de sete anos de idade e mais um bebê de colo. Foi aí que sua raiva aumentou, a inveja o consumiu por ver aquela família notoriamente feliz.

O mês era agosto, os mais antigos dizem que era o pior mês de todos, e que coisas estranhas aconteciam nesse mês, mas o coronel não acreditava em superstições, nem mesmo quando o vento apagou a vela do altar e arrastou o pedestal de um ramo de flores que pendia do lado direito do lugar, assustando a todos. Ao sair da igreja, o coronel veio falar com seu rival. Em alto e bom som, ele disse a todos que puderam ouvir que a família Bosakhi deveria aceitar a sua autoridade, pois quem fundou o lugar foi ele e por isso cabia a todos respeitá-lo. O Sr. Bosakhi ignorou o que o coronel disse e respondeu que ele comprou honestamente sua fazenda, e que o único que deveria ser respeitado nela seria ele mesmo.

O coronel não teve argumentos e colocou a mão em sua cintura, mas desistiu e saiu incomodado, pois as pessoas agora tiveram mais um motivo para desmerecê-lo. Nesse momento ele quebrou uma das regras da vila: empurrou todas as crianças que estavam em sua frente, inclusive a velha bruxa que distribuía os doces, mas ele nem notou e só começou a perceber isso à noite, quando o vento piorou.

Seus filhos não haviam voltado da plantação e já era tarde, as cabras do lado de fora do quintal berravam sem parar e os cães tinham silenciado repentinamente. Já eram nove da noite e um estrondo percorreu toda a vila. Era possível ouvir a população tentando conter algo e pedindo socorro. O coronel levantou rapidamente, pronto para pôr um fim naquela algazarra. Abriu a porta da sua casa, deixou-a aberta e quando fez a curva para entrar na vila principal, teve que se jogar na encosta do barranco para se proteger dos bois de Timóteo, que quase o pisotearam.

Sua roupa ficou imunda. Ele pegou a arma, deu um tiro para o alto e foi rapidamente para onde a multidão estava reunida.

Ele pegou o velho Timóteo pelo colarinho e o levantou, segurando a arma contra sua cabeça. Disse que hoje era domingo e não terça-feira para que ele fizesse isso, e então destravou a arma, mas o coronel soltou o velho no chão ao ver seu filho mais velho morto, todo quebrado e torcido, com a cabeça esmagada e os olhos saltados para fora. Um círculo de sangue adornava seu corpo, porém já havia morrido e estava pálido.

No dia seguinte, o Coronel Datilba e seu filho mais novo enterraram o primogênito no quintal da grande casa, mas ele não dormiu mais na segunda-feira. Ele relacionara aquilo com a velha bruxa do morro, a qual empurrou no dia anterior. Então, nessa noite, os cães pararam novamente e lá fora a escuridão prevaleceu. O coronel abriu a janela e chamou seu outro filho por precaução, os dois olharam para fora, mas nem o vento roçou seus rostos. O filho mais novo voltou a dormir, teria um longo dia amanhã e com o dobro de trabalho, mas antes do coronel fechar a janela, ele viu um par de olhos brilhando: era uma coruja ou um gato, ou qualquer bicho desses que possuem os olhos brilhantes e amarelos, que o encaravam por entre as árvores da rua escura.

Ele não dormiu a noite toda e seus olhos pesavam. A família Bosakhi, seu filho morto e essa bruxa eram problemas a serem resolvidos, e ele não esperaria mais nada. O sol nem havia nascido ainda e ele subiu o morro em direção à bruxa; sentiu-se perseguido, mas aquelas sombras da madrugada o impossibilitavam de notar o que o seguia. Ele mantinha a mão em sua arma, enquanto na casa da velha bruxa, a fumaça demonstrava que alguém também não havia conseguido dormir.

Ao pé do morro ele já via que a velha bruxa o olhava da porta de sua casa. Suas botas estavam empoeiradas e faziam um som abafado, mas não era o único som. Ele virou de costas e puxou a arma ao ver uma sombra sem rosto, sem roupas e com braços colados ao corpo. Era um homem alto, mas era totalmente escuro e opaco. Sem pensar ele atirou naquilo; não havia tempo, ele teria que matar a bruxa e se vingar, contudo, a criatura descolou os braços e a opacidade diminuiu, um frio passou por sua espinha e ele sentiu medo ao ver que era o Diabo que começava a falar com o grande coronel. Seus olhos eram verdes e brilhantes. Ao invés de chifres, como esperado, o Diabo trazia tentáculos em volta da cabeça, ele também não produzia nenhum som, apenas gestos e estalos. Apesar disso, o coronel entendeu tudo e, por fim, abriu os braços e o abraçou.

    Ninguém mais viu o Coronel durante três dias. Após estes, ele voltou diferente, seu filho estava morto há dois dias dentro da casa, todo empoeirado e com aranhas saindo pela boca, enquanto os olhos arregalados tentavam dizer algo, mas ele não sentia mais nada. Seguiu para o quintal, passou a noite desenterrando o primogênito e, com suas próprias mãos, rasgou a carne podre e arrancou o osso da perna. Seguiu, com isso, em direção à casa de Timóteo e vingou a morte do filho cravando a ponta do osso lascado na garganta do velho; com isso ninguém mais se preocupou com a primeira regra. Aquela noite parecia infinita, e agora perambulava uma figura de chapéu preto e sangue nas mãos, andando até a casa da velha bruxa. Ninguém sabe o que aconteceu lá, ninguém se atreveu a descobrir, só se sabe que a chaminé da casa nunca mais produziu fumaça.

    Nenhum animal ousou latir, berrar, ou sequer cantarolar para o que restou do coronel; aquela rua empoeirada estava silenciosa e ele seguiu para o fim da mesma passando entre o gado que abria espaço para ele seguir. Ao chegar na casa da família Bosakhi, ele gargalhou tão alto que ecoou por toda a vila. Toda a família acordou com a gargalhada e o Sr. Bosakhi saiu para fora de casa com a arma em mãos.

Venha, demônio dos infernos, ele gritava enquanto atirava para cima. A noite estava escura, os animais quietos, o vento nem movia nada, e então um grito sufocado veio de dentro da casa. Passos correram pelo andar de cima e tropeçaram pela escada, parando na cozinha. Ele correu para salvar sua família, mas parou ao ver a filha ensanguentada no chão da cozinha, ainda gemendo. Ele correu para o andar de cima e sua esposa estava decapitada, com a boca torta de tanto gritar em silêncio; seus dois filhos estirados no chão, mutilados, moribundos. Havia vísceras espalhadas pelo piso. Nem o bebê pequeno fora perdoado. Bosakhi não sabia o que fazer ao ver aquilo, ninguém se salvou, ninguém conseguiu gritar. Ele somente apontou a arma para seu pequeno filho, que se contorcia, e atirou, terminando com sua dor.

Então, sem forças para falar ou gritar, apenas apertou a arma em punhos e foi guiado com o cano abaixo de seu queixo. Seus olhos estavam arregalados e ele sentiu um roçar em seu cabelo: uma imagem difusa do coronel surgiu atrás dele segurando a arma em seu pescoço, e então ela foi disparada. Tudo silenciou no lugar e o coronel desapareceu pela janela, gritando pela noite em direção à sua casa para impor respeito novamente, mas ele nunca chegou lá.

Às vezes, a bruxa deixa doces na porta da igreja ou acende sua lareira do nada antes de alguém morrer na cidade. O coronel ainda vaga pela rua principal, gargalhando e matando de um modo cruel e silencioso quem com ele se encontra. E hoje, como quarta regra para se viver lá, ninguém mais sai à noite no mês de agosto na pacata vila de Santa Seni, a menos que queira se encontrar com um coronel que ainda perambula por lá, ou com o seu parceiro, o Diabo de tentáculos.

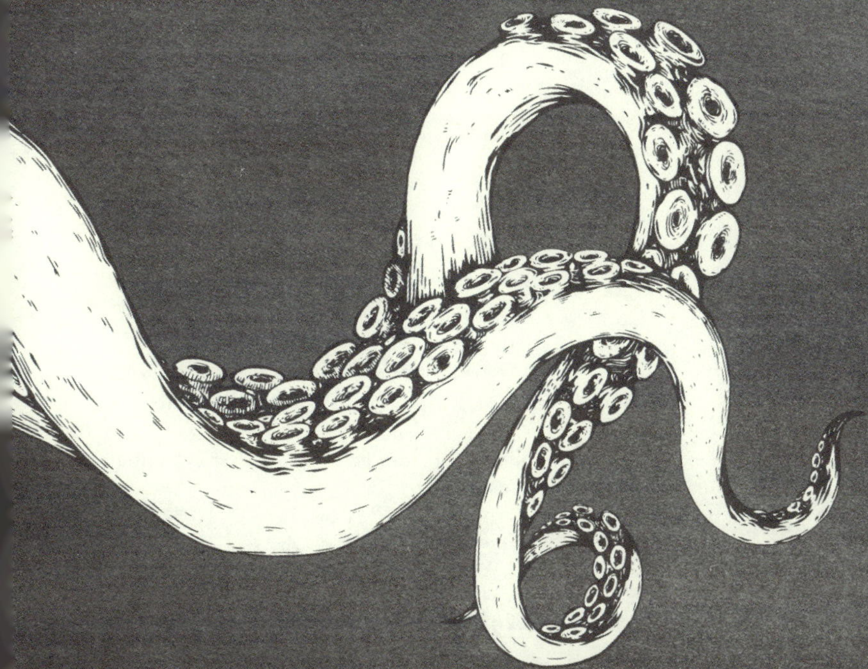

Contato dos Autores

Nome	E-mail	Obra
Rafael Danesin	danesin.rd@outlook.com	A Caverna Profana
Raquel Cantarelli	eraquelcantarelli@gmail.com	Sementes do mal
João Bonorino	joao.bonorino@gmail.com	Úmido
Luiz F Chiaradia	luizfelipechiaradia@gmail.com	A Cidade
Juliana Cachoeira Galvane	juligalvane@hotmail.com	Eu também sou o escuro da noite
Kleber da Silva Vieira	ksvieira04@yahoo.com.br	O Sr. Antenor
Rafael Sanges	rsanges@gmail.com	O Açude
André Luiz de Melo	andre.luiz2892@gmail.com	O que se esconde sob pele
Amanda Silva	a.romafur@gmail.com	Esconde-Esconde
Miquéias Dell'Orti	miqueias.dellorti@gmail.com	Assombro
Igor Cabrardo	igorcabrardo@outlook.com	A Última Apresentação

Nome	E-mail	Conto
Nathalia Scotuzzi	nscotuzzi@gmail.com	Quieta Non Movere
Thadeu Fayão	thadeulf@gmail.com	Escolhas
Marilia Oliveira Calazans	mariliaocalazans@yahoo.com.br	Conchyliosite
Geean MR	geeanmaiconroman@hotmail.com	A quarta regra de Santa Seni
Lucas Josijuan	lucas.josijuan@gmail.com	O Vigía Noturno
Renato Felix Lanza	petacafelandia@yahoo.com.br	Hatorek em duas dimensões
João Alfredo Terra Alvarenga	alfredo.alfredo.alvarenga@hotmail.com	O Segredo do Barão de Grão Mogol
Idevarte josé de aredes junior	idevart@outlook.com	Estranho livro
Tauã Lima Verdan Rangel	taua_verdan2@hotmail.com	Insanidade Letárgica
Vinícius Coutinho Marques	vinicoutinho1@gmail.com	O Machado Cósmico
Washington M. Costa	wmcpsicologia@gmail.com	O Castelo
Odon Bastos Dias	odonbd@gmail.com	A Carruagem Fantasma
Tiago J de Oliveira	contaparapwi@live.com	A Música Perdida
Gabriel José da Silva Cavalcante	gabrieljosecavalcante@hotmail.com	Pesadelo Holandês

Marcelo Dias de Carvalho Filho	mardiascfilho@gmail.com	Molambudos
Bruno Iochins Grisci	bigrisci@gmail.com	Saudades
Edvaldo Leite	edinhokeko@bol.com.br	Eles Existem
Leonardo Meirelles Alves	leonardoalves.sun@gmail.com	A Luz que ilumina minhas lembranças
Leandro Zapata	leandro_zapata@live.com	O Quadro na Parede
Sandro Muniz	zinumsan@gmail.com	O Lado Oculto
Igor Eduardo Cabral	igorcabrardo@outlook.com	Última apresentação

Sobre o Organizador

Gabriel G. Sampaio vive em São Vicente, é professor nas redes públicas de Santos e Cubatão. Especialista em Tradução, é mestre de RPG e cinéfilo inveterado. Desde seu primeiro lançamento em 2014, tem realizado oficinas, promovido concursos e divulgado suas obras em várias regiões do país.

O escritor, que trabalha com diversos ilustradores para conceber suas produções, já escreveu uma aventura sobre os últimos lobisomens, um épico espacial e um quadrinho de ação centrado no tema "preconceito". Ainda teve seus textos selecionados para integrar 7 livros de contos, nos gêneros Terror, Fantasia e Ficção Científica.

Principais títulos: Warwolf: O ritual (2014); Exídium (2017); Exceção Hostil (2018).
Contato: gabrielgsampa@gmail.com
Redes Sociais: instagram.com/gabrielg.sampaio ou facebook.com/gabriel.godinhosampaio